꿈의 학교
청심국제중학교 학생들의
두 번째 보고서

# 청심일기 2

이 도서의 국립중앙도서관 출판예정도서목록(CIP)은 서지정보유통지원시스템 홈페이지(http://seoji.nl.go.kr)와 국가자료공동목록시스템(http://www.nl.go.kr/kolisnet)에서 이용하실 수 있습니다. (CIP제어번호: CIP2016018114)

**청심일기2** 꿈의 학교 청심국제중학교 학생들의 두 번째 보고서

지은이 / 구재우 김민솔 김하은 배근영 임세환 정민지 정예담 한윤서 홍성재
펴낸이 / 조유현
편　집 / 이부섭
디자인 / 박민희
펴낸곳 / 늘봄

등록번호 / 제300-1996-106호 1996년 8월 8일
주소 / 서울시 종로구 동숭4길 9 (동숭동 19-2)
전화 / 02)743-7784
팩스 / 02)743-7078

초판발행 / 2016년 7월 31일
초판 3쇄 / 2021년 3월 15일

ISBN 978-89-6555-043-3 43810

꿈의 학교
청심국제중학교 학생들의
두 번째 보고서

# 청심일기 2

구재우 김민솔 김하은
배근영 임세환 정민지
정예담 한윤서 홍성재 지음

늘봄

# 차 례

# 프롤로그

입학하기 전, 우리들은 9년 전 선배들이 썼던《꿈의 학교 청심국제중학교 첫 졸업생들의 청심일기》[1)]를 읽고 청심에서의 생활을 상상했습니다. 청심에 대해 알고 느낄 수 있는 방법이《청심일기》밖에 없었기 때문입니다. 하지만 직접 경험해본 청심은《청심일기》에서의 모습과 많이 달랐습니다. 10년이면 강산도 변한다는 말처럼 10년이 지난 청심의 모습이 바뀐 것은 당연할지도 모릅니다. 그래서 우리는 달라진 청심에 대해 궁금해 하는 많은 학부모들뿐만 아니라 학생들에게 우리가 어떻게 살아가는지에 대해 소개하고 싶다는 생각을 했습니다.

청심에서 보낸 3년의 시간은 우리에게 폭넓은 생각과 꿈에 대해 진지하게 생각해볼 기회, 그 무엇보다 어디서도 만날 수 없는 소중한 인

---

1 ) 청심국제중학교 첫 졸업생 9명(9 Beans: 강규민 권동윤 김채원 민제식 박예니 박해원 배지수 이하경 한동민)이 2009년에 출간한 책

연을 선물했습니다. 잔디운동장에 누워 떨어지는 별똥별을 보면서 친구들과 수다를 떨고, 뻐꾸기 소리를 들으며 아침에 일어나고, 다람쥐가 뛰어다니는 분수 공원에서 잣을 따먹는 경험은 순간순간 행복으로 다가왔습니다.

시간과 장소만 주어지면 밤을 새서라도 토론을 할 수 있다며 신문을 보면서 얼굴이 시뻘게지도록 자신의 생각을 내세우고, 쉬는 시간만 되면 칠판에 나가 앞 다투어 수업 시간에 생각난 질문에 대한 깊은 대화를 나누는 친구들과 한자리에서 공부할 수 있다는 것이 너무나도 자랑스럽고 아직도 가슴이 벅차오릅니다. 무엇보다 압박감 때문에 공부를 하는 것이 아니라, 재미있게 스스로 하고 싶은 공부를 할 수 있다는 것이 행복하고 자랑스럽습니다.

청심을 직접 경험해본 입장에서, 우리는 사람들이 청심에 대해 갖고 있는 편견과 잘 알지 못하는 부분들이 많다고 느꼈습니다. 그리고 그러한 이유 때문에 청심에 도전하지 않는 학생들이 많다고 생각합니다. 우리는 외부에서 볼 수 없는 '청심'의 모습을 알림으로써 대한민국의 인재들이 모여 서로 배우고 발전할 수 있는 대화의 장을 열고 싶었고, 그래서 소중한 9기 동기들과 청심에 대한 책을 쓰고자 마음을 먹었습니다.

우리는 이 책을 쓰면서, 전설처럼 듣기만 했던 선배님들을 직접 만나 인터뷰하고, 친구들과 모여 원고를 쓰면서 머리를 쥐어뜯기도 하면서 아무나 할 수 없는 또 다른 추억을 쌓았습니다. 이 또한, '한 번 마음먹은 것은 저질러보자.'는 청심의 정신이 모였기에 가능한 일이라고 생각합니다.

입학했을 때부터 지금까지의 생활을 차근차근 정리해보면서 이렇게 의미 있는 경험들을 할 수 있어서 정말 감사하다는 생각을 하게 되었습니다. 청심국제중학교에 다닐 수 있게 해주신 부모님, 원고를 만들어가는 과정에서 많은 도움을 주신 김민경 선생님과 청심의 모든 선생님들, 무엇보다 바쁜 시간을 할애해서 기꺼이 인터뷰에 응해준 선후배님들 진심으로 고맙습니다.

또한 Q&A 자료를 협조해준 학교와 일목요연하게 정리해주신 엄마, 같은 동아리 멤버가 아님에도 기꺼이 수학 공부 방법에 대한 글을 써준 박민철 친구에게도 고마운 마음 전합니다.

마지막으로 영광스런 《청심일기 2》 출판을 허락해주시고 멋지게 만들어주신 늘봄출판사에 감사드리고, 그 인연도 소중히 생각하겠습니다.

2016년 여름

친구들을 대표해서 한윤서 올림

# 1.

# 꿈의 학교
# 청심의 일원이 되다

# 드디어 온전히 나의 것이 된 청심

차가 오르막길을 따라 끝없이 올라갔다. 눈앞에는 믿기지 않는 광경이 펼쳐졌다. 내가 살던 진주에서는 한 해에 볼까 말까 했던 눈이 마치 솜이불과도 같이 산 전체를 덮고 있었다. 놀라워하기도 잠시, 곧 높다란 황색 시계탑이 보였다. 그리고 그 시계탑을 넘어 햇빛을 받아 더욱 영롱하게 빛나는 투명한 유리가 하늘빛을 반사하는, '꿈의 학교 청심국제중학교'가 모습을 드러냈다. 확실히 몇 달 전 면접과 배치고사를 보러 왔을 때와는 기분이 달랐다. 이제는 온전히 '나의 것'이라고 칭할 수 있어서 그런가 보다. 아직 이성으로서 사랑해본 사람이 없어서 잘은 모르겠지만, 짝사랑하던 사람이 드디어 나의 연인이 되었을 때의 기분과 맞먹을 것 같다는 생각이 들었다.

6학년 때 입학설명회에 참여하여 학교를 구경했을 때도 정말 내가 이 학교의 학생이 될 줄은 누가 알았을까? 남들보다 뒤늦은 입시 준비, 그리고 지방에 살아 입시 학원조차 한 번 다녀보지 못했지만, 청심

우리 청심 9기가 입학식을 치르던 날

에 꼭 들어가서 나와 비슷한 꿈을 꾸는 친구들을 만나고, 나의 진로를 탐색하겠다는 의지로 열심히 준비를 했었다. 그리고 운이 좋게도 노력은 나를 배신하지 않았다.

차에서 내려 시계탑을 지나, 커다란 교목을 지나, 학교를 받치고 있는 기둥들을 지나 걸으니 드디어 학교의 내부로 이어지는 문 앞에 있는 나를 찾을 수 있었다. 들어가기 전 즉, 문을 열고 외부와 내부를 연결하는 틈을 보는 그 짧은 순간에, 많은 생각들이 날 스쳐지나갔다. 마치 모세가 이집트에서 핍박 받던 유태인들을 이끌고 차별 없고 풍요로운 새 땅에 도착했을 때처럼, 신데렐라가 계모와 언니들에게서 벗어나서 공주가 되어 성에 처음 들어섰을 때처럼, 새로운 시작에 대한 기대와 미래에 대한 희망이 내 가슴을 뛰게 만들었다. 이 틈만 넘으면 꿈을 향해 열정적으로 달려가는 친구들과 함께 할 수 있을 것이고, 내가 원하는 모든 것을 배울 수 있을 것만 같았다. 새로운 시작이 나에게도 온 것이다.

입학식은 커다란 체육관에서 진행되기로 예정되어 있었다. 나를 포함한 신입생들은 지하에서 입장 대기를 하였다. 이미 와있던 친구들이 날 반겼다. 아직 조금 어색했지만, 입학식 전에 일주일 동안 진행되었던 신입생 오리엔테이션 캠프로 서로에 대해 어느 정도 알고 있는 사이였다. 입학식이 시작되고, 우리 청심국제중 9기는 체육관으로 입장했다.

우리가 걷는 길에는 마치 영화배우가 우아하게 지나갈 것만 같은 레드카펫이 깔려있었고, 전교의 각 학생과 학부모님들이 이미 앉아계셨다. 그리고 무대 옆에는 학교 오케스트라 단원들이 앉아있었다. 청심의 전통에 따라 우리 중학교 신입생 한 명 한 명은 고등학교 신입생의 손을 잡고 입장을 하였다. 나와 함께 걸은 고등학교 선배님을 바라보았다. 누군지 잘 기억은 나지 않지만, 그 선배님의 얼굴에도 나와 같은 기대감이 비추어진 것만큼은 기억난다. 레드카펫 위를 걸은 후, 의자에 앉았다. 부모님께서는 근처에 앉아계셨다.

교장 선생님의 축사를 포함한 수많은 분들의 축사가 이어졌고, 그 축사의 대상이 친구들과 나라는 것을 깨닫고 다시 한 번 더 내가 이곳에 입학생으로 왔다는 것이 실감이 났다. 그 이후에 수석으로 들어온 친구가 학생선서를 했다.

그 친구는 나중에 친해지고 보니 수학을 정말 사랑하는, 공부도 열심히 하지만 사회성도 정말 좋은 유쾌한 친구였다. 그 이후에는 1학년 각 반의 담임선생님들의 짧은 소개가 있었다. 나는 3반에 배정을 받았는데, 우리 반 담임선생님은 정말 착하고 예뻐 보였다. 다음에는 교감 선생님께서 우리 학교의 역사를 간추려 이야기 해주셨는데, 우리가 벌써 중학교의 9번째 기수였다. 전국의 국제중학교들 중에서 청심이 가장 역사가 길다고 했는데, 역시 틀린 말이 아니었다. 식이 끝나갈 때쯤 마틴 메어 선생님께서 축하한다는 내용을 담은 기도를 했다.

이쯤에서 하지 않을 수 없는 여담을 하나 하겠다. 많은 사람들이 아직도 우리 학교에 대해 오해를 하는 점이 하나 있는데, 통일교 재단이라 학교에서 학생들에게 통일교를 가르치고 배우도록 강요한다는 소문이다. 청심국제중학교는 통일교 재단이 설립했고, 지금처럼 입학식에서 기도를 드리기는 한다. 그러나 이것이 학생들이 배우는 것과 그들의 생활과는 아무 관련이 없다. 기도를 하기 전에도 선생님께서는 우리가 각자 믿는 신이 있으면 그들을 위해 하거나, 무교라면 형식적으로 자신과 가족을 위해 기도를 하라고 말씀하신다.

또한 선생님들 중에서 통일교를 믿는다고 알려진 분들도 계시고, 학

생들 중에서 통일교를 믿는 친구들도 있지만, 선생님들께서는 지금까지 단 한 번도 수업시간에 종교 관련 이야기를 한 적이 없으며, 그분들이 통일교를 믿는 것은 불교와 기독교를 믿는 것과 같이 하나의 종교를 믿을 자유를 누리는 것뿐이다. 그분들이 마땅히 누릴 권리가 있는 자유를 누린다고 해서, 통일교 재단이 우리 학교를 설립했다고 해서, 학생들의 이타적 품성, 글로벌 리더십, 창의적 지식을 키우기 위한 순수한 목적으로 운영되는 학교와 교내 수업들 및 나에게는 또 하나의 가족과도 같은 학생들과 선생님들을 색안경을 끼고 보지 않았으면 좋겠다. 그 편견 하나로 인해 영원히 함께 하고픈 친구들을 만들고, 청심만의 ACG 교육(2장 1절 'ACG 교육을 통한 다양한 경험'에서 자세히 설명)을 받을 기회를 저버린다는 것은 너무 슬픈 일이니까 말이다.

하여튼 기도를 다하고, 마지막으로 교가를 부르면서 입학식을 끝내도록 되어있었다. 국제중학교이다 보니 교가는 영어로 되어 있다. 제목은「Sky Blue Dream」인데, 많은 학생들이 이것을 듣고 흔히 미국의 애니메이션 속 OST와 같은 느낌을 준다고 한다. 나도 처음에 디즈니 애니메이션 알라딘이 공주와 함께 양탄자를 타고 날면서 불러도 가사만 고친다면 전혀 어색하지 않을 것처럼 느껴졌다. 가사의 내용은 우리 학교의 교육 이념과 자연 환경에 대한 내용들이 등장하고, 결국에는 청심의 학생들이 세상을 이롭게 하는 데 일부가 되겠다는 메시지를 전달하고 있는 것 같다.

입학식을 준비하면서 교가를 몇 번 불러서 그런지 이미 가사가 입에 척척 달라붙어 있었다. 우리 학교 오케스트라가 우아하게 연주를 시작하였고, 학생들은 그들의 열정을 노래에 쏟아 부어 힘차게 노래를 불렀다. 노래를 다 부르자마자 입학식 폐회 선언이 있었고, 무대 위에서 폭죽이 터지는 소리가 나면서 머리 위로 종이꽃가루가 떨어졌다. 신선한 충격이었던 것 같다. 종이가 떨어지니 학생들은 일제히 소리를 질렀고, 나도 손뼉을 치면서 친구들에게 입학을 축하한다는 말을 건넸다. 나의 청심국제중학교 입학식은 그렇게 끝났다.

입학식이 끝난 뒤 부모님과 함께 사진을 찍고 배정받은 교실로 가는 계단을 오르면서 학교를 둘러보았다. 이곳이 지금부터 내가 3년 동안 먹고, 공부하며 지낼 곳이라니! 믿기지가 않았다. 이곳을 나의 학교라고 부르게 되어 자랑스러웠고, 나를 받아준 학교에게 감사했다. 풋내기인 나는 기대할 것 투성이였고, 이 기대를 청심이 저버리지 않으리

청심에서의 새로운 시작을 함께한 나의 첫 반, 1학년 3반

라 굳게 믿었다. 그렇게 풍선처럼 부푼 희망을 안고 나는 청심국제중학교의 재학생으로서 첫 교실에 입장하였다. – 배근영

# 혼자 준비한 청심 입시

사실 내가 청심을 선택하게 된 계기는 다른 아이들에 비해 매우 단순하다. 주변 친구들의 얘기만 들어봐도 초등학교 5학년 정도부터, 어떤 경우에는 초등학교 저학년 때부터 중학교 입시 준비를 한 아이들도 있다. 이런 아이들 사이에서 내가 청심에 합격한 일은 매우 놀라운 일로 여겨질 수도 있다. 오랜 시간 동안 입시 준비를 해온 아이들과 달리, 나는 2014학년도 신 입학 전형이 공개된 지 얼마 후에야 이 학교에 대해서 처음 알게 되었다.

학교 수업이 끝나고 집에 와서 컴퓨터를 켜고 인터넷 사이트 이곳저곳에서 웹 서핑을 하며 의미 없는 시간을 보내고 있었는데, 처음 보는 학교의 신입생 모집 홍보 배너가 눈에 들어온 것이었다. 무심코 지나칠 수도 있었던 그 배너에 새겨져 있던 '淸心' 두 글자가 머리에 쏙 박힌 채 잊히지 않았다. 홍보 배너에 새겨져 있던 문구는 모두 기억할 수는 없지만, 학교의 교육 철학 ACG(Altruistic Mind, Creative Knowledge,

Global Leadership)가 대문짝만하게 적혀 있었던 것은 분명히 기억난다. 반 년 뒤, '청심'이라는 특이한 이름과 'ACG'라는 의미심장한 교육 이념으로 나의 호기심을 자극한 그 학교에 정말 입학하게 될 줄은 누가 알았을까?

이 학교를 선택하게 된 이유를 굳이 하나 들자면 바로 발표식 수업이라고 할 수 있겠다. 워낙 예전부터 청중 앞에서 말하는 것을 좋아했었는데, 일반 중학교들과 달리 청심에서는 많은 수업들이 학생 참여, 발표 형식으로 이루어져 있다는 소개를 보자마자 이 학교가 신비로운 존재로 다가왔다. 남들이 경험할 수 없는 새로운 세계에 몸을 담그고 싶다는 단순한 욕구에 무작정 이 학교에 지원하게 된 것 같다.

1차 전형에서 합격하고 나니 '이거, 해볼 만한데?' 하는 생각이 들어 합격에 조금씩 집착(?)하기 시작하였다. 그렇지만 그 후 2차 전형을 준비하는 과정에서는 그 누구의 도움도 받지 않았다. 1차 합격자들이 한 곳에 모여 자기계발계획서(자기소개서와 비슷한 개념이지만 문항의 스타일은 일반 자기소개서와는 조금 달랐다)를 작성했던 2차 전형에서는 칼을 갈고 준비해온 지원자들을 많이 볼 수 있었다. 자기계발계획서 작성 시간이 시작되기 직전까지 준비해온 책과, 미리 써서 첨삭까지 받은 글을 꼼꼼하게 읽고 내용을 되새기는 아이들 사이에서, 나는 멍하니 앉아서 감독관 선생님께서 종이와 펜을 나눠 주시기만을 기다렸다.

나의 자기계발계획서는 말 그대로 '순수함' 그 자체였다. 누구도 손대지 않은, 오로지 초등학생의 수준에서만 나올 수 있는 그런 글이었다. 나는 말 그대로 초등학생들이 새 학년 첫 날에 학급 앞에서 하는 자기소개를 PPT 슬라이드에 담았다. 나의 이름, 나이, 출신지, 다니고 있는 초등학교, 그리고 좋아하는 것과 싫어하는 것. 좋아하는 것으로는 독서, 음악 감상, TV 시청, 남들 앞에서 자유롭게 발표하기 등을, 싫어하는 것에는 개구리 등 양서류와 파충류를 들었다. 남들이 보면 비웃을 만한 간단한 내용이다.

나의 순진무구함은 그 다음 문항들에서도 이어졌다. 지금까지 읽었던 책들을 종류에 따라 구분하고, 작가의 이름까지 구체적으로 기재하라는 문항에서 나는 Fiction, Nonfiction, Math, English 등으로 분류했다. 그저 내가 그동안 어떤 책을 골라 읽었는지 있는 그대로, 솔직하게 보여줬을 뿐이었다. 이후 서번트 리더십(부하에게 목표를 공유하고 부하들의 성장을 도모하면서, 리더와 부하간의 신뢰를 형성시켜 궁극적으로 조직성과를 달성하게 한다는 리더십 이론)을 실천했던 경험을 적으라는 문항에서는 내가 그동안 집단의 이익을 위해서 얼마나 많은 희생을 했는지, 얼마나 많은 일들을 남들 보다 먼저 실천하면서 다른 사람들의 참여를 독려하였는지, 초등학교 때 있었던 경험들을 나열했다.

이러한 자기계발계획서를 아무래도 입학사정관 선생님들께서 긍정적으로 봐주신 것 같다. 우리가 입시를 치를 때 입학관리부장을 하셨던 선생님께서 학원이나 과외를 통해 컨설팅을 받고, 여러 번 첨삭을 받은 문서에서는 다른 사람의 향기가 난다고 말씀하신 적이 있었다. 다른 사람이 만들어준 스토리로 구성된 문서는 글의 완성도가 높을지는 몰라도, 자연스러운 느낌이 안 난다는 것이다. 나는 의도치 않게 순수함으로 입학사정관들에게 어필하는 데 성공한 것이었다.

2차 전형에서 작성한 자기계발계획서의 내용을 바탕으로 실시된 3차 면접전형에서는 무엇보다 나 자신의 경험을 되새기는 데 집중했다. 자기계발계획서에 무슨 내용들을 적었는지 되새기면서, 어떤 질문들이 나올지 생각하며 직접 질문들을 만들어보았다. 그런데 이게 웬 일인가! 그토록 준비했던 문항들은 단 하나도 나오지 않고, 오히려 뻔하다고 넘겼던 쉬운 질문들이 이어졌다. "미국에서 생활한 적이 있다고 하는데, 생활하면서 크게 어려운 점은 없었어요?"라는 질문이 나오자마자 당황할 수밖에 없었다. 예상 외로 너무나도 간단한 질문이었기 때문에. 이런 돌발 상황 속에서 오히려 머릿속이 하얘지는 바람에 면접을 망칠 수도 있었는데, 그 짧은 시간 동안 머릿속으로 온갖 주문을 다 외우며 마인드 컨트롤을 하려 노력했다. '미소를 잃지 말자, 미소를 잃지 말자!' 10초 동안 마음을 가다듬고 편안하게 내 경험을 이야기했다.

미국 학교에 처음 등교했는데, 첫 시간이 하필이면 체육 시간이었습니다. 우리나라 학생들이 자주 하는 축구 같은 운동이면 괜찮은데, 배구와 피구를 혼합한 전에는 본 적 없는 알 수 없는 종목을 배우는 시간이었습니다. 당시 영어 실력이 매우 서툴렀기 때문에, 친구들이 열심히 설명해준 규칙을 하나도 알아듣지 못했습니다. "Do you know this game?"이라는 질문에 계속 "Yes."라고만 답할 뿐이었습니다. 정작 규칙 중 아는 것은 하나도 없었지만요. 이날 이후로 깨달았습니다. '아, 이곳은 말이 안 통하면 못 살아남는 곳이구나!' 그 이후로 친구들과 최대한 말을 많이 해보려고 노력했습니다. 제가 그 아이들의 말을 못 알아듣거나, 친구들이 제 말을 이해하지 못하는 경우에는 온갖 손짓 발짓을 이용해서라도 의사소통을 하려 노력했습니다. 역시 언어는 실제로 그 언어를 사용하는 사회 속에서 배워야 한다는 말을 그제야 이해할 수 있었습니다. 몇 달 만에 제 영어 실력은 눈에 띄게 향상 되었고, 외국인 친구들을 상대하는 것도 더 이상 부담스럽게 느껴지지 않았습니다.

즉석에서 생각해낸 답변이었다. 미국 생활에서 어려웠던 점은 수도 없이 많았지만, 그중에서도 가장 먼저 떠오른 것을 골라 급하게 만들어낸 답변이었다. 자기계발계획서 자체를 솔직하게, 실제 경험들을 바탕으로 작성했었으니, 면접 또한 그에 맞게 내 삶의 이야기를 진솔하게 할 수 있는 질문들이 주어진 모양이었다.

그 다음 질문은 그 전 문항보다도 나를 더 당황시켰다. "왜 개구리를 싫어해요?"였다. 면접관 선생님께서 (입학하고 나서 그분이 고등학교 체육 선생님이라는 것을 알게 되었다.) 나를 유심히 쳐다보시면서 "체격도 좋고 운동 잘 하게 생겼는데, 왜 소심하게 개구리를 싫어해요?"라는 질문을 진지한 표정을 지으며 던지셨다. 이런 질문이 면접 질문이라니! 그때의 그 충격은 지금까지도 기억에 생생하게 남아있다. 그래도 이 문제에 대답하는 것에는 매우 자신 있었다. 초등학교 저학년 때부터 6학년 때까지, 매년 자기소개를 할 때마다 개구리와 양서류를 싫어한다는 말을 했었고, 그에 대한 이유를 제공한 에피소드를 수도 없이 많이 설명했었기 때문이었다.

그때가 아마 여섯 살이었나 그랬을 것이다. 어린이집에서 친구들과 함께 민속촌으로 가을 소풍을 갔는데, 개울 옆의 산책로를 친구들과 함께 걷고 있을 때였다. 가로수 밑에서 발바닥만한 갈색 물체가 꿈틀거리며 움직이고 있는 것이었다. 호기심이 왕성했던 우리는 자세히 다가가 그것이 무엇인지 확인해보았다. 그것은 개구리 중에서도 가장 큰 것으로 유명한 황소개구리였다. 우리가 다가가 그것을 원형으로 둘러싸고 유심히 지켜보자, 열(?) 받은 황소개구리는 눈을 부릅뜨며 나에게 뛰어들었다. 다행히 재빠르게 몸을 피했지만, 그때 그 개구리가 얼마나 무섭게 보였던지, 엉엉 울면서 도망쳐 어린이집 선생님에게 달려가 안겼었다. 이 경험을 면접관 선생님들께 진지하게, 마치 동화 구연자라도 된 듯이 연기까지 해가며 설명했었는데, 애써 웃음을 참고 계신 선생님들의 모습이 눈에 들어왔다. 그때 든 생각은 단 하나였다. '그래, 반응이 좋다!'

마지막으로 나의 기본적인 인성을 알 수 있을만한 간단한 문항들과, 미국 생활을 끝낸 뒤에는 어떻게 스스로 영어 공부를 했는지 물어본 문항까지, 총 다섯 문항으로 구성되었던 면접이 끝이 났다. 다른 아이들은 세 문항, 많아야 네 문항 정도밖에 물어보지 않았었다고 했는데,

다섯 문항이나 대답해야 했던 나는 매우 특이한 경우였다. 아마도 추가 질문을 몇 개 더 물어보셨던 모양이다.

이토록 솔직했던 임세환은 결국에는 생각지도 못한 청심국제중학교에 자랑스럽게 입학하였고, 아직까지도 이 학교에서 살아남았다. 앞으로도 살아남을 것이고 말이다. – 임세환

## 때론 힘들어도 후회 없는 선택이었던 청심

국제중학교에 진학하면 좋은 시설에서 좋은 교육을 경험할 수 있다는 것을 초등학교 저학년부터 들어왔다. 초등학교 1년 선배였던 동네누나가 청심에 입학하는 것을 보고, 나는 청심이 상당히 멀리 떨어진 곳에 자리 잡고 있다는 사실도 알게 되었다. 청심국제중학교가 기숙사 학교란 사실도 그때 즈음에 알게 되었는데, 그 누나를 결국 일주일에 한두 번밖에 만나지 못하는 신세가 되었다. 하지만 그 누나를 통해 청심에 대해 자세히 듣게 되면서부터 청심이 나의 목표가 되었다.

자기소개서를 쓰기 이전에, 나는 기본적으로 제대로 된 선생님 추천서와, 좋은 성적을 받는 것이 더 중요하다고 생각하였다. 좋은 성적을 받으려고 다른 학년 때보다도 더 많은 노력을 했고, 담임선생님께 좋은 추천서를 받았다고 생각한다.

자기소개서(1차 시험) 쓸 때 나오는 질문들은 시험 전에 알 수 없기 때문에, 나는 '답'을 찾기 보다는 '써야 할 내용'들을 만드는 데에 치중하였다. 나는 어떤 사람인가? 왜 이 학교에 지원하고자 하는가? 청심의 교육철학 즉, ACG 교육과정에 대해 어떻게 생각하는가? 등에 대한 답을 찾기 위해 노력했다.

면접에서는 특이한 내용은 물어보지 않았고, 오히려 굉장히 뻔한 내용들에 대해서 물어보았다. 나 또한 평소 성실하게 공부하는 스타일인 나의 모습 등을 부각시키면서도 최대한 공부에 대한 열정을 갖춘 학생이라는 사실을 보여드리려 애썼다.

면접 때 나에게 어떤 질문들이 쏟아질지를 예측하는 것은 정말 어렵다. 하지만 조금만 생각해보면, 면접관들도 '이 아이가 진짜로 2차 시험에서 우리가 본 그 아이와 같은지?'를 확인하는 과정일 뿐이다. 즉, 2차 시험에서 자기가 답하고 적은 내용들을 잘 기억하고 준비하여 3

청심에 대한 꿈을 갖게 해준 고마운 책 《청심일기》

차 면접을 준비한다면, 크게 문제 될 것은 없다는 뜻이다. 2차 시험이 끝난 후 어머니가 자소서에 뭐라고 적었는지 최대한 기억해서 기록해 놓으라고 하셨는데, 3차 면접 후에 나는 그 뜻을 이해할 수 있었다.

개인적인 사정 상 초등학교 마지막 수학여행에 참여하지 못한 나는 좀 우울한 감정에 빠져들었다. 그때 우울한 마음을 달래기 위해《청심일기》를 접하게 되었다. 이 책을 보면서, 나의 결정이 가치 있고 의미 있다는 것을 스스로에게 확신시키게 되었다.

결국 청심에 들어오고 나서 나는 하루하루를 힘들고 바쁘게 보내게 되었다. 생각하는 것도 느리고, 잔머리도 별로 없는 고지식한 성격이라서 공부 습득 속도가 빠르고 직감이 좋은 아이들에게 밀리는 것이 청심에서 나의 현실이었지만, 나는 이것도 모두 청심이 의도한 교육의 과정이라고 생각하고 최선을 다해 임했다.

이제 곧 한학기만 있으면 졸업과 끝을 마주하게 된 3학년이 되었는데, 1학년과 2학년 때보다는 훨씬 더 적응하고 재미있게 즐기게 된 것 같아서 기쁘다. 나는 그 모든 힘든 시간들 중에서 수없이 청심을 원망하고 나의 결정을 후회한 적이 많지만, 그래도 모든 힘든 일이 끝나면 돌아오는 것은 더 높은 성취감과 기쁨이란 것을 깨달았다. 청심에 들어오고 싶은 사람이라면, 용기를 내 도전을 해보기를 바란다. – 구재우

# 더 큰 미래를 꿈꾸게 해준 청심

초등학교 5학년. 미국에서 혼자 검색을 하다 찾게 된 청심국제중학교. 부모님과 떨어져 미국에서 생활하고 싶다는 막연한 내 어렸을 적 꿈을 따라 유학을 하고 있었던 나였다. 아직 꿈이 확실해지지 않았고, 세상에 대해서 많이 알지 못한 미성숙한 내게 ACG교육을 한다는 청심국제중학교의 존재는 동경의 대상이었다. 이타적인 품성과 창의적 지식, 그리고 글로벌 리더십. 막 새로운 지식의 호기심과 열정이 무르익기 시작했을 때였는지는 몰라도 청심이라는 두 글자는 내 가슴을 뛰게 했던 것 같다.

나는 당시에 국경없는의사회(Doctors without borders)에서 인류 구원에 대한 사명감을 가지고 일해보고 싶다는 꿈을 가지고 있었다. 말로 모건의 《무탄트 메시지》에서 큰 감명을 받은 나는 오지에서 마음과 마음이 이어지는 의료를 보여주고 인간의 의미를 고찰할 수 있도록 해준 작가처럼 인류를 위해 헌신하고 열정을 나누고 싶었기 때문이었다. 그리고 이러한 꿈, 어쩌면 희생뿐으로 보일지 모르는 비전이지만 청심국제중학교의 입학이 내 비전을 더욱 생생하게 해줄 수 있을 것이라고 믿었다.

그 이후 나는 정말 가슴에 손을 얹고 일주일에 몇 번씩 청심국제중학교와 관련된 꿈을 꾸면서 아침을 맞이했다. 이렇게 생생하고 뚜렷한 꿈이 청심국제중학교 합격을 가져온 것은 아닐까하는 생각이 든다. 청심국제중학교 준비에 대해서 말하자면 TED나 책을 통해 관심분야에 대해 더 생각하고, 혼자 거울을 보며 말하는 등 내 비전을 확고하게 하기 위해 더 노력했던 것 같다. 그리고 이런 작은 노력들이, 6학년 때의 컵스카우트 보장으로서의 활동, 전교회장으로서의 회의 진행, 유학의

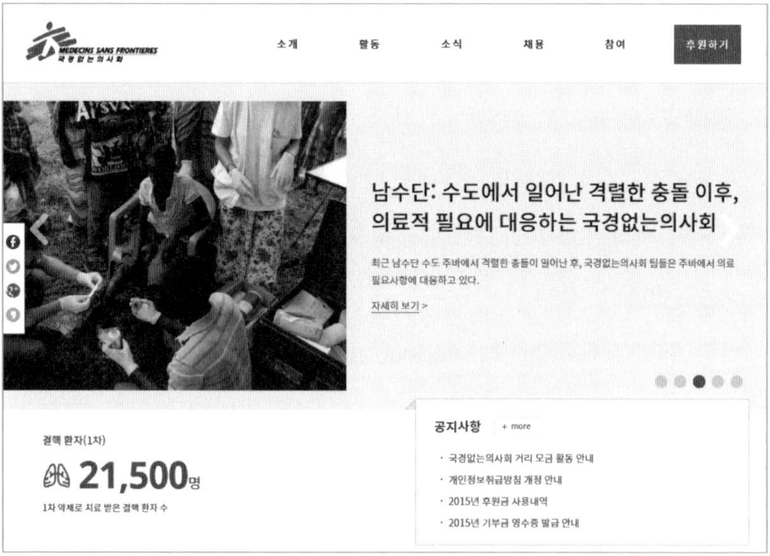


국경없는의사회에서 봉사하는 것은 내 일생의 꿈 중 하나다.

경험, 독서의 깨달음 등 내 모든 것을 짧은 2시간 안에 표현하려고, 내 개성을 후회 없이 보여드리려고 애를 썼다.

내가 면접장에 들어서자 기숙사에서 어떻게 생활할 것이니, 미국에서는 어땠니, 청심국제중학교에 들어오면 무엇을 하고 싶니 등의 질문들이 나왔고, 그저 나 자신에 대해 대답하는 것이기 때문에 큰 어려움은 없었던 것 같다. 그래도 긴장을 풀지 않으려고 노력했고, 들어가기 전에 노크하고 조심스럽게 문을 열고 들어와 앉는 등 최대한 예의 바르고 밝고 열정적으로 답할 수 있도록 노력했다.

이렇게 입학하게 된 청심국제중학교. 주위에서 당시 의사가 되고 싶으면 학원가에서 더 많은 시간 동안 수학과 과학을 공부하는 게 낫지 않으냐는 말을 많이 듣기도 했지만 꿋꿋하게 청심국제중학교를 고집했던 나. 내 꿈에 빨리 도달할 에스컬레이터를 찾는 것 보다 그 과정도 행복하고 즐길 수 있어야 된다는 신념이 있었기 때문에 그런 기회를 놓치고 싶지 않았다.

솔직히 말해서 학교 끝나자마자 학원에 가서 매일 공부하는 친구들보다 성적으로는 내가 부족할지도 모른다. 하지만 청심에서는 학문에 대한 고찰과 고민으로 더 큰 세상을 바라보고 학문을 즐길 수 있게 되었다. 또한 나는 청심을 통해서 인생과 열정과 세상을 바라보는 시각을 배울 수 있었고, 늘 우리들을 위해 격려를 해주시고 가슴을 울리는 수업을 해주셨던 좋은 선생님 슬하에서 공부할 수 있었기 때문에 그 어떤 경험보다 3년 동안의 시간이 내게는 소중하다.

내게 인생이란 세상에 나를 맞추는 것이 아니라 내 꿈과 열정을 향해 세상에 맞서기도 하고 도전을 하며 새로운 길을 만드는 여정이라고 생각한다. 그리고 그런 내 비전에 맞게 청심의 ACG교육, 기숙사 생활부터 논문 쓰기 등의 뜻이 깊은 수행평가들은 나를 매 순간 성장하게 해주었다. 그 과정에서 3년 동안 절망하기도 하고, 힘들어 하기도 하고 눈물을 많이 훔치기도 했지만, 이 학교에 왜 들어와서 이렇게 힘든가에 대해 한탄을 하기도 했다. 그러나 3학년이 되고 난 지금, 그 힘들고, 눈물 많던 시절들이 소중한 경험이 되었고, 깊은 생각을 하게 되면서 많이 성숙한 것 같다.

청심의 가장 큰 장점은 삶의 지혜를 배울 수 있다는 것이다. 세상의 틀과 형식에 맞춰 생활하는 것이 아닌 내가 자유롭게 개척하고 창조해나갈 수 있다. 나를 고민하고, 인간을 고민하고, 세상을 고민할 수 있도록 해준, 인생의 의미를 깨닫게 해준, 청심. 좋은 친구들 곁에서 서로의 부족한 점들을 보살펴 줄 수 있는 청심. 뇌 과학, 데이터 과학 분야를 공부하겠다는 새로운 꿈을 꾸게 해준 청심. 늘 열려 있고 더 큰 미래를 꿈꾸게 해준 청심. 초등학교 때와 많이 달라진 나이지만, 청심국제중학교가 있었기에 새로운 내가 탄생했고, 성숙해진 내 자아를 다듬기 위해 나는 더 열정적으로 자신을 갈고 닦을 것이다. _ 김민솔

# 내 인생의 터닝 포인트가 되어준 청심

초등학교 시절의 '나'는 지금과는 사뭇 달랐다. 남양주의 작은 학교에 다니면서 학원도 다니지 않고 매일매일 즐겁게 살았기 때문에 나는 학업에 대한 고민이나 중학교 입시에 대한 고민을 하지 않았다. 그런 나에게 영향을 준 것은 뜻밖에도 친한 학교 선배의 청심 합격 소식이었는데, 돌이켜보면 이는 나의 16년 인생 중 가장 큰 터닝 포인트의 시작이 아니었을까 싶다.

그 선배가 청심에 합격한 후, 입시가 코앞으로 다가온 나는 '청심'이라는 새로운 가능성에도 관심을 가지게 되었다. 나는 청심의 가능성을 생각하고 있는 많은 학생들에게, 청심에 지원하는 이유가 장대하지 않아도 된다는 것을 알려주고 싶다. 적어도 목표에 정당한 이유가 있고, 다른 사람의 강요가 아니라면 그것만으로도 당신의 이유는 다른 사람들과 비교할 수 없는 가치를 지닌 것이기 때문이다.

나는 청심 자체를 목표로 삼아서 '청심이 아니면 안 돼.'라는 생각을

잔디운동장 옆에 설치되어 있는 스탠드에서 즐거운 한때

가지고 있기보다는 청심을 목표로 정했기에 그걸 '이루기 위해' 열심히 노력한 케이스였는데, 비교적 짧은 시간 내에 열심히 노력해서 성과를 거두었던 것 같다. 그만큼 나는 입시를 꽤나 진지하게 준비했었고, 초등학교 생활도 열심히 해서 생활기록부도 잘 챙겼었다.

청심의 입시는 그동안 많은 변화를 겪어왔다. 이전 선배들의 경우 각 교과과정 심층 면접으로 입시 캠프도 진행했었는데, 9기(나)까지는 심층면접과 캠프를 없애고 자기계발계획서와 면접을 통해 학생들을 뽑았다. (현재는 추첨과 면접만 진행한다.) 지금 청심을 준비하고 있는 학생들은 모르겠지만 우리 때는 청심에 지원하는 학생들이 모두 모여 한 장소에서 '자기계발계획서'라는 것을 썼었다. 자기계발계획서는 매년 그 문제들이 달랐었고, 줄글만이 아니라 '나를 소개하는 PPT 그리기', '책 속 인물 중 스승으로 삼고 싶은 사람과 그 이유', '서번트(servant) 리더십을 발휘했던 경험' 등 다양한 형식과 내용의 문제들이 나오기도 했다.

어엿한 청심인이 되어, 입시를 준비하고 있는 학생들에게 전할 충고로 가장 먼저 떠오르는 말은 '최선을 다하라!'다. 이 틀에 박히고 진부한 충고는 면접 중심의 입시를 진행하고 있는 현재의 입시생들에게는 더욱 중요하다. 면접에서 학교에 대한 열망과 열정을 가진 자는 눈에 보이기 마련이다. 면접장에서 선생님들이 어려운 수학, 영어 문제를 물어보시지 않기 때문에 자신감 있게 최선을 다하는 태도를 보인다면 높게 평가될 것이라 생각한다. 결과에 상관없이 많은 사람들 앞에서 내 생각을 표현하고 자신감을 기르는 데에 이러한 경험들이 큰 도움이 되기 때문이다. 큰 대회나 시험을 많이 보는 것도 도움이 된다. 나 같은 경우 다양한 시험에 응시하면서 면접에 익숙해지면서 청심 면접 때 크게 긴장하지 않을 수 있었던 것 같다.

마지막으로 나는 청심에 대해 잘 모르는 학생들에게도 청심 입시를 준비해보는 것을 추천해주고 싶다. 나도 청심에 대해 잘 모르고 있다가 늦게나마 청심 입시를 준비하게 되었는데, 나는 이 선택을 지금도 정말 잘한 선택이라고 생각하고 있으며, 청심에 온 것이 나의 인생에서 가장 멋진 터닝 포인트였다고 생각한다.

도전하라. 합격한다면 인생이 달라질 수도 있는 엄청난 기회를 얻는 것이고, 설령 합격하지 못한다 하더라도 이는 자신을 성찰하고 발전시킬 수 있는 멋진 첫 경험이 될 것이다. 그 무엇이 되었든, 최선을 다하기만 하면 된다는 것을 잊지 말자. 이는 청심에 이어 두 번째 입시를 준비하고 있는 선배로서, 최선을 다하지 않는 것은 후회로만 남을 것을 알고 있기에 하는 충고이다. – 김하은

# 청심을 향한 첫 발걸음

처음 청심에 대해 알게 된 것은 5학년 때 부모님을 통해서였다. 중학교 때부터 기숙사생활을 하는 국제중학교가 있다는 것을 알게 된 후, 나는 친구들과 먹고 자고 24시간 동안 학교에서 생활할 수 있다는 것에 대한 호기심이 생기게 되었다. 이 호기심은 청심에 대한 관심으로 자라나기 시작했고 청심의 수준 높은 수업과 좋은 환경에 대해서도 알게 되면서 청심에 매력에 빠져들었다. 또 기숙사 학교 특성상 사교육이 거의 없다는 사실이 청심을 선택하게 된 결정적인 계기가 되지 않았나 싶다. 학원에 시달리는 주위 친구들을 보면서 초등학교 시험부터 나는 사교육에 대한 반감을 갖고 있었던 것 같다. 스스로 계획하고 학습하는 것이 느리고 힘들 수 있지만 나는 그것이 지식을 내 것으로 만드는 방법이라고 생각한다.

물론 청심을 선택하며 많은 걱정과 넘어야 할 산들이 많았다. 경쟁률부터 전국적으로 모집하는 청심은 나에게 너무나 큰 벽처럼 보였고,

청심에 가면 친구들과 환경이 모두 달라지기 때문에 선택의 갈림길에 서야만 했다. 나는 기숙사 생활에 대한 걱정보다 '과연 내가 할 수 있을까?'라는 생각이 컸다. 하지만 당시 나는 청심을 포기할 수가 없었고, 결국 과감히 도전하는 것을 선택하였다. 그리하여 청심 진학을 결정한 나는 최선을 다해 청심을 입학하기 위한 준비를 시작하였다.

자기소개서와 면접 부분에서는 나는 학원 등의 다른 도움을 받지 않고 부모님의 도움을 위주로 준비했다. 자소서 기출문제를 찾아 작성해보고, 면접 예상 질문들을 뽑아 연습하는 식이었다. 9기가 입학 할 때에는 직접 선화예술고등학교에서 두 시간 동안 많은 분량의 자소서를 즉석에서 써내야 했고, 그 비중이 굉장히 컸기 때문에 자기소개서 준비가 가장 중요해질 수밖에 없었다. 그래서 나는 몇 달간 나를 탐구하고, 진로에 대해서도 생각하며 자기소개서에 녹여낼 이야기를 준비해나갔다. 자소서 작성 당일, 처음에는 기출문제와 다른, 창의적이고 신선한 문제에 당황했지만 나는 그간 준비했던 나의 이야기를 풀어 써 나갔다. 그 결과 나는 1차 합격이라는 큰 벽을 넘을 수 있었다.

그 후 며칠 남지 않은 면접 날짜에 뽑아 놓았던 자소서를 기반으로 한 질문들에 대한 연습을 하였는데, 엄마와 함께 건물 옥상에 올라가 걸어가는 것과 인사하는 것까지 연습하며 면접 준비를 하였던 기억이 있다. 면접은 청심에서 치러졌으며, 면접관 선생님들께서 (아무래도 초등학생을 대상으로 한 면접이다 보니) 밥은 먹었니, 누구랑 왔니 등 가벼운 질문부터 해주시면서 조금은 편한 분위기로 면접을 볼 수 있었다.

면접 질문은 지금은 기억이 잘 나지 않지만 자기소개서에서 뽑은 예상 질문에서 나온 질문이 상당히 많았고, 주변 친구들을 살펴보면 기숙사 생활에 대한 문제는 거의 필수 질문인 것 같다. 그렇게 생각보다 편하게 면접을 보고 나는 믿지 못할 만큼 감격스러웠던 최종 합격을 받을 수 있었다.

청심을 준비하고 입학 한 것은 나와 내 삶을 완전히 바꾸어 놓았다. 우물 안 개구리였던 내가 우물 밖인 청심에 나와 더욱 넓은 세상을 볼 수 있게 된 것이다. 청심을 준비하면서 나를 알아가고, 많은 것들을 느꼈으며, 입학 한 후 정말 좋은 환경에서 좋은 친구들과 함께 생활하면서 누구보다 행복한 중학교 생활을 보낼 수 있었다. 설령 청심을 준비하다 떨어지더라도, 그 경험 자체가 나는 누구인가, 나는 앞으로 어떠한 길을 갈 것인가에 대해 스스로에게 물어보며 자아를 찾아가는 데 많은 도움을 준다. 도전은 당연히 두려울 수밖에 없다. 하지만 그 만큼 값진 경험이 돌아온다. 나는 청심 지원을 망설이고, 도전을 두려워하고 있는 학생들에게 지원을 꼭 추천하고 싶다. 3년 전, 많은 리스크 속에서도 청심을 선택한 나에게, 그리고 그런 나를 이끌어 주고 정말 많은 도움을 주신 부모님께 감사의 말을 전하고 싶다. _ 정민지

## 청심만의 특별함 - 친구 그리고 수업

'청심국제중학교'라는 곳에 처음 들어오면 누구나 그 규모와 생활환경에 놀라 입이 쩍 벌어진다. 우리 기수 앞의 모든 선배님들도 늘 같은 경험을 해왔고, 나 역시 예외가 아니었다. 입학통지서를 받은 후 날아갈 듯한 기분을 안고 입학 날을 기다리던 그때의 모습을 지금 되돌아보면 저절로 입가에 웃음이 피어난다. 가끔 드는 생각이지만, 청심 입학통지서를 받고 기쁨에 겨워 소리를 지르던 날이 엊그제 같은데, 벌써 2년이 넘는 시간이 지나가고 중학교 최고 학년으로서 곧 다가올 졸업을 향해 달려가고 있다는 것이 실감이 나지 않을 때가 많다.

초등학교를 갓 졸업한 앳된 얼굴의 예비 중학생이었던 나는 홍보물의 첫 표지를 대문짝만하게 장식하는 청심의 자태에 탄성을 내질렀다. 그땐 아직 청심에 입학하기 전이었고, 나는 "와! 내가 정말 이런 곳에서 3년을 지내게 되는 거야?"라는 설렘, 그리고 부모님과 오랫동안 떨어져 지내야 한다는 데서 오는 약간의 불안감을 안은 채 하루하루를 보냈다. 마치 온몸이 구름 위에 붕 떠 있는 듯한 기분 속에서 청심은 나에게 막연한 동경의 대상으로 자리 잡았다.

나중에야 알게 된 사실이지만, 친구들에게 청심에 입학하게 된 동기를 들어보니 생각보다 대학입시를 위해 청심에 지원한 아이들이 꽤 많다는 것을 깨닫게 되었다. 그런 아이들이 나는 마냥 신기했고, 또 한편으로는 대단하다는 생각도 들었다. 그리고 한편으로는 걱정이 들기도 하였다. "정말 자신이 가야 할 길을 확실하게 알고 있는 친구들이구나!" 다들 이렇게 멀리 내다보는데, 나만이 단순히 청심에서 공부하는 게 좋아서 들어온 건 아닐까? 나는 아직 확실한 꿈도 못 정했는데…. 역시 내가 이상한 걸까?

아직 초등학교를 졸업한 지 얼마 되지 않은 나에게 대학입시는 아주 먼 훗날의 얘기로밖에 생각되지 않았고, 그렇기에 벌써부터 대학입시를 위해, 더 나아가 미래를 위해 달려가는 아이들의 굳은 의지가 보이는 것만 같아 당시에는 정말 대단하다는 생각만 들었던 것 같다. 어쩌면 그때부터였는지도 모른다. '아, 청심이란 곳은 확실히 다르구나.'라는 것을 느낀 게. 전국구의 학생들이 모여 수업을 받는 학교인 만큼 청심은 말 그대로 다양한 환경에서 자라온, 온갖 다양한 성격을 지닌 학생들의 집합체이다. 사실 처음 청심에 들어와서 가장 놀라고, 또 적응하는 데에 가장 오랜 시간이 걸렸던 것도 바로 그 부분이었다.

청심의 새 학기는 내가 알던 학교생활과는 완벽히 달랐다. 서울부터 부산까지, 심지어 외국에서 살다온 아이들도 함께 모여 청심의 1학

'여기가 앞으로 내가 지낼 곳이고, 내가 어울리게 될 친구들이구나.'라는 생각에
설렘과 흥분에 가까운 울렁임이 일었다. ⓒ정예담

년 3반에 배정되던 그날의 기억은 아직까지도 생생하게 남아있다. 처음 교실에 발을 디디던 순간, 일제히 내 쪽을 돌아보던 27명의 아이들. 그리고 호기심 어린 눈으로 나를 바라보던 아이들과 나 사이에 감돌던 팽팽한 긴장감. 순간 말로 형언하기 힘든 울렁임이 물결처럼 밀려왔다. 마치 롤러코스터를 타다 가장 꼭대기에 도달해 내가 곧 떨어질 것임을 알 때의 그 묘한 해방감과도 같은 느낌이었다. 하지만 그 울렁임은 불안감이라기보다는, '여기가 앞으로 내가 지낼 곳이고, 내가 어울리게 될 친구들이구나.'라는 데에서 오는 설렘과 흥분에 가까웠다.

청심에서 2년을 보낸 후 친구들이 하나같이 입을 모아 말하는 것이 있다. 바로 청심에서 얻는 친구들은 정말 '인생친구'가 될 것 같다는 거다. 100명이라는 작은 인원이 3년을 한 공간에서 함께 동고동락하며 지내니 어쩌면 제2의 가족이라 불릴 만큼 가까워지는 것도 당연한 것 같다.

부모님의 품을 떠나 또래의 친구들과 어울리면서, 나는 오히려 대인관계를 유지하고 미래에 하게 될 사회생활의 단면을 경험해보며 청심이 아니었더라면 그 어디에서도 얻지 못할, 값진 경험들을 했다는 생각이 들었다. 나에게 청심의 친구들이란 뗏목과도 같았다. 하나하나의 나무토막으로만 지냈더라면 벌써 풍랑과 파도에 휩쓸려 이리저리 표류하다 결국은 갈 곳을 잃었겠지만, 한데 뭉쳐 하나의 뗏목이 되었기에 거센 바람과 파도가 몰아쳐도 끄떡없이 버텨낼 수 있었던 것이다.

내가 청심에 대해 처음 알게 된 건 친구를 통해서였다. 친구와 이야기하다 정말 우연히 알게 된 '청심'이라는 곳은 생소하게만 느껴졌다. 그때까지만 해도 내가 청심에 대해 갖고 있던 이미지는 이런 것이었다. '아, 우리나라에도 정말 이런 중학교가 있구나!' 사실 청심을 알고 난 지 얼마 되지 않았을 때 내가 가지고 있던 이미지는 정말 막연한 동경이었다. 지금까지 내가 다니던 초등학교와는 너무나도 다른 거대한 건물, 그리고 산속에 홀로 자리 잡은 학교라는 데에서 오는 묘한 신비로움까지. 친구의 말을 듣고 난 날 밤 청심을 검색해보았던 이유도 바로 그것이었다. 웹사이트를 검색하자마자 눈앞에 펼쳐지는 학교의 장관에 나는 두 눈이 휘둥그레졌다. 그렇지만 그와 동시에 약간의 거리감도 느껴졌다.

그때는 정말 내가 이 학교에 입학하리라고는 상상도 하지 못했었다. 그러나 내가 청심에 지원해야겠다는 결심을 하도록 한 결정적인 계기는 학교의 시설도, 아름다운 경관도 아니었다. 그것은 바로 영어 수업이었다. 청심에 대한 정보를 이것저것 찾아보던 중 나는 청심의 영어 수업에 대한 내용을 읽게 되었다. 그리고 경악을 금치 못했다. 영어원서를 읽고 난 후 그 내용을 토대로 토론식 수업과 에세이를 병행하는 문학수업, 뉴욕타임스 등 영자신문을 읽고 그에 대한 자신의 의견이나 해결 방안을 제시하는 시사수업까지…. 나는 그 부분을 읽고 '아, 이것이야말로 내가 원하던 수업이다!'라는 생각이 확 들었다. 그리고 청심에 가면 그토록 내가 원하던 영어 공부를 전문적인 선생님 밑에서 할 수 있다는 생각에 들떴다. 이 결정을 내린 후, 청심은 내 마음속에서 처음의 '시설이 좋은 학교'라는 이미지에서 점차 내 꿈을 이루도록 도와줄 '꿈의 학교'로 변해갔다.

그리고 서류를 낸 후 다가온 자기소개서 쓰는 날. 그 전날 밤, 나는 긴장감에 한숨도 자지 못했다. '질문은 어려울까? 시간은 충분할까? 어떻게 나를 표현하면 좋지?' 그 문제들에 답하면서 내가 나 자신을 다 보여줄 수 있을까? 내가 대답을 못하는 문제가 나오면 어떡하지? 머릿속에 하나 둘씩 생겨나는 고민들을 애써 억누르며 나는 쉴 새 없이 몸을 뒤척였다.

시험이 시작되었다. 나를 가장 당황케 했던 것은 바로 첫 번째 질문이었다. 6개의 빈 PPT 슬라이드 위에 적힌 문제는 이렇게 말하고 있었다. '당신을 소개하는 PPT를 만드시오!' 쓸 수 있는 내용은 수없이 많았지만, 오히려 너무나도 막연한 문제에 나는 적잖이 당황했다. 그러나 곧 정신을 차리고 생각을 하기 시작했다.

'나를 표현할 수 있는 것들엔 뭐가 있을까? 그래! 나는 언제나 친구들이 힘들 때 옆에서 기분을 좋게 해주니까 충전기와도 비슷하네!' 이렇게 하나하나 나와 공통점을 지닌 네 개의 물건을 찾았다. 크리스토퍼 콜럼버스, 다이아몬드 원석, 충전기, 그리고 북두칠성이었다. 그리고 나는 슬라이드마다 그렇게 생각한 이유를 적어 내려가기 시작했다. 그 이유는 각각 호기심이 많고 늘 새로운 것들을 찾아 나서서, 계속 갈고 닦다 보면 귀한 보석이 될 수 있는 가능성을 지니고 있기에, 친구들이 우울할 때 옆에서 기운을 북돋아 주는 충전기 같은 존재가 되어주어서, 그리고 마지막으로 친구들이 가야 할 길을 잘 모르고 힘들어 할 때 북두칠성처럼 길잡이가 되어주기 때문이라는 이유를 썼다.

그 이후에도 청심에 입학하면 수학과 영어를 각각 어떻게 공부할 것인지에 대한 공부 방법을 들어 설명해보라는 문제, 그리고 서번트 리더십에 대해 묻는 문제, 자신이 인상 깊게 읽은 책의 목록을 묻는 문제 등 다양한 문제가 나왔다. 하지만 나는 그동안의 내 경험을 토대로 최대한 나를 보여주기 위해 최선을 다해 글을 쓰고 왔다.

1차 합격 발표가 나고 면접을 치렀다. 공교롭게도 나는 1고사실의 첫 번째 순서였다. 잔뜩 긴장한 상태로 들어가 어떤 질문을 받게 될까, 수만 가지의 고민들이 머릿속을 스쳐 지나갔지만 오히려 이야기를 시작하니 긴장이 좀 풀리는 듯했다. 내가 받은 질문들은 모두가 자소서를 바탕으로 한 것이었다. 내가 얘기한 공부 방법에 대하여 조금 더 상세히 이야기 해줄 수 있겠느냐, 룸메이트와 문제가 생겼을 때에는 어떻게 해결할 것인가, 청심에 오면 부모님과 떨어져 지내야 할 텐데 그래도 괜찮겠는지 등등을 물어보셨다. 마음속은 요동치고 있었지만 떨리는 마음을 추스르고 차분하게 이야기해나가고, 내가 무슨 말을 했는지 다 기억이 나지도 않을 때쯤 면접이 끝났다. 아주 오랜 시간이 지난 것 같았지만 시간을 확인해보니 몇 분도 채 안 지났던 기억이 난다. – 정예담

# 내 꿈을 펼칠 수 있는 학교 청심

저는 원래 청심국제중학교에 대해 잘 알지 못하였습니다. 그런데 저희 어머님께서 제가 6학년 때 청심국제중학교 설명회에 갔다 오시고 나서는 "우와, 이 학교 무척 좋은 학교 같다. 이 학교에 대해 조금만 더 알아보자."라고 말씀하셨습니다. 그러고 나서 저는 저희 어머님과 함께 청심국제중학교 학교 방문 설명회에 가게 되었습니다. 그때 저 또한 저희 어머니처럼 이 학교에 푹 빠지게 되었습니다.

청심의 교육이념부터 교육목표, 학생 관리 시스템 등 모든 것이 마음에 들었습니다. 먼저 토론식 수업이 이 학교에 대한 제 마음에 불을 밝혔습니다. 토론식 수업은 미국 및 다른 나라들에서만 실행되는 교육 방법인 줄 알고 국내에서는 이루어지는 것이 힘든 걸로 알고 있었는데, 그런 토론식 수업이 청심국제중학교에서 진행된다고 하니 저는 정말로 놀랐습니다. 학생들끼리 어떤 한 주제에 대해 의논하고, 토론을 통해 결과를 도출해내고, 그 도출물을 친구들 앞에서 발표한다는

보기만 해도 가슴이 두근거리는 청심국제중학교 전경

것이 저한테는 그것이 혁신적으로 다가왔습니다.

또한 청심국제중학교의 시설에 크나큰 감동을 받았습니다. 물론 지어진 지 약 10년밖에 되지 않은 신생 학교이긴 하지만 깨끗이 정비된 시설이 마음에 들었습니다. 대강당, 도서관, 운동장 (특히 운동장에 있는 잔디) 등 다른 여러 시설을 둘러보았는데, 제가 본 학교들 중에서 이보다 좋은 학교는 없었던 것 같습니다. 정말로 이 학교면 제가 제 꿈을 펼치는 데 적합하겠다 싶었습니다. "우와, 우리나라에 이런 학교가 있었다니!!" 이렇게 좋은 학교에 가고 싶다는 마음이 커진 저는 열심히 청심국제중학교 입시에 심혈을 기울였습니다.

책도 꾸준히 읽고 (예전에는 책을 꾸준히 읽지 않고 독후감상문을 적어야 할 때만 읽었었는데, 입시를 위해서 책을 읽기 시작하였습니다.) 자기계발계획서 적는 연습 또한 열심히 하였습니다. 제 기억에 남은 자기소개서 질문 중에는 이런 질문이 있었습니다. "당신의 서번트 리더십에 대해 기술하시오." 청심국제중학교 교육이념에 글로벌 리더십(Global Leadership)이 있기 때문에 자기계발계획서를 준비하는 과정에서 여러 가지 리더십에 대해 알아보았습니다. 그래서 그 문제를 직면했을 때, 저는 열심히 준비했다는 것을 새삼 느낄 수 있었습니다.

인상 깊었던 또 하나의 문제는 PPT 여섯 개의 슬라이드에 자신을 소개하는 문제였습니다. 일단 PPT는 시각 자료이고, 그 자료를 통해 발표 중 사람들의 이목을 끌어야 하는 도구로 생각한 저는 제 모습을 그렸습니다. 각 슬라이드마다 모습이 다른 제 자신이 있었고, 열심히 꾸몄습니다. 남은 문제들도 제 최선을 다해 작성하였고, 한 달가량 자기소개서에 대한 결과를 기다렸습니다.

결과는 합격! 1차 합격의 기쁨을 누린 것도 잠시, 바로 면접 준비에 들어갔습니다. 면접 때는 어떤 자세로 임해야 하며, 조리 있게 말하는 방법은 무엇이며, 예상 문제를 만들어 답하는 연습을 하며 저는 면접에 제 최대한의 노력을 기울였습니다. 그렇게 열심히 준비해갔지만 저는 면접 때의 기억이 거의 없습니다. 제가 유일하게 기억하는 것은 면접실의 문을 열고 들어가 자리에 앉아 제 이름을 말한 후, 다시 의자에서 일어나 문을 닫는 모습입니다. 정말 그 사이에 있었던 것들은 아무

것도 기억이 나지 않습니다. 제가 면접 본 것을 기억하지 못하는 것은 아마 제가 너무 많이 긴장해서였기 때문일 것입니다.

저는 전반적으로 청심 생활에 매우 만족하고 있습니다. 그렇게 어려운 과정을 통해 들어온 보람이 있는 것 같습니다. 그리고 청심국제중학교에 와서 많은 것을 배우고 졸업을 앞두고 있다는 것이 참 신기하고 만감이 교차하는 것 같습니다. 청심, 사랑합니다! – 홍성재

# 2.
# 이타적 품성과 창의적 지식으로 글로벌 리더를 꿈꾸다

ACG 교육을 통한 다양한 경험 - 김민솔

방학! 즐기거나 고생하거나 - 임세환

영어와 한국어로 배우는 수업 - 김민솔

즐겁게 공부할 수 있는 환경 - 김하은

특화된 청심의 예체능 교육 : 1인 1악기, 양궁, 조정 등 - 김하은

팝송을 떼창하고, 영미문학을 읽으며 하는 영어 공부 - 배근영

지적호기심을 채워주는 방과후수업 - 김민솔

# ACG 교육을 통한 다양한 경험

청심국제중학교의 가장 큰 특징이자 장점은 쉽게 할 수 없는 다양한 경험이라고 할 수 있을 것 같다. 색다른 매력과 색깔을 가진 동기들이 다양한 경험들을 통해 하나가 되고 깊은 우정을 쌓으면서도 외로움이 아닌 아름다운 고독을 통해 우리는 우리 자신을 진정으로 발견하게 된다. 지금부터 그 특별한 학교에 다니는 평범하나 다양한 색깔을 지닌 청심 9기 동기들과 이야기를 나누면서 청심국제중학교라는 학교를 사랑할 수밖에 없는 그  매력을 드러내고자 한다.

## 이타적 품성

청심국제중학교에 들어오면 좋은 친구들과 함께 희로애락을 나누며 즐겁게 공부할 수 있다. 그리고 선생님들께서는 늘 학생들에게 관심이 많으시고 개개인의 장점과 개성을 살려주기 위해 노력하시기 때문에 우리는 스스로를 더욱 더 사랑할 수 있게 되며 행복하게 배울 수

## ACG

### A : Altruistic Mind(이타적 품성)

청심국제중학교에서는 힘든 일이 많을 수도 있다. 가족 없이 지내기 때문에 친구들과의 관계, 공부 등에서 어려움을 겪기도 한다. 그러나 그만큼 우리는 역경을 극복해나가는 과정에서 성장하고, 역경은 우리가 성숙해지는 새로운 계기가 된다. 우리는 청심에서 나와 다른 생각을 가지고 있는 친구들과 선배님들, 그리고 후배들과의 교류를 통해, 서로의 의견을 경청하고 조율을 통해 굳건해지는 공동체 속에서 걸음마를 떼고 세상이라는 넓은 곳으로 나아가게 된다.

### C : Creative Knowledge(창의적 지식)

청심국제중학교 학생들에게 청심에서 가장 힘들었던 것은 무엇일까라고 물으면 수행평가라고 대답하지 않을까? 그러나 그 수행평가들 속에서 깊은 의미를 찾고 논문과 보고서를 작성해나가면서 우리의 열정을 발굴하는 기회라고 또한 모두가 공감할 것이다.

### G : Global Leadership(글로벌 리더십)

영어 원서, 다양한 자료들을 통해 교과서적인, 또는 단편적인 지식에서 나아가 세상을 바라보는 안목을 키울 수 있게 된다. 도덕, 사회, 역사, 영어 등의 수업 시간에 잦은 토론을 함으로써 우리의 사고는 성장한다.

있다. 사실 청심국제중학교에 처음 오게 되면 남자애들 같은 경우에 게임에 빠지기도 하고 여자애들도 수다로 시간을 많이 뺏기게 된다. 그러나 이것은 잠시 뿐이며 바쁜 수행과 공부로 점차 자신의 하루를 계획하는 삶을 살게 된다. 하지만 나는 이것이 이 학교의 가장 큰 매력이라고 생각한다. 자유롭고 늘 학생 중심으로 모든 것이 이뤄지는 청심국제중학교에서는 수많은 시행착오와 역경을 겪으면서 스스로 고민하고 생각하는 사람으로 자라날 수 있도록 도와주기 때문이다. 그리고 3학년이 된 학생들은 자신의 미래를 더욱 구체적으로 그리며 공부를 하면서도 사회생활을 할 수 있도록 적절하게 시간을 분배할 수 있게 된다. 개인의 우승을 위한 마라톤 대회가 아닌 공원에서 함께 산책하며 자유로이 미래를 꿈꾸면서도 지치지 않는 학생들. 다른 중학교에 갔었더라면 우리들의 인생의 목표는 오로지 대학교에 초점을 맞추게 되고 물질적 풍요로움만을 추구하게 되지 않았을까.

### 창의적 지식

통신과 교통이 발달된 시기에 사는 우리들은 매일 매일 새로운 정보와 지식들의 파도 속에서 새로운 문화를 접하고 한국만의 고유한 정서를 습득한다. 이렇게 매일 급변하는 세상을 보다 더 자세히 빠르게 알게 된 21세기에 살고 있는 우리는 한국이라는 특별한 나라에 살고 있다. 태아 때부터 교향곡을 듣고 영어 노래를 듣는 등 엄청난 교육열 속에서 우리는 커 가고 있다. 일찍부터 많은 것을 공부하는 우리들은 수많은 지식을 습득하지만 이러한 지식들이 활용될 것이라는 것과는 다른 문제이다.

교과서를 열심히 외우고 선행을 하는 학생들은 일반 물리, 일반 화학 책을 공부하고 시험을 잘 보는 것과 정말 우리들이 자라서 지식을 창조하는 것과는 별개의 문제라는 것이다. 나는 어렸을 때부터 공부하는 것을 좋아했지만 사실 돌이켜 보면 공부를 한다는 사실이 즐거웠던 것이지 공부 자체에서 쾌락을 찾지는 못했던 것 같다. 나는 결과주의는 아니었지만 공부를 한 후 성취감과 열심히 하여 시험 성적으로 보답이 나왔을 때, 선생님께 칭찬을 받았을 때 기쁨이 공부의 모티브였다. 그러나 지금의 나는 공부 자체에서 큰 깨달음과 쾌감을 느끼며 배움을 통해 지적 호기심을 해소한다. 이런 나를 만들 수 있었던 것은 청심의 교육이라고 나는 강력하게 말하고 싶다. 청심에서 특히 2학년 때 논문을 쓰도록 3달 정도의 시간을 주고 과제를 내주었기에 지금의 내가 있는 것이다.

끊임없이 질문에 꼬리를 물며 고민했던 시간들, 책을 찾아보며 나의 주장을 뒷받침하기 위한 자료들을 찾는 과정들은 내게 황금의 시간이었고 나를 성장하게 해준 가장 큰 요인들이었다. 논문 작성은 내게 고민할 수 있는 시간을 제공하여 주었고, 나의 생각을 논리적으로 전달 할 수 있도록 도와주었으며, 한 질문에서 끝나지 않고 깊숙이 파고들 수 있도록 기회를 주었다. 논문 과제가 아니었다면 이렇게 자세히 파헤칠 수 없었을 것이고 혼자 쓰더라도 완성을 시키지 못했을 것이다. 이러한 논문 작성은 2학년 때 국어 선생님께서 내주신 과제였다.

특히 창의적 글쓰기 수업은 기존에 통념으로 생각되어지던 것들을 색다른 시각으로 바라볼 수 있게 하였다. 소크라테스, 심청과 같은 인물들을 다른 시각으로 바라보기, 콜럼버스의 달걀 내용을 윤리적인 측면에서 바라보기 등 어디에서 들을 수 없는 주옥같은 수업들은 나의 학습태도에 지대한 영향을 미쳤다.

나는 창의적 지식이 크고 색다른 것이 아니라고 생각한다. 기존의 지식들, 우리가 태아 때부터 배웠을 단편적 지식들의 유기적 연관에서 나온다고 생각한다. 이러한 면에서 그 연결 고리들과 첫 시작과 방법을 알려주신 청심국제중학교의 많은 선생님들의 수업이 학생들이 창의적 지식을 기르는 데 가장 큰 요인이 되었다고 생각한다. 인간의 지식에 대한 욕구, 멀리 나아가 한계를 무너뜨리려는 인간의 속성을 발전시켜 스스로 창조할 수 있게 만드는 수업. 이것이 우리 학교를 특별하고 아름답게 만드는 것이 아닐까?

### 글로벌 리더십

글로벌 리더십은 두 가지에서 비롯된다고 나는 생각한다. 첫 번째는 지식의 융합에서 비롯된 창의력이고, 두 번째는 이타적인 품성과 소통, 그리고 강력한 추진력에서 나온 리더십이라고 생각한다. 이것들이 녹아지고 세계를 바라보는 안목을 키워 전 세계를 무대로 손을 뻗어 나간다면 글로벌 리더십을 가진 인재라고 축약해서 말할 수 있을 것 같다. 이러한 글로벌 리더십을 가진 인재가 되기 위해 청심에서의 기숙사 생활과 발표와 논문 작성, 동아리들은 많은 기여를 한다고 생각한다.

무엇보다 의사소통 능력은 청심이라는 학교를 통해 확실하게 배울 수 있었다. 자유를 만끽할 수 있는 환경이기에 그 시간들을 어떻게 활용 하는가는 학생들마다 다르겠지만 그 시간을 잘 활용한다면 청심

만큼 좋은 학교는 없을 것 같을 만큼 정말 하루하루가 알차고 유익한 곳이다. _ 김민솔

우리는 약간의 원고와 기획안을 들고 무작정 출판사를 찾아갔었다.

## 방학! 즐기거나 고생하거나

사실 나에게 방학이라는 것은 크게 두 가지 의미로 다가온다. 첫째, 드디어 기숙사를 떠나 집에서 맘 편하게 쉴 수 있겠구나! 둘째, 그런데 공부해야 되는 게 산더미네….

고향인 충주에 있는 중학교에 다니는 초등학교 친구들은 방학 동안에 어디를 놀러 갈지, 어떤 친구를 만날지 고민하며 매번 나에게 누구와 어디에서 놀기로 했다며 자랑하기도 하고, 때론 나에게 오랜만에 연락하여 한 번 만나자고 청하기도 한다.

그런데 이를 어쩌나…. 나는 놀고 싶어도 할 일이 생각보다 너무 많아서 놀려고 해도 마음이 편하지 않은 것을…. 지금쯤 이 글을 읽고 계실 우리 부모님은 “무슨 자기가 공부만 하고 앉아 있는 줄 아나 보네.” 하며 비웃고 계실지도 모르겠지만, 방학을 편하게, 아무것도 하지 않고 보내보려고 해도 심리적으로 불안하거나, 뜻대로 되지 않는 것은 사실이다. 1학년 때에도 그랬고, 청심을 졸업해 고등학교에 가서 앞으로도 그럴 것이고 말이다.

청심인들의 방학에는 크게 세 가지 유형이 있다. 첫 번째, 자신이 원하는 활동을 하며 즐기고, 심리적인 안정을 취하는 휴식의 기간으로 방학을 받아들이는 친구들이 있다. 두 번째로, 방학 동안에도 학업의 끈을 놓지 않고 공부에 매진하는 친구들이 있다. 마지막으로 위 두 가지를 동시에 병행하는, 좋게 말하자면 다채롭지만, 다른 방법으로 말하면 애매모호한 방학을 보내는 친구들이 있다.

나 같은 경우는 첫 번째도 아닌, 세 번째 경우에 속한다. 방학 동안 무엇을 했냐는 질문에 대답하기 참 애매한 (공부만 했다고 하기도 그렇고, 푹 쉬었다고 하기도 그렇고) 뭐라 대답해야 할지 모르겠는 그런 방학을 네 번 보내고 나니, 처음에는 방학 동안 무엇을 해야만 할지 갈피를 못 잡았던 1학년 때와 달리, 3학년이 되어서는 즐겁고 유익한 방학을 어떻게 동시에 보낼 수 있을지에 대한 구체적인 계획들을 세울 수 있는 능력이 생겼다. 그렇다면 너무 놀기만 하는 방학도, 공부만 하는 방학도 모두 재미가 없고 시시할 테니, 내가 지난 2년 동안 방학을 보내온, 즐기면서 동시에 유익한 방학을 보내는 일종의 노하우(?)를 한 번 써내려가 보고자 한다.

### 1. 예습은 기본이다

사실 공부를 잘했던 어른들이나 선배님들의 비법을 들어보면, 다음 학기에 배우게 될 내용들을 미리 예습 했다고 대답하는 분들이 대부분이다. 1학년 때까지만 해도 예습의 중요성을 그렇게 크게 느끼지는 못 했었는데, 예습을 꼭 해야 한다는 부모님과 선배님들의 권유에 억지로 했던 예습이 새 학기가 시작되고 나서 그렇게 큰 도움이 될 줄은 꿈에도 모르고 있었다. 1학년 1학기 때 많이 부족하다고 생각했던 과목인 과학을 2학기 때에는 꼭 정복하고야 말겠다는 각오를 남들 덕에 억지로(?) 하고 나서 학교 홈페이지에 올라와 있던 전년도 생물 수업 자료를 다운 받아 스스로 공부했었다. 선배들께서 꼭 공부하라고 말씀하셨던 《Campbell Essential Biology with Physiology》라는 책이 대학교 전공 교과서임에도 꿋꿋이 완독하고, 전년도 수업 PPT에 들어있는 중요한 내용들은 여러 번 밑줄을 그어가며 암기했다.

처음에는 억지로 시작한 예습이 언젠가는 결실을 맺게 해줄 것이라는 생각에 끝까지 포기하지 않았던 것 같다. 무엇보다도 1학기 과학 성적이 기대 이하였기 때문에, 2학기 때에는 과학으로 인한 결함을 한 번 채워보고자 하는 욕심이 예습과 함께 자라났다.

방학 한 달 동안 힘겹게 예습을 해간 결과, 2학기 때에는 과학 성적이 폭풍적으로 성장했다. 과학을 못해서 안절부절못했던 내가 이제는 매 과학 시간마다 선생님의 질문에 꼬박꼬박 대답하고, 발표를 제일 많이 하는 학생으로 성장했다. 남들보다 뒤처지고, 부족했던 사람이 성장하는 것도 정말 순식간인 것 같다. 위의 일화는 오로지 나에게만 적용되는 이야기일지는 모르겠지만, 그만큼 방학 동안의 예습 효과가 정말 크다는 것만은 꼭 알려주고 싶다. 공부를 잘하는 사람들이 예습을 강조할 때마다 "에이! 그게 뭐라고!"라며 무시하는 학생들에게 꼭 해주고 싶은 말이다. "네, 중요해요. 제가 경험해봐서 압니다!"

### 2. 각종 대회로 경험을 쌓아라!

3학년 방학은 어떻게 보내게 될지는 아직 잘 모르겠지만, 2학년 여름방학 때에는 대회 참가에 집중하는 방학을 보냈던 것 같다. 다음 학기에 배우게 될 내용을 예습하면서 시간을 보내기도 했지만, 그만큼 대회 준비에 쏟은 시간도 엄청났던 것 같다. 내가 지난해에 가장 많이 참가했던 대회는 디베이트(영어토론) 대회였는데, 방학부터 2학기 초까지 국내에서 가장 큰 규모로 치러지는 디베이트 대회 두 개에 참가하였다. 'YTN청소년영어토론대회(Youth Debate Championships)'와 '광주청소년영어토론대회'가 그것들이었다.

우리 디베이트 팀은 전국 각지에서 모인 세 명의 친구들로 이루어져 있다. 경기도 수원에 사는 친구, 대구광역시에 사는 친구, 그리고 충청북도에 사는 나까지…. 대회는 준비해야 하는데, 학교 말고는 볼 수 있는 시간이 거의 없었기 때문에 한 학기가 끝난 방학 동안 어떻게 이어서 대회를 준비해야 할지 막막했는데, 2주에 한 번씩 서울에 올라와 서로 쓴 원고를 읽어보고, 서로의 앞에서 연습해보면서 실력을 다지기로 했다. 경기도에 사는 친구는 1시간도 걸리지 않는 거리이다 보니 쉽게 왔다 갔다 할 수 있다며 좋아했지만, 대구에 사는 친구와 고속열차조차 다니지 않는 충주에 사는 나는 절망했다. 2시간 가까이 버

YTN청소년영어토론대회 안내 포스터

스를 타고 서울까지 올라왔다가, 그날의 대회 준비가 끝나면 다시 버스를 타고 내려가야 했으니….

이렇게 힘들게 오가길 몇 달, 드디어 대회 당일이 다가왔다. 두 번째 디베이트 대회였지만, 디베이트를 시작한 지 채 반 년도 되지 않은 토론 새내기들이었던 우리는 바짝 긴장한 채 대회장으로 향했다. 정말 다행히도 첫날 성적이 기대 이상이어서, 대회 둘째 날 본선에 진출할 기회를 얻을 수 있었다. 물론 본선 두 번째 라운드에서 탈락하여 대회장을 떠나야만 했지만, 제대로 준비한 첫 번째 대회에서 본선 진출이라는 결과를 얻었기에 그렇게 뿌듯할 수가 없었다. 거기에다가 워낙 YTN영어토론대회가 전국적으로 인지도가 높고, 디베이트 대회의 끝판왕으로 불리는 대회이기 때문에 디베이트 초짜(?)들이 그만큼의 결과를 거두었다는 것이 대단하다고 느껴졌다. 물론 다른 사람들이 보았을 때에는 어떻게 보일지는 잘 모르겠다.

YTN 대회에서 좋은 경험을 하고, 또다시 칼을 갈고 준비한 대회가 바로 광주영어토론대회였다. 충주와 서울을 오가며 열심히 준비하고 난 지 얼마 지나지 않아 곧 대횟날이 찾아왔고, 우리 팀원들은 대회 장소인 광주 호남대학교에 모여 파이팅을 외쳤다. 세 번째 대회이니 욕심을 가지고 최선을 다하되, 탈락한다고 실망하지 말자며 서로를 격려하고 응원해줬다. 그날 유독 팀워크가 잘 맞아서였을까. 첫날 예선에서 2위라는 성적을 거두고, 둘째 날 본선에서는 준결승까지 진출하여 공동 3위라는 좋은 성적을 거두었다.

먹고, 자기만 하면서 맘 편하게 즐길 수도 있었던 방학을 바치면서 힘들게 대회를 준비했던 것이 좋은 경험이었다는 생각이 제일 먼저 들었던 것 같다. 대회를 통해서 디베이트 실력을 키웠을 뿐만 아니라, 앞으로 다른 대회에 참여할 수 있는 자신감과 내공을 키울 수 있었다. 어떻게 하면 팀원들과 최고의 결과를 만들어낼 수 있으며, 어떻게 하면 가장 잘 협력할 수 있는지부터, 어떻게 하면 긴장을 하지 않고 말을 더듬지 않을 수 있는지까지! 방학을 바쳐가면서 대회를 준비하면서 난 중학교 시절 잊을 수 없을 법한 경험들을 많이 하였고, 자라나는 실력, 그리고 내공과 함께 한 단계 성장할 수 있었다. 방학 동안에는 새 학기 내신을 위해서 예습만 하고 있을 뿐만 아니라, 자신의 특기와 능력을 최대한 키우고, 살릴 수 있는 다양한 대회에 참가하여 다채로운 경험을 쌓아볼 것을 추천한다. 상을 타지는 못하더라도 준비를 하는 그 과정 자체가 의미 있고, 삶에 큰 도움이 될 만한 활동이기 때문에, 상을 타는 것이 아니라 준비를 하는 것에 의미를 두고 도전해 보길 추천해본다. – 임세환

# 영어와 한국어로 배우는 수업

청심에서는 외국의 교육과 한국의 교육을 적절히 섞어 수업을 하는데 어떤 이슈에 대해 다른 나라가 바라보는 관점과 한국이 바라보는 관점이 조금 달랐던 것을 느꼈다. 내가 비록 한국의 교육과정에 대해 나쁜 시각을 가지고 있는 것은 아니지만 결과보다는 방법론을 가르치는 외국의 원서들을 통해 공식이 아닌 공식의 유도 과정을 배움으로써 우리의 사고는 확장된다.

청심국제중학교에 입학하기 전에는 정말 떨렸다. 이곳에는 정말 뛰어난 친구들로 가득할 텐데 과연 내가 잘 할 수 있을까 하고…. 영어로 수업을 한다고 했었는데 잘 해낼 수 있을지 걱정 반 기대 반이었던 것 같다.

이는 국어, 역사, 제2외국어를 제외한 대부분의 과목이 영어 교재를 사용하는 데 따른 약간의 오해다. 원어민 선생님만 영어로 수업을 진행할 뿐이다. 그럼에도 처음 접해보는 스타일이기도 하고 영어와 한

모든 학생들이 고대하는, 하버드를 졸업하신 G 선생님의 영문학(Literature) 수업

국어 둘 다 공부해야 하기에 바빴던 것 같다. 결과적으로 청심에서의 첫 중간고사 때문에 친구들은 많이 울기도 하고 초등학교 때 최상위권을 유지하던 친구들은 자신의 성적을 보고 충격을 먹기도 하였다.

하지만 돌이켜보면 우리는 잘 적응을 할 수 있게 되었고, 기말고사도 모두 잘 넘길 수 있었다. 청심국제중학교의 교육이념이 ACG가 아닌가. 영어와 한국어를 병행한 공부는 새로운 통찰력과 학문을 대하는 통합적인 방법론을 알려준다. 미국이나 외국에서 공부하고 싶은 나와 다른 친구들에게는 이러한 수업이 정말 큰 도움이 될 것이라고 생각하고 있다. _ 김민솔

## 즐겁게 공부할 수 있는 환경

흔히 '청심국제중'이라고 한다면 영어로 모든 수업을 하는지 물어보고들 한다. 이뿐만 아니라 많은 사람들은 청심의 수업 체계에 대해서 호기심을 느끼는데, 국제중이라고 수업 체계가 다른 학교들과 다른지, 혹은 다른 교과과정을 이수하는지 등이 그 주요 내용이다. 확실히 청심은 다른 학교들과는 차별화된 수업을 진행한다. 학교 수업뿐만 아니라 방과후수업과 예체능 수업 모두 '평범'과는 거리가 있다고 볼 수 있다. 청심의 학생들은 청심의 이러한 높은 질의 수업에 꽤 프라이드를 가지며, 나 또한 그중 한 사람이라고 볼 수 있다.

우선 수업 체계부터 설명하자면, 학습의 기본적인 내용들은 중학교 과정을 벗어나지는 않는다. 교육청 지시로 인해 선행학습은 원칙적으로 금지되어 있기 때문이다.

또한 청심국제중이라는 타이틀에 걸맞게 학생들은 국어나 중국어 등을 제외하고는 영어 원서를 교과서로 사용한다. 또 영어 과목인

## ④ Heart

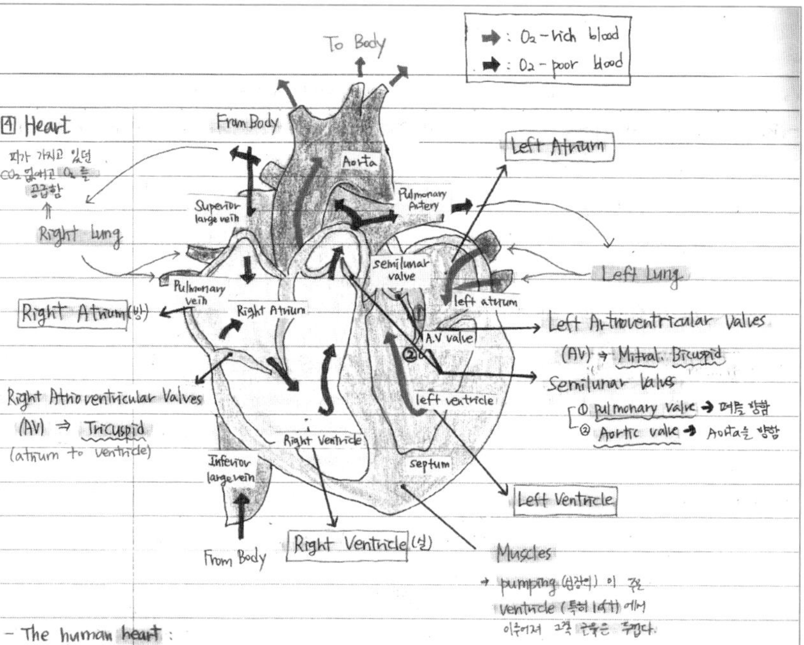


- The human heart :
  - is a muscular organ about the size of a fist
  - is located under the breastbone
  - has 4 chambers (atrium, ventricle ×2)

- Humans and other terrestrial vertebrates have a double circulation system
  - A double circulation system consists of a
    - → Pulmonary circuit between the heart & lungs
    - Systemic circuit between the heart & the rest of the body

## ⑤ Sound of the heart

- The heart sounds like "lub-dup".
- The first heart sound (lub) is created by the recoil(반동) of blood against the closed AV valves
- The second sound (dup) is produced by the recoil of blood against the closed semilunar valves

(다음장 그림)

1학년 생물 노트1

Dup (diastole)　　Lub (systole)

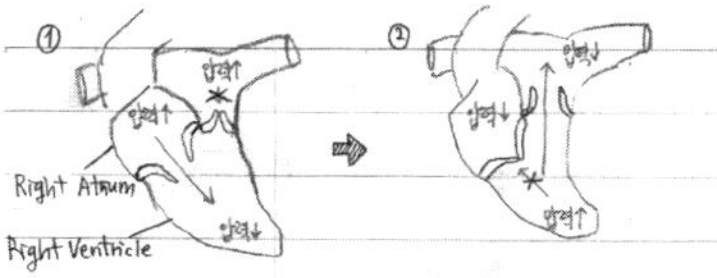


- 이완(diastole) : 압력↓ (dub)
- 수축(systole) : 압력↑ (lub)

⟹ 이 순서가 끝나고 pulmonary circuit을 돈 뒤 left atrium & ventricle 로 가서 똑같이 lub-dup 소리를 냄.

- ① 에서 pulmonary artery 로 올라갔던 피가 다시 right ventricle로 이동하려 할 때 Semilunar Valve에 막혀서 튀어나오는 소리 ⇒ Dup (Second Sound)
- ② 에서 right ventricle 에서의 피가 right atrium으로 이동할 때 A.V에 의해 막혀져 튀어나오는 소리 ⇒ Lub (first sound)

혈액은 고압력에서 저압력으로 흐른다.

* circulatory ⇒ ∴ no orders, only steps (여다가 1, 2.. 상관 X)

/// : $O_2$ - rich blood
/// : $O_2$ - poor blood

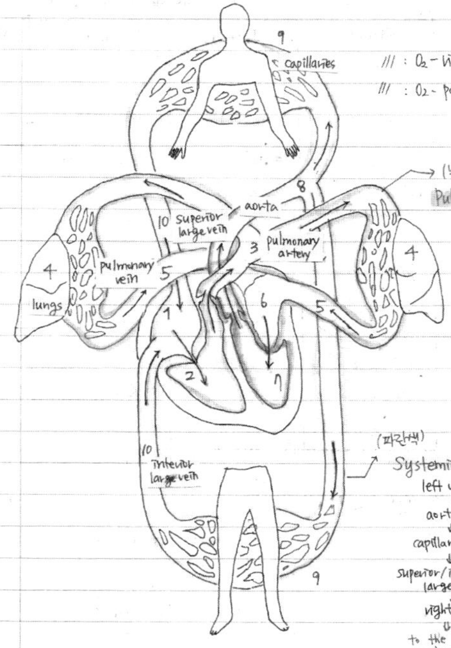


(노란색)
**Pulmonary circuit**
right ventricle
↓
pulmonary artery
↓
capillaries (lungs)
↓
pulmonary veins
↓
left atrium
⇓
to the systemic circuit (left ventricle)

(파란색)
Systemic circuit
left ventricle
↓
aorta
↓
capillaries (body)
↓
superior/inferior large vein
↓
right atrium
⇓
to the pulmonary system (right ventricle)

* One complete trip through the human cardiovascular system
  : takes about 1 minute
  : requires 2 passes through the heart
* Cardiovascular System : consists of heart, blood, bloodvessels → carries
  - blood
  - $O_2$, $CO_2$
  - heat
  - nutrients

  ∥ circulatory system

BRAND NEW LIFE STYLE [THE RED]

1학년 생물 노트2

Literature(문학), 수학인 Geometry(기하학) 등 몇몇 과목을 제외하고는 대부분 선생님들이 나누어주신 자료를 이용하기도 한다. 원서와 선생님이 직접 만드신 자료를 수업시간에 교재로 사용하니 풀 문제집도 없을뿐더러 이해를 도울 '자습서'란 개념도 존재하지 않는다. 믿을 것은 수업시간에 필기한 내용과 노트정리 뿐. 지필고사 1주 전에 도서관에서 공개하는 전년도 시험문제를 제외하고는 정말 말 그대로 '교과서 위주로 공부'하는 것 밖에는 답이 없다. 이는 어떻게 생각해보면 문제집을 풀지 않는다는 장점이 있지만, 1학년 때에는 정말 막막했고 무엇부터 시작해야 할지 알 수 없었다.

하지만 끝없는 문제풀이의 주입식 교육에서 벗어나 2년을 버텨낸 현재, 나는 모든 것을 나 스스로 헤쳐 나갈 수 있는 힘을 얻게 되었으며, 이제는 그 2년의 시간들을 학력을 쌓을 수 있는 기회였다고 생각하게 되었다. 청심이 아닌 다른 학교에 갔었더라면 나는 집-학교-학원의 쳇바퀴 돌 듯 돌며 공부하는 기계처럼 살았을지도 모른다. 어쩌면 생각하는 힘을 잃어버린 채 모든 것을 학원에 의존하면서 말이다.

선행을 위해서도 학원, 내신을 위해서도 학원. 이는 성급한 일반화라기보다는 대다수의 학생들의 보편적인 모습이라고 할 수 있다. 여기서 청심의 장점 중 하나가 드러나는데, 기숙사 생활 때문에 학원에 자주 갈 수 없는 청심의 학생들은 공부의 방법이 아예 다르다.

암기를 위한 사이트 퀴즐렛(www.quizlet.com)에 직접 만든 퀴즈를 올려 공부하는 것부터 시작하여 어려운 교과 내용을 다시 나만의 줄글로 풀어서 쓴다거나 아이들끼리 설명을 주고받으며 가르치는 식으로 공부를 하는 등 아이들은 즐겁게 자신만의 공부법을 만들어 그것을 아낌없이 친구들과 나눈다. 나의 경우를 예로 들자면 2학년 2학기에 화학이 매우 어려웠다. 수업 시간에 선생님께서 이야기했던 부분들을 놓친 아이들이 많아 반 아이들에게 내가 정리한 30쪽 분량의 화학노트를 모두 스캔해서 돌렸던 적이 있다.(뒷장의 사진들은 화학노트의 일부분이다.) 공부가 어렵다고 해서 친구들 사이의 경계심도 높은 것은 절대 아니다. 절대평가인 시험 덕분에 대부분의 학생들은 '나만 잘하면 되지'가 아닌 '다 같이 잘하자!'의 마인드를 가지고 있다. 그에 따라 시험기간이나 수행기간만 되면 아이들이 서로서로 자신의 정리 노트나 퀴즐렛 세트(set), 그리고 자신이 알고 있는 시험 관련 정보들을 보따리씩

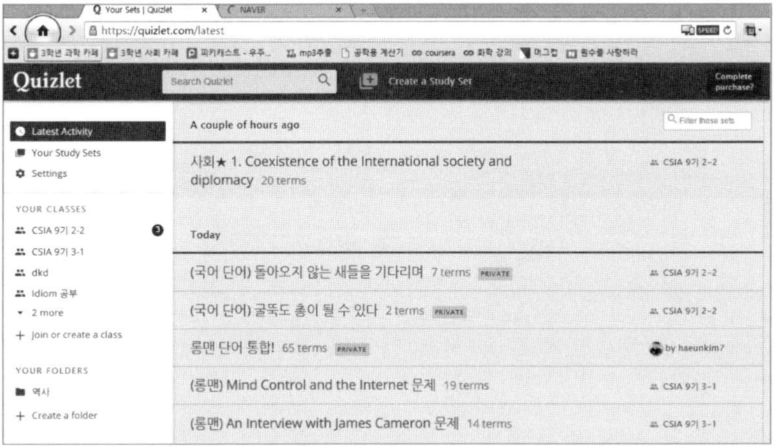

퀴즐렛 웹사이트 (www.quizlet.com)

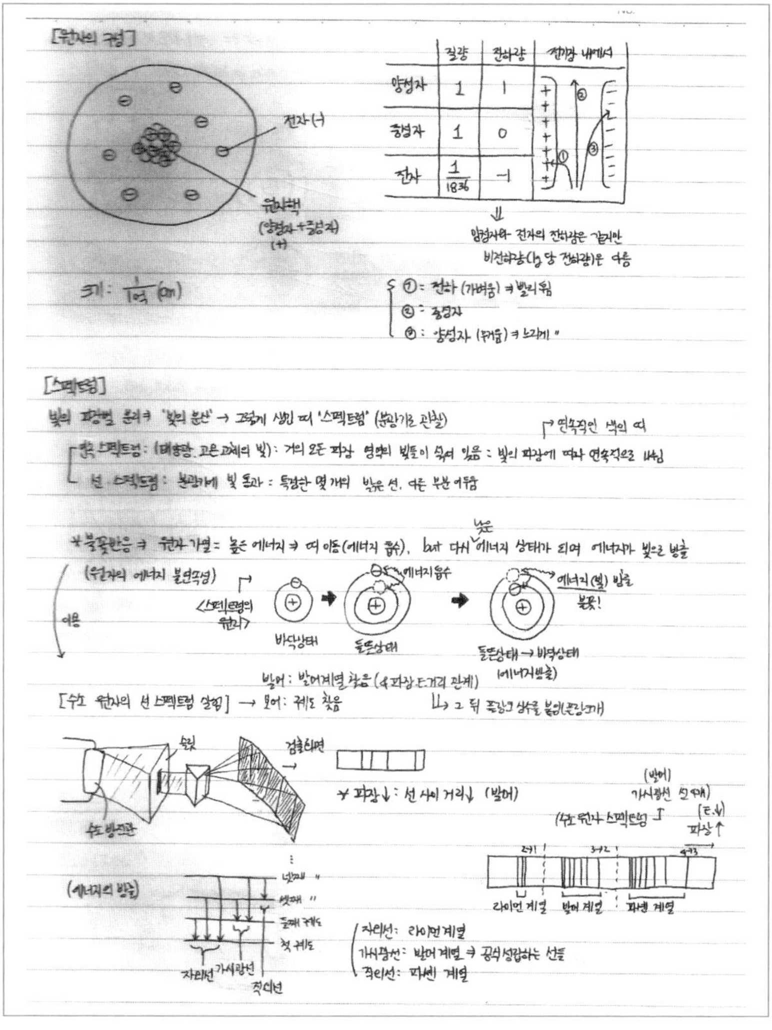

친구들과 공유했던 2학년 화학노트1

No.

IV. 주기율표

- 주기율표 ↓ 세로 : group (family) [족] ⇒ 최외각 전자 (valence electron)의 수 same ⇒ 화학적 성질 점점 변함
- 주기율표 → 가로 : period [주기] ⇒ 바깥쪽 껍질 (valence shell) ⇒ 화학적 성질 비슷

[주기율표의 역사] (Mendeleev)

1) 멘델레예프의 주기율표 ⇒ 원자량이 증가하는 순서로 배열하면 비슷한 성질을 가진 원소들이 주기적으로 나타남.

: 원소의 원자량이 증가하는 순으로 놓고 주기율을 따르지 X ⇒ 빈칸

: 그는 주기율을 '원소들의 화학적 성질은 그 원자량에 대한 주기적인 함수'라고 표현

: (오류) Ar의 원자량이 K보다 커서 원자량순으로 나열 ⇒ 주기적 성질 ≠ 원자량이 맞지 않음

↳ 예외적으로 원자량 순 X, 성질대로 배열 O

★참고 : 그는 이러한 점들을 이용해서 규칙성에 맞지 않는 경우는 자리를 바꾸거나 빈칸으로 놔 그 성질까지 예측하였다.

ex) Ga (갈륨), Ge (저마늄)

해결!

2) 모즐리의 주기율표 ⇒ '원자량 순서와 주기율이 맞지 않음'의 오류 해결

: 양성자 # (원자번호) ↑ = 파장 (주기적 성질)이 규칙적으로 변함

<주기율표>

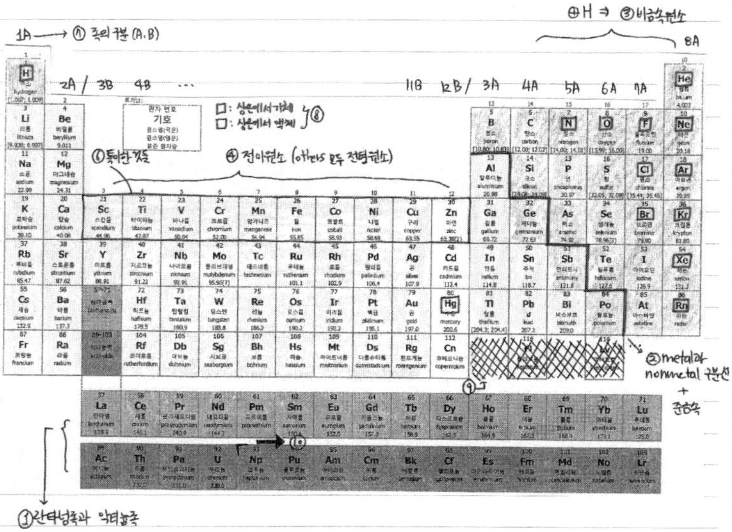


친구들과 공유했던 2학년 화학노트2

내놓기에 마음까지 훈훈해진다.

이처럼 청심은 지난 2년의 세월동안 시험공부만을 위한 공부가 아닌, '나 자신을 위한 공부' 즉, 나를 성장시킬 수 있는 공부를 할 수 있게 해주었다. 학원에 가서 개념을 듣고 문제를 푸는 주입식 교육과는 확연히 다른 청심만의 교육체계는 학생들의 공부 능력을 키워줌과 동시에 학생들이 서로 정보를 나누어 함께 성장할 수 있는 교육의 장(場)을 열어준다. 한 장학사 분은 청심에 오셔서 이런 말을 하셨다고 한다.

"아이들이 공부는 정말 많이 하는데, 이상하게 행복해 보인다. 이렇게 공부를 잘하는데 또 즐거운 학교는 처음 본다."

학생들의 얼굴에 피는 웃음꽃의 정체는 무엇일까? 함께 나누면서 성장하는 친구들의 따뜻한 마음과 공부를 즐겁게 할 수 있는 청심인만의 여유가 웃음으로 드러나는 것이라고 나는 생각한다. – 김하은

# 특화된 청심의 예체능 교육: 1인 1악기, 양궁, 조정 등

'귀족학교'는 청심에게 이따금씩 붙여지는 타이틀이다. 그런 선입견 때문에 나도 처음엔 소탈하게 생활하는 게 어렵지 않을까, 하고 생각도 했었다. 하지만 청심의 '귀족성(?)'은 구성원이 아닌 수업 체계와 교육철학에 있었다. 한 마디로 이것도 청심에 대한 편견 중 하나였던 것이다.

학생들은 낭비벽 없이 소탈한 반면, 청심의 수업 체계는 확실히 여느 학교들과 차별화되어 있었다. 학교는 학생들에게 공부만을 강요하지 않으며, 아이들이 새로운 적성을 발견과 인성 함양을 위해 예체능 쪽으로도 많은 지원을 한다. 이것이 바로 청심에서 공부는 물론, 체육 · 미술 · 음악까지 두루 잘하는 팔방미인을 많이 찾아볼 수 있는 이유이다.

자, 그럼 이제 본격적으로 청심의 예체능 교육에 대해서 알아보자.

체육은 일주일에 4시간이 편성되어 있다. 한 시간은 교과 체육 과정을 이수하고, 두 시간은 각각 특별수업과 태권도 수업을 하며, 나머지 한 시간은 반별 농구나 피구 대항인 스포츠클럽 활동을 진행한다. 여기서 '교과 체육 과정'이란 보통 체육 교과서에 나오는 내용의 수업을 말하는데, 학년별로 진행하는 수업이 다르다. 이 수업에서는 가장 기본적이고 널리 알려진 운동인 농구, 배드민턴, 축구는 물론, 인디아카[1)]와 플로어볼[2)] 같이 웬만한 곳에서 접할 수 없는 새로운 운동을 직접 할 수 있다. 수업이 운동을 직접 해보는 '실습수업'과 이론을 배우는 '이론수업'으로 나누어져있기에 학생들은 해당 운동의 역사와 규칙, 그리고 진정한 스포츠맨십이 무엇인지까지 체육 관련 상식들을 배우게 된다.

이 정도로 놀라긴 이르다. 청심은 우리가 흔히 귀족운동이라고 하는 승마부터 시작해 양궁과 한궁[3)], 그리고 (고등학교 과정에서) 조정까지 학생들에게 체험할 수 있는 기회를 제공한다(특별수업). 양궁과 한궁은 전 양궁 국가대표 선수들이 가르치고 있다는 점을 살짝 공개하는 것으로 그 수준을 가늠해보시라 말씀드리고 싶다. 양궁은 실제 선수들이 사용하는 전문 활과 화살을 운동장에서 직접 쏘며 수업하는데, 안전을 위

1) 배구, 배드민턴, 탁구를 결합한 종목으로 독일이 발상지다. 깃털이 붙은 공을 6인제 배구 규칙에 따라 맨손으로 치는 경기.

2) 하키 형식을 변형한 경기.

3) 한궁은 우리나라 전통놀이인 투호와 국궁, 그리고 서양의 양궁과 다트의 장점을 결합하여 만든 생활체육이다. 대한한궁협회장을 맡고 있는 허광 씨가 창시한 것으로 알려지고 있다.

해 학생들은 고무줄로 몇 번씩 자세를 반복하고 안전수칙을 외운다. 장난으로라도 빈 활을 사람에게 겨냥하거나 위험한 행동을 한다면 바로 불호령이 떨어질 만큼 안전교육을 철저히 받는다.

한궁핀과 점수판을 이용하는 '한국식 다트'인 한궁은 양궁과 함께 진행하며 (25분 양궁, 25분 한궁) 학생들의 집중력과 근력을 동시에 향상시킨다. 오직 학교에서만 할 수 있는 이런 색다른 경험 때문에 많은 학생들은 체육시간만 기다리기도 한다.

태권도의 경우 1학년부터 3학년까지 모든 학년이 일주일에 한 시간을 수강하며, 보통 12월까지 학생의 태권도 실력을 누적 관찰 기록한 후 방학 직전에 승단심사를 거쳐서 국기원에서 발행된 인증서(1품부터 4품까지)를 발행한다. 승단심사에서는 품새와 겨루기 능력을 확인하며, 동작이 크고 정확해야만 단을 딸 수 있다. 학생들은 품새와 겨루기, 달

건강한 육체에 건강한 정신이 깃든다.

리기 등 태권도와 관련된 다양한 활동들을 통해 체력을 기르고 몸과 마음을 수양한다. 아침이슬을 맞으며 청심의 또 다른 자랑 중 하나인 잔디 구장에서 태권도를 하는 기분은 다른 무엇과도 비교할 수 없다.

마지막으로 반별 대항 시간에는 토너먼트 시합을 진행한다. 대회 종목은 농구(남/여), 피구(합동), 축구(남)로 돌아가며 정해지고, 남자와 여자의 체격차이를 고려하여 농구는 여자농구, 남자농구로 나누어서 시합한다. (가끔 피구도 성별을 나누어서 진행하기도 한다.) 특수한 경우를 제외하고는 반의 모든 인원이 참가해야 하며 협동심을 필요로 하기에, 반 아이들끼리의 친목을 도모하고 화합을 이룰 수 있는 계기가 된다.

학생들의 '새로운 것을 배우고 싶은 열망'을 학교는 방과후수업을 통해 만족시켜준다. 체육 관련 방과후수업에는 펜싱, 태권도 시범단, 체력 기르기반 등이 있으며 모든 수업은 전문 강사의 지도하에서 진행된다.

이렇듯 청심인들은 스스로의 체력과 즐거움을 위해 활발한 체육활동을 한다. 학교 정규 교육과정을 이수하는 동시에 자율적으로 체육동아리를 만들거나 점심, 저녁, 공강 시간에 운동장과 체육관, 야외 농구장에 가 틈틈이 운동을 하는 것이다. 꾸준한 운동으로 체력을 얻고, 이를 통해 오랜 시간 앉아서 공부할 수 있는 이른바 '엉덩이 힘'을 기르는 것이야 말로 청심인의 대표적인 모습이라고 할 수 있다.

그렇다면 청심의 미술과 음악은 어떠할까? 미술 수업은 중학교 1~2학년 과정에서만 일주일에 2시간 이수하는데, 보통 학교처럼 간

고무줄을 당기며 하는 양궁 연습

정식 활로 하는 양궁 실습

단한 '미술' 작업만 하는 것이 아니라 '미학'이라는 학문에 대해 깊게 파고들어 공부한다. 진중권의《미학 오디세이1, 2》를 읽고 토론하는 이론수업은 기본이고, 실습수업을 부가적으로 진행하여 학기가 끝나면 각자의 보고서와 미술 포트폴리오(작품들이 들어있는 스케치북)가 완성된다. 미술 선생님께서는 추가적으로 미술의 역사와 관련된 이론을 배울 수 있는 기회를 제공하는데, 몇몇 학생들은 미술의 역사를 공부하는 것을 선호하기도 한다.

청심에서 생활하면 친구들 중에서 미술을 특별한 재능이 있거나, 진로를 미술과 관련된 분야로 잡고 있는 아이들을 가끔 찾아 볼 수 있는데, 이 아이들은 스스로 동아리를 만들어서 작품 활동을 하고 그 작품들을 미술 선생님께 보여드려 평가받는 등 진로와 관련된 여러 활동들을 진행하기도 한다.

천재 기타리스트라고 불리며 세계 각지의 팬들을 보유하고 있는 기타리스트 '정성하', 그도 청심국제중학교 출신이다. 그를 제외하고도 많은 청심 졸업생들이 음악과 관련된 길을 걷기도 하는데, 이는 넓고 깊은 분야의 음악을 접할 수 있게 하는 청심의 음악 교육 덕분일 것이다. 합창부터 시작하여 클래식, 전통 가요, 판소리 등 다양한 활동을 할 수 있게 해주는 음악 수업은 공부에 지친 학생들에게 신선한 재미와 새로운 경험을 하는 설렘을 선사하기도 한다. 또한 매주 2시간씩 들어있는 '1인 1악기' 시간에는 플룻, 피아노, 첼로, 기타 등을 비롯해 록밴드와 사물놀이까지 학생들이 학기 초에 스스로 선택한 악기들을 1년 동안 배우게 되는데, 한 학년이 100명 안팎이고 여러 악기들로 세분화되어 있기에 각 분야의 전문 강사로부터 레슨을 받는다.

청심은 대다수의 사람들의 편견처럼 '공부만 하는' 학교가 아니다. 춤, 노래, 농구, 축구 등 예체능 관련 활동을 하는 수많은 동아리들이 존재하며, 학생들은 학교 내에서 다양한 경험을 쌓고 폭넓은 지식을 얻게 된다. 청심의 질 높은 수업과 다양한 분야의 활동들은 청심인의 교양을 쌓아주는 양분이자 고된 공부를 버텨낼 수 있게 해주는 즐거움일 것이다. – 김하은

# 팝송을 떼창하고, 영미문학을 읽으며 하는 영어 공부

영어를 엄청나게 좋아하는 나로서는 영어와 관련된 청심의 생활 및 수업을 다룬 특집을 늘 쓰고 싶었다. 청심은 모두가 알듯이 국제중이다. 국제적 인재를 키워내기 위한 교육 체계를 가지고 있으므로 (내가 그런 사람이 될 수 있을지는 모르겠지만 말이다.) 거의 모든 수업을 영어로 하고, 수행평가 및 시험 또한 영어로 본다. 영어로 수업을 듣고 외국인 선생님과 함께 자유롭게 의사소통 및 친구들과 토론이 가능해야 하므로 이곳에 있는 친구들은 영어를 다 잘하는 것 같다. (물론 물어보면 극히 부정하지만 말이다. 겸손한 내 친구들!) 이렇게 영어에 많은 영향을 받다 보니 공부를 제외한 청심에서의 삶 자체도 영어와 떼려야 뗄 수 없는 관계가 되어버렸다.

대표적인 예로 이곳의 학생들은 한국 노래보다는 영어로 된 팝송을 좋아하는 경우가 많다. 물론 한국 아이돌의 노래를 좋아하는 친구들도 충분히 많다 (나도 아니라고는 할 수 없다. 엑소 사랑하자!). 그러나 반 아이들이 함께 '떼창'을 하거나 쉬는 시간이나 체육대회에 크게 트는 음악은 대체로 팝송이다. 현장체험학습을 갈 때도 버스에서 2시간 동안 테일러 스위프트(Taylor Swift) 노래만 '떼창'했다는 소문이…. 이런 환경 때문에 영어권 나라에 한 번도 가보지 않은 친구들도 팝송 '덕후'가 되는 경우가 많다. 나 또한 미국에서 살았을 때보다 청심에서 더욱 많은 팝송을 듣게 되는 것 같다. 우리 학교에서는 현재 마룬 파이브(Maroon 5), 케이티 페리(Katy Perry), 테일러 스위프트, 그리고 아리아나 그란데(Ariana Grande)가 유행하고 있다. 또한 학생들끼리 영어로 대화하는 경우도 많다. 그래도 늘 영어를 사용하는 건 아니고 (이것은 극히 비현실적인, 드라마에서나 일어날 법한 일이다.) 대개 영어와 한국어를 함께 섞어서 쓴다. 두 개의 언어를 혼합하는 기술도 이곳에서 지내는 시간이 지날수록 늘어간다. 나 같은 경우는 한 문장에 두 개의 언어를 혼합해보았는데, 영어의 과거형인 '~ed'를 한국어 동사와 함께 즐겨 사용한다. 예를 들면 친구가 밥을 먹었냐고 물어보면, "Yes, I 먹어-ed."라고 하는 거다. 직접 적어보니 내가 봐도 좀 웃기다. 언어 파괴라고 비판한다면 사실 할 말 없다.

내가 학교에 입학하자마자 가장 마음에 든 수업은 사실 영어 문학 수업이었다. 빈말 없이 '한 번도 안 들어본 자는 있어도 한 번밖에 듣지 않은 자는 없다.'는 것이 우리 학교의 영어수업에 가장 적합한 말이다. 대체로 영어 문학 수업은 외국인 영어 선생님께서 가르쳐주신다.

사용하는 교재도 선생님께서 따로 정하신다. 1학년 때는 G 선생님께서 (사실 이 선생님은 전 소녀시대 멤버 제시카를 가르치신 위대하신 분이시다!!!) 두꺼운 문학 교과서를 주셔서 그 속에 있는 이야기들을 읽게 한 다음, 그것에 대한 과제를 매주 내주시고, 학생들끼리 커다란 방에서 토의 및 토론을 영어로 하도록 하셨다. 과제라고 하니 따분하게 들릴 수도 있겠지만, 문학적 요소들을 찾고, 전개를 파악하고, 작품을 읽으면서 친구들과 함께 생각해볼 만한 문제를 만드는 등의 기존의 영어 수업과는 다른, 매우 색다르고 흥미로운 과제여서 나름 즐겁게 한 것 같다.

친구들과 작품에 대해서 얘기를 할 때도, 서로의 영어 실력에 놀라

존 놀스의 《분리된 평화》 표지

헤르만 헤세의 《수레바퀴 밑에서》 표지

면서 작품을 최대한 이해하려고 노력을 한 것 같다. 2학년 때 나를 가르치신 K 선생님의 경우, 교과서가 아닌 특정 책을 선정해주셔서 학생들이 조별로 한 챕터씩 매우 치밀한 분석을 하여 대략 한 사람 당 30~45분짜리 발표를 하고, 이들의 발표를 들으며 토론을 한 후 개인별로 그 챕터를 분석한 리포트를 내도록 하셨다. 1학기에는 존 놀스의 《분리된 평화(A Separate Peace)》를 다뤘고, 2학기에는 헤세의 《수레바퀴 밑에서(Beneath the Wheel)》를 다뤘는데, 개인적으로는 둘 다 매우 재미있었다. 영어 분석을 한다는 것은 문학적 요소를 찾는 것을 넘어서 작가의 의도를 파악하고, 책이 써진 당시의 시대를 파악하고, 독자의 생각을 정리하는 것인데, 똑같은 문장이라도 분석하는 친구에 따라 그 의미가 완전히 달라지는 묘미를 가지고 있다. 이런 묘미 때문에 수업이 질릴 틈이 없다.

청심에 와서 내게 생긴 가장 큰 목표는 이곳의 모든 영어 문학 선생님들의 수업을 다 듣고 가는 것이다. 청심인이 됨으로써 굉장히 많은 특권을 누리게 되었지만, 이것이 그중에서도 가장 큰 특권들 중 하나라고 생각된다. – 배근영

# 지적 호기심을 채워주는 방과후수업

청심의 또 다른 특징은 다양한 과목이 개설된 방과후수업이다. 자신이 듣고 싶은 과목들을 신청하고 선생님들께 다양한 질문을 할 수 있는 방과후수업은 지적 호기심을 최대로 채워 준다. 또한 평소에 존경하던 선생님들을 더 길게 만날 수 있어 행복한 시간이기도 하다. 아쉽게도 교과 과정에서는 선행을 금지하고 있어 심화 내용을 배우기 어렵기 때문에 방과 후 시간을 이용해 이것들을 배울 수도 있다.

나 같은 경우에 1학년 때에는 스페인어 자격증반 DELE와 (2학년 2학기를 제외하고 3년 내내 들었다.) 당시에는 의사가 꿈이었기 때문에 생물 방과 후 반을 들었었다. 2학년 때에는 '수학의 역사'라는 과목을 들었는데 여기서 지금까지 연구된 수학의 역사와 더불어 재미있는 고급 수학에 대해서도 배웠고, C 선생님의 글 읽기 반을 들어 선생님께서 선정하신 책 다섯 권을 읽으며 수업에 참여하기도 했다. 이것 말고도 내가 들었던 몇몇의 수업들이 더 있는데, 정말 모든 방과후수업들이 알

스페인어 DELE B1 시작반 방과후수업을 함께 듣는 친구들과

차다. 나는 1학년 2학기 때 잠깐 듣고 시간이 겹쳐서 못 들었는데, G 선생님의 경제학 수업도 굉장히 많은 학생들이 들었다.

어떤 수업이 더 좋다고 나는 말하기 어려운 것 같다. 다만 두 과목 정도가 적당하다고 생각한다. 대부분의 수업들이 두 시간 정도 하기 때문이며 특히 1학년 때에는 수행에 적응이 아직 덜 되어 있는 시기이기 때문에 많이 빠지게 될 수 있기 때문이다. (여러 번 빠질 경우 생활 기록부에 기록이 되지 않을 뿐더러, 흐름을 놓치면 수업 시간을 100%로 소화하여 맛있게 먹기 어렵다.) 그 좋은 수업들 중에서 두 개 정도 정하는 만큼, 모든 수업을 공개강좌로 들어볼 수 있는 일주일 동안 후회하지 않도록 관심 있는 수업은 모두 들어 보고 결정을 하는 것이 중요하다고 생각한다.

입시와 생활기록부를 위해 나는 방과후수업을 들었던 것은 아니지만 방과후수업의 수강 내용이 생활기록부에 적히기 때문에 적절한 관리도 필요하다고 생각한다. _ 김민솔

# 3.
# 청심교육의 비밀

## 융합교육으로 시류에 흔들리지 않는다

청심에 오고 나서 실감하는 거지만, 현재 우리나라의 교육 트렌드는 빠르게 바뀌고 있는 추세이다. 우리 부모님 세대의 사례만 봐도 그렇다. 나의 아버지 세대까지만 해도 학력고사를 통해 대학에 입학했었는데, 불과 6년 뒤인 우리 엄마 세대부터는 수능시험을 통해 대학에 입학했다. 불과 6년 만에 학생들의 진학 방법이 뒤바뀐 것이다. 이후로 수차례의 개정을 거쳐 오늘날의 모습에 이르렀고, 지금도 우리나라의 교육 트렌드는 여전히 빠르게 변화하고 있다.

우리 중학생들에게 직접적인 영향을 끼칠 새로운 교육 트렌드는 바로 '융합'이 아닌가 싶다. 사실 2001년생들 즉, 현재 중학교 3학년들은 문과와 이과로 나뉘어 교육을 받는 마지막 세대가 된다. 우리 이후 2002년생들부터는 문과 이과가 통합되어 하나의 통일된 교육 과정에 따라 수업을 받게 되고, 수능과 대입 전형 또한 이에 맞춰 바뀌게 된다. 이 새로운 정책이 뉴스에서 공개되면서 많은 청심 학생들이 충격에 빠졌던 것으로 기억한다. "야, 우리 재수하면 끝인 거 아니야?" "우리 나중에 대학 어떻게 가?" 하는 등 몇 년 후의 머지않은 미래를 걱정하는 학생들이 많았다.

하지만 걱정 뚝! 청심에서는 이러한 새로운 교육 트렌드에 부합한 교육을 예전부터 실시해왔다는 것이었다. 정부에서 발표한 융합교육 형식을 보면서 '어? 저건 원래 우리가 하던 거 아닌가?' 했던 적도 많고, 수행평가 과제를 내주시면서 선생님들께서 "너희 아래 후배들도 지금 너희랑 별 차이는 없을 거야." 하신 적도 많았다. 다른 학교들에서는 융합 과정으로 교육 과정이 개편된다고 하여 적지 않은 충격을 받았을 텐데, 그 이유는 아마 교육부에서 강조하는 발표, 토론식 수업과 과목간의 융합 수업에 익숙하지 않기 때문이었을 것이다. 그러나 청심은 이와 달리 개교 때부터 꾸준히 발표와 토론 등 학생들의 말하기 능력을 향상시킬 수 있는 좋은 질의 수업을 연구, 실시해왔을 뿐만 아니라, 학생들에게 주어지는 다양한 과제에도 융합적인 요소가 들어가 있는 경우가 많다.

청심에서의 웬만한 수행평가의 끝은 '발표'이다. 발표 과제가 없는 과목은 없다. 국어, 수학, 사회, 과학, 영어, 역사, 제2외국어, 심지어 기타 예체능 과목까지 발표 수행평가가 존재한다.

1학년 국어 시간에는 '토론을 하는 방법'에 대해서 한 달 정도 수업을 한 적이 있었는데, 토론의 다양한 형식을 중요하게 여긴 선생님은 조별 심포지엄을 수행평가 과제로 내주셨다. 우리 조는 '특목고 이대로 좋은가?'라는 주제로 심포지엄을 준비했었다. 준비하는 데 한 달가량 걸렸기 때문에, 다른 과제는 제대로 쳐다보지도 못했던 기억이 난다. 다른 조에는 발표 능력이 좋은 아이들이 많기 때문에 우리가 배로 열심히 준비해야 한다는 생각에 누구보다도 열심히 준비했었는데, 선생님께서 우리 조에게 좋은 점수를 주셔서 보람이 컸다. 그때 이후로 발표 과제가 힘들게 다가오지 않고, 마음 편하게 준비할 수 있는 친숙한 존재로 다가왔다.

사실 토론과 발표는 단순히 다른 학교와 차별성 있는 과제들에 불과하다. 교육부에서 융합 교육과정을 발표하면서 가장 많이 강조한 것이 발표와 토론이기는 하지만, 이보다도 더 '융합'이라는 단어에 어울리는 과제는 3학년 때 받아본 적이 있다. 수학시간에 받은 수행평가였다.

'수학! 이 죽일 놈의 수학! 네가 뭔데 나를 이렇게 힘들게 하느냐?'

수학이라는 과목을 공부하면서 위와 같은 말을 해본 학생들이 많을 것이라고 생각한다. 문과 과목에 더 소질이 있는 나로서는, 수학이 다른 세계의 학문인 것처럼만 느껴진다. 내가 좋아하는 국어, 영어, 사회 과목과는 많이 다르다고나 할까? 딱딱하고, 답이 정해져 있는 그 학문이 예전부터 지루하게만 느껴졌다. 더군다나 중학교 1학년부터 2학년까지는 수학 수행평가의 대부분이 퀴즈 아니면 리포트 작성이었기 때문에, 수학을 재미있게 받아들였던 적은 많이 없었다. 그러나 중3때 받았던 이 수학 수행평가만큼은 재미있게 준비할 수 있었다. 바로 '수학 융합 발표!' 이름에서부터 '융합'이라는 단어가 들어가 대충 어떤 과제인지 예상이 가는 사람들도 있을 것이다. 말 그대로 수학과 다른 과목을 융합한 주제를 가지고 발표를 준비하는 과제였다.

수학과 정보, 수학과 과학, 수학과 철학, 수학과 영화 등 다양한 주제 중에서, 우리 팀은 '수학과 영화'를 선택했다. 무엇보다도 나의 미래 희망 진로가 방송PD이다 보니 영화, 영상 쪽에 관심이 많아 자연스럽게 이 주제가 끌렸던 것 같다. '수학과 영화'를 선택한 우리 조는 수학과 관련된 영화 세 편을 소개하면서, 각 영화 속에 담겨 있는 수학적인 요소와, 각 요소의 원리를 설명하는 발표를 준비하였다. 1차원부터 3차원까지, 수학적 차원의 개념을 담은 애니메이션 영화 「플랫랜

에니메이션으로 먼저 보았지만 원작이 소설이었고,
우리나라에도 번역 출간되었다는 것을 나중에 알았다.

드(Flatland)」(원작이 동명의 소설이었음을 나중에 알았다.), 밀실에 갇힌 수학자들이 문제를 풀어 밀실에서 탈출하는 내용을 담은 미스터리 공포 영화 「페르마의 밀실(Fermat's Room)」, 그리고 이미 소설로도 유명하여 베스트셀러 리스트에서 부동의 자리를 차지하고 있는 「다빈치코드」까지. 이 세 영화 중에서도 나는 「페르마의 밀실」 소개를 맡아, 영화 속에 등장한 실제 수학 문제에 대한 풀이 과정과 해답을 발표하였다. 「플랫랜드」를 맡은 친구는 차원의 개념에 대하여 소개하였고, 「다빈치코드」를 맡은 친구들 영화 속의 코드를 해독하는 방법과 영화 속에 등장하는 유전학의 법칙에 대해서도 소개하였다. 이처럼 관심 주제에 대한 발표였다 보니 준비를 하는 과정이 지루하게 느껴지지 않았다. 오히려 수학적 요소를 찾는 과정에서 즐거움을 느꼈다.

이처럼 청심에서는 개교 이후로부터 융합교육에 맞는 다양한 수업과 과제들을 제공해왔고, 앞으로도 쭉 이를 이어나갈 것이다. 이런 청심의 융합교육이 현재에도, 미래에도 맞는 트렌디한 교육이라고 말하고 싶다. 다른 학교들이 새로운 정책에 불만을 가지며 한탄하고 있는 사이, 청심은 늘 하던 것들을 계속 이어 나가면서 흔들리지 않는 모습을 보여줄 것이다. – 임세환

# 청심만의 특별한 수업 방식

청심국제중학교에는 다른 학교들과는 달리 공부를 새로운 방식으로 시도하고, 색다른 방법으로 지식을 쌓을 수 있도록 환경이 조성되어 있습니다. 대표적으로 국어, 수학, 영어를 배울 때 청심국제중학교만의 특별한 수업 방법이 있는 것 같습니다. 그럼 각각의 과목에 대해 알아볼까요?

청심국제중학교에는 그야말로 '짱'인 선생님이 계십니다. 아마 이 학교에서 제일 힘(권력+육체적 힘)이 제일 세신 분이 아니실까 조심스레 말해봅니다. 바로 국어 과목을 담당하시는 C 선생님입니다. 이 선생님의 수업을 들어보지 않으면 "정말 이상한 선생님이시구나!"라고 생각하게 되는데 수업을 들어보면 C 선생님만의 매력을 느낄 수 있습니다.

청심국제중학교의 학생들은 일주일에 4시간이 할당된 국어수업 시간에 정규 교과 과정만 배우지 않습니다. 만일 정말 일반 학교 교육과정만을 배운다면 청심국제중학교에 들어온 의미가 없지 않을까요? 그래서 일주일에 4번 들어있는 국어수업 시간 중 2시간은 '창의적 글쓰기'라는 활동을 합니다. '창의적 글쓰기' 수업시간에는 교과서 외의 내용들을 다룹니다. 전문적인 철학 및 사회과학에 관한 글, 교과서에 수록되지 않은 고전소설 등을 다루며 학생들은 여러 주제에 대해 깊이 생각하는 시간을 갖습니다. 학생들이 일반적으로 너무 당연하게 생각하는 것들이 왜 틀린가에 대해서 정말로 진지하게 고민하고 생각하는 시간이 바로 이 시간인 것 같습니다.

또, 우리 학교에는 수학을 담당하시는, 아니, 정확히 말하자면 Geometry(기하학)를 담당하고 있는 선생님이 계십니다. 바로 J 선생님입니다. 이 선생님의 수업은 학원에서 배우는 것과는 사뭇 다른 방법으로 수학에 접근합니다. 학원에서는 문제에 대한 풀이방법을 배우는 반면에, 이 수업시간에는 어떤 문제가 주어진다면 학생들은 그것에 대해 깊이 생각해볼 시간을 갖고 그 문제의 풀이를 학생들이 먼저 앞으로 나가 발표합니다. 여러 친구들이 문제에 대한 다양한 풀이방법을 설명한 후 선생님께서 종합적으로 설명하십니다. 이런 교육 시스템을 통해 학생들은 문제에 대한 사고력을 누구보다도 더 빨리 기를 수 있고, 누구든지 앞으로 나가서 자신이 생각해 낸 풀이방법을 설명할 수 있기 때문에 학생들의 수학교육에 도움이 될 것이라고 저는 굳게 믿습니다.

마지막으로, 우리 학교에서는 K 선생님(P 선생님으로 더 잘 알려져 있죠ㅋㅋ)이 계시는데 이 선생님 수업 때 학생들은 정말 새로운 경험을 할 수 있습니다. P 선생님은 영어 선생님으로 한국어를 잘 쓰시지 않는 분입니다. 우리 학년 같은 경우엔 2학년 때 P 선생님께 배웠는데, 이 선생님의 수업이 왜 특별한지 설명해드리도록 하겠습니다.

저희는 2학년 1년 동안 1학기 때는《분리된 평화(A Separate Peace)》(John Knowles), 2학기 때는《수레바퀴 밑에서(Beneath the Wheel)》(Hermann Hesse)라는 책을 가지고 수업했습니다. P 선생님께서 수업을 진행하시는 방식은 책의 각 챕터별로 4~5명이 한 조를 이뤄 챕터를 분석하여 발표를 하며 중간중간 선생님께서 학생들이 분석한 내용에 대한 보충 설명을 하시는 방식으로 수업이 진행됩니다. 그래서 P 선생님 수업시간에는 책의 여러 부분에 대해 학급 친구들의 생각이 어떤지 알아볼 수 있습니다.

또한 P 선생님께서 수행평가를 내주시는데 여기에는 2개의 평가가 있습니다. (물론 책의 각 챕터 분석도 수행평가입니다.) 첫 번째 평가는 저희가 수업 시간에 진도를 나간 부분에 있는 문장에 포함되어 있는 어려운 단어라든지 혹은 어떤 문단을 주시면 그 문단에 대한 분석을 해야 합니다. 채점을 할 때는 선생님께서 학생들을 한 명, 한 명 지목하시면서 문제에 대한 답을 말하라고 합니다. P 선생님께서는 학생의 답 말고도 또 다른 답이 될 만한 것들을 말해주시고 저희는 그것을 다른 종이에 적습니다. 그래서 자가 채점이 끝난 후, 그 종이를 시험지와 함께 제출하는데 만일 선생님께서 불러주신 답을 제대로 적지 않고 그 시간에 집중을 하지 않아 그 종이에 있는 내용이 부실하다고 판단되면 첫 번째 평가에서 성취도가 아주 뛰어나다고 하더라도 총 점수에서는 감점을 당합니다. 저희 학생들도 맨 처음에는 P 선생님의 스타일이 조금 신기해서 어떻게 해야 될지 잘 몰랐지만 시간이 지날수록 학생들 대부분 적응을 해서 P 선생님 수업이 좋았다고 생각하는 것 같습니다.

이처럼 청심국제중학교는 학교만의 특별한 교육방식으로 공부에 대한 인식을 바꾸어 줄 수 있는 학교입니다. 다른 학교에서 쉽게 배울 수 없는 교육방식 즉, 학생들이 스스로 깊이 있는 생각을 하게 만드는 교육 방식을 통해 학생들이 진정으로 공부가 무엇인지 알게 해주고, 공부가 정말로 재미있다고 느낄 수 있는 단계까지 갈 수 있습니다. – 홍성재

# 저마다의 재능을 가진 청심인

청심인의 생활은 외부에서 예상하는 것과는 생각보다 많이 다르다. 외부인의 시각과 우리들의 생활 중 일치하는 것은 몇 가지 없는데, 그 희귀한 것들 중 하나는 청심인들이 '내신을 알차게 챙긴다는 것'이다.

청심인이 성적과 내신에 임하는 모습은 뭐라 콕 찝어 말하기 애매하다. 중 1, 처음 입학할 때는 두 부류로 나뉘는데, 처음이라 미친 듯이 열심히 하는 부류와 '1학년이니까!'라며 마음 놓고 있는 부류이다. (물론 마음을 놓고 있다고는 해도 공부를 열심히 하지 않는 것은 아니다. 공부는 열심히 하지만 성적에 연연하지 않는 달까..) 그리고 2학년 때가 되면 슬슬 아이들이 약삭빨라지기 시작한다. 선생님별로 시험과 수행에 어떻게 대처해야 할지 분석하고 그에 따라 행동하기 시작하는 것이다. 3학년이 되면 뭐라 말할 필요 없이 그냥 '바쁘다'.

나의 경우 처음에는 정말 적응을 잘하지 못했는데, 이는 지기 싫어

내신을 올리기 위해 치열한 우리들이지만 쉬는 시간은 한없이 평화롭다.

하는 내 성격에, 나보다 잘하는 사람들이 너무 많은 것처럼 보여서이기도 했다. 특히나 1학년 1학기 중간고사는 중학교 첫 시험이기에 부담도 많이 되었었는데, 공부하는 과정에서 다른 아이들에게 뭔가를 물어보면 다들 너무나 잘 알아서 '나 빼고 모두가 100점을 받는 것은 아닐까?' 걱정이 되기도 했었다.

그런데, 그랬던 아이들이, 나만 그런 건지는 몰라도 유식해 보이는 만큼 시험 성적이 모두 좋지는 않았다. 처음에는 왜 그럴까 의문을 가지기도 했고, 이기심에 젖어 혼자 기뻐하기도 했었다. 하지만 청심 생활 2년 만에 결국 알게 된 것은, 시험 성적이 그다지 중요한 것은 아니라는 것이다. 청심에는 모든 과목을 골고루 잘하는 아이들도 있고, 수학이나 과학을 특별히 잘하는 아이들도 있으며, 영어토론(Debate)이나 모의법정(Mock Trial), 모의유엔(MUN)과 같은 활동에 소질을 보이는 아이들도 있다. 그들은 모두 뛰어나고 멋진 아이들이고, 이들이 하나하나 모여 청심이 만들어진다. 시험 점수가 누구보다 높고, 낮다고 해서 그들의 가치가 더욱 높아지거나 떨어지는 게 아니라는 것이다.

청심은 경쟁적이지만 동시에 따뜻한 곳이고, 똑똑하지만 동시에 바보 같은 곳이다. 학생들은 모두 열심히 자신의 생활을 이끌어나가면서도 웃음을 잃지 않고 행복하게 생활한다. 이토록 멋진 곳이 또 어디 있을까? 나는 내가 현재 청심인이라는 것에 큰 자부심을 느끼고, 내가 이 생활을 누릴 수 있는 것에 감사한다. – 김하은

## '지·오·메·트·리' 시험을 꿈꾸다

지금은 공강 시간, 모두가 내일 3교시에 있을 기하학(Geometry) 시험 준비에 열중하고 있다. 교실은 쥐 죽은 듯 조용하고, 이따금씩 들리는 소곤소곤한 말소리 외에는 모두가 공부에 집중한 채 열심히 필기한 내용이 적혀 있는 학습지만 뚫어져라 바라보고 있다.

이럴 때면 청심의 친구들이 참 대견하고 고맙게 느껴진다. 서로서로를 존중하고 배려하려고 노력하는 모습이 고스란히 드러나기 때문이다. 한 학년에 100명밖에 되지 않는 적은 인원이라 서로를 잘 알게 되고, 한 명 한 명이 모두 소중한 친구들이다. 가족과 보내는 시간보다도 많은 시간을 친구들과 보내다 보니 자연스럽게 모두가 가까워지고 서로서로에 대해 많은 것들을 알게 된 것 같다. 이제 청심은 나에게는 제2의 집이나 마찬가지가 되어버렸다.

"저기…." 누군가가 나를 부르는 소리에 뒤돌아보니 친구가 어쩔 줄 몰라하는 표정으로 나를 바라보고 있다.

꿈꾸는 기하학 ⓒ정예담

“미안한데…, 혹시 지오메트리 #3 프린트 가지고 있어? 내가 그걸 잃어버려서….”

“당연하지!” 나는 그 아이에게 밝게 웃어주며 말했다. “잠깐만 기다려!” 그렇게 말한 뒤 나는 파일케이스 안을 뒤지기 시작했다. 아주 구석진 곳에서 프린트를 발견해 그 아이에게 전해주고 다시 자리로 돌아와 공부를 시작했다.

"… AA~, SAS~, SSS~…."

'으악…, 무슨 닮음이 이렇게 어려운거야….' 하고 속으로 생각하며 나는 연필만 꾹꾹 누르며 고민하다 결국 별 표시를 해두고 쉬는 시간에 J 선생님께 다시 물어보러 가야겠다고 생각했다.

바쁜 하루 일과가 끝나고 어느새 야자 시간이 되었다. 창문 밖에선 천천히 노을이 지며 푸른빛이었던 하늘과 구름들을 점차 은은한 주홍빛으로 감싸고 있었다. 아직은 푸른빛이 감도는 하늘이 주홍빛으로, 또 보라색으로 바뀌어 가며 하늘이 점점 어두워지는 모습을 보고 있다 보니 마음이 차분하게 가라앉는 느낌이었다. 야자 1~2교시 동안은 아까 J 선생님께 물어본 내용을 복습하고 나머지 내용을 마저 공부한 뒤, 마지막 3교시에는 컴퓨터를 켜 미스터 J 선생님의 파워포인트를 읽어보았다.

기숙사에 들어와서도 소등 전까지 지오메트리 공부를 하였다. 그리고 시간이 흘러 12시 정각이 되고, 방 불이 꺼지고 나서 나는 이불을 덮고 누웠다. 침대에 눕자 낮에는 들지 않았던 생각들이 머리를 스치고 지나갔다. 친구들에 대한 생각, 시험에 대한 걱정, 모르는 문제가 나오지 않기를 바라는 소망…, 이런저런 생각이 드는 가운데 눈꺼풀은 점점 무거워졌다.

'오늘 밤에는 지오메트리 꿈을 꾸려나?'

나는 미소를 지으며 꿈나라로 빠져들었다 – 정예담

# 함께 해서 더 따뜻한 공부

우리 학교 시험기간의 좋은 점은 일단 모르는 부분을 서로에게 물어보며 시너지 효과를 얻을 수 있다는 점이다. 기숙사 생활의 이점을 통해 서로 어려운 부분을 물어보고, 가르쳐주며 학습효과를 증진시킨다.

혼자서 하는 것보다 효과적인 것은 물론, 선생님께 설명을 듣는 것보다 이해가 더 쉬울 때도 있고, 가르쳐주는 아이는 가르쳐주면서 자신도 더 확실하게 알게 되는 것이다. 또 아이들 대다수가 모르는 부분에서는 가끔 다 같이 토론을 하거나 함께 문제를 풀어나가며 공부하는 경우도 있다. 난 이런 분위기가 정말 우리밖에 누릴 수 없는 특권이 아닐까, 하고 정말 행운이라고 생각하고 있다. 다들 '나만 잘해야지!' 보다는 '모두 다 잘 보자!' 라는 분위기여서 참 화목하다. 또 다 함께 새벽까지 공부하면서 생기는 든든함이란 말로 표현할 수 없는 기분이다. 집에서 혼자 새벽까지 공부하라면 못할 것 같지만, 이렇게 친구들과 함께 밤늦게, 새벽까지 공부하는 것은 오히려 즐겁게 공부할 수 있는 환경을 마련해준다. 그리고 가끔씩 벌레 퇴치 작전처럼 생겨나는 즐거운 에피소드들은 지루하고 힘들 것만 같은 시험기간을 즐겁게 만들어준다. 또한 시험기간 3~4일 동안은 시험이 끝나면 기숙사로 돌아가게 되어있기 때문에 그 시간에 기숙사로 돌아가서 어제 새벽에 못잔 잠을 잠깐 보충하거나 점심시간에 맛있는 점심을 먹고 나서 잠깐 동안 친구들과 밖을 산책하는 등 시험 중간 중간에 함께 할 수 있는 기쁨도 있다.

공부 외에도 피곤한 아이들의 잠을 깨워주고, 정신을 못 차리고 놀고 있는 친구를 재촉하거나, 절망에 빠져있는 친구를 격려하는 등의 소소한 즐거움과 함께라는 동질감, 그리고 마지막 시험이 끝나고 기숙사로 돌아왔을 때 함께 맛보는 해방감과 기쁨은 형언할 수 없는 것이다. 친구들과 모두 함께 이겨나가는 시험기간은 오히려 즐겁다. 나는 이런 것을 떠올렸을 때 모두가 싫어하는 시험기간이 오히려 기다려 질 때가 있다. (하지만 정작 시험기간이 다가오면 절망적이 되어버리지만….) 청심에서의 시험기간은 오히려 즐겁게 공부할 수 있는 경험을 선물해주는 기간이다. _ 김민솔

# 우린 지필평가에도 이타적이다

끊임없이 연필과 펜을 쥐고 멈출 줄 모르는 손이 조금씩 아파온다. 시간이 있을 때 책을 조금이라도 더 봐야 한다. 교과서가 표지는 다 떨어져 너덜너덜해지고, 교과서 속지에는 본문을 여러 번 베껴 쓴 흔적이 가득하다. 교실 분위기는 찬물이라도 끼얹은 마냥 조용하고 전과 달리 차갑다. 누구 한 명이라도 떠들기만 하면 끝장이다. 입을 다물고 가만히 있는 것이 좋다. 아니, 그래야만 한다.

항상 해맑고 하루하루를 즐기는 청심인들 모두가 긴장하고, 예민해지는 시기가 있다. 사소한 일에도 화가 나고 불안하고 무섭기도 한 그 시기, 바로 대한민국 학생이라면 1년에 4번 어쩔 수 없이 맞이해야만 하는 지필평가 시험 기간이다. 학기 중 자신이 공부에 투자한 시간과 노력에 대한 결과를 보여줘야 하는 시기이다 보니, 성적 관리에 예민한 청심 친구들은 시험 기간에 신경이 곤두서고 날카로워지는 경우가 많다. 좋은 성적에 대한 개인적인 욕심도 있다 보니 다른 친구들을 견제하게 되는 것도 피할 수 없는 현상이다.

위와 같은 청심인의 시험 기간의 단편적인 모습만을 보면 우리 청심인들이 혹독한 경쟁 사회 속에 찌들어 있다고 충분히 오해할 수도 있겠다. 사실 경쟁은 우리 사회 어느 곳, 어느 학교에도 존재한다. 특히 중학교 3학년들은 입시를 앞두고 각자 꿈꾸는 고등학교에 진학하기 위한 성적을 만들어야만 한다. 학생 모두가 아무리 우수하다고 하더라도 작은 점수 차이에 따라 1등급, 2등급, 심지어 9등급까지 나뉜다. 경쟁은 청심만의 문화가 아닌, 대한민국 어디에도 존재하는, 싫지만 떼어낼 수 없는 문화라는 것이다.

그러나 우리 청심인들은 자신의 성적만 챙기는 이기적인 사람들은 아니라고 생각한다. 자신의 성적도 챙기는 동시에 공부에 어려움을 겪고 있는 친구들까지 챙기는 이타적인 친구들이 많다. 나 자신 또한 여러 친구들에게 도움을 주기도 하였고, 도움을 받기도 하였다. 지난 2년 간 지필평가 기간에 발견한 청심인들의 이타적인 모습을 간단하게 정리해보았다.

### 1학년 : 청심 9기 최초의 스터디클럽 VERITAS

때는 중학교 1학년 2학기, 동건이라는 친구의 제안으로 9기 최초의 스터디그룹이 만들어졌다. 이름은 '진리는 나의 빛'이라는 뜻을 가진 서울대학교의 모토 '베리타스 룩스메아(VERITAS LUXMEA)'에서 따온 'VERITAS'. 한창 청심 생활이 지루하고 길게만 느껴지고, 때로는 생각대로 나오지 않는 성적 때문에 많은 친구들이 좌절하기도 했던 때 서로의 공부를 돕기 위해 나선 이타적인 친구들이 있었다. 지필평가 2주~1주 전에 한 교실에 모여 서로 돌아가며 국어, 수학, 사회, 과학, 영어 등의 주요과목과 스페인어, 중국어, 기술 · 가정까지 가르쳐주고, 자신이 정리한 필기자료나 자체 제작 학습지 등을 타 학생들의 학습을 돕기 위해 배포하기도 했다. 나 또한 VERITAS의 창립 멤버로서 웬만한 과목은 다 가르쳐 보았고, 다른 아이들로부터 많은 것을 배우기도 했다. 실제로 VERITAS 내에서 다른 학생들을 가르치는 활동을 한 이후 성적이 훌쩍 상승하기도 했다. 흔히들 교수학습법이라고 하지 않던가! 확실히 효과가 있긴 한가 보다.^^

### 2학년 : 과목부장들이 발 벗고 뛰다

중학교 3학년 때는 어떨지 모르겠지만, 중2 때야말로 청심 9기의 이타성의 전성기였다고 할 수 있겠다. 중학교 2학년이 되고 나서 시험 직전까지 이런저런 수행평가에 치이고, 다양한 교과 외 활동까지 함께 하다 보니 모일 시간이 부족하여 VERITAS는 어쩔 수 없이 해체되었다. 해체된 뒤에도 이타적인 활동을 계속 이어나갈 것을 약속한 친구들은 각자의 반 내에서라도 활발하게 다른 친구들의 학습을 도왔다. 그러나 전 VERITAS 멤버들 중에서도 각자의 반에서 과목부장이 된 친구들만큼 활발하게 활동한 사람은 없었다. 국어, 수학, 사회, 과학, 영어 부장이 된 친구들은 시험 기간이 다가오면 시험 범위에 들어 있는 내용을 간단하게 요약하여 다른 아이들 앞에서 짧은 강의를 해주곤 했다. 필자 같은 경우에는 2학년 때 사회 부장으로서 우리 반뿐만 아니라 9기 친구들 전체를 돕고자 발 벗고 뛰기도 했었다.

새 학기가 시작된 지 한 달 정도 지나면 사회 수업 시간에 필기한 노트를 교과서처럼 문장으로 풀어서 정리한다. 이를 깔끔하게 컴퓨터로 정리하여 진짜 교과서 같은 읽기 자료와, 전 년도 지필평가의 기출문제를 바탕으로 하여 예상 문제까지 만들어 9기 전원이 가입되어 있는 카페에 배포했다. 반응은 예상 외로 폭발적이었다. 배포하기 전 사회 선생님께 검토까지 받아 오류가 적었기 때문에 신뢰가 되었나보다. 1학기 1차 지필평가 때 실험적으로 시작해본 사회 부장 활동은 2학년이 끝날 때까지 쉬지 않고 이어졌다.

### 3학년 : 수행평가 심은 곳에 지필평가 난다

3학년 때가 청심 생활에서 가장 힘든 시기이다. 입시를 앞두고 있을 뿐만 아니라, 내신 성적 또한 1~2학년 때보다 더 신경 써야 한다. 특히 외고나 국제고에 진학할 학생들은 영어 내신 1~2등급을 확보하는 데 목숨을 걸어야 할 정도이다. 그러다 보니 일반적으로 학년이 올라갈수록 지필평가 준비 기간이 길어져야 할 것처럼 느껴진다.

그러나 정말 안타깝게도 중3의 시험 전 2주는 '수행 폭탄' 기간이다. 해야 하는 과제와 수행평가가 끝도 없는 기간이 바로 수행 폭탄 기간인데, 중3 때에는 이러한 수행 폭탄 기간이 하필이면 시험 직전에 찾아온다. 1학년, 2학년 때에는 적어도 시험 한 달 정도 전부터는 공부 계획을 세우고 시험공부에만 매진할 수 있었는데, 중학교 3학년 때에는 평가 기준이 더욱 까다로워져 끊임없이 수행 폭탄을 맞아야만 했다. 결국 1학년 때부터 4주 정도의 준비 시간을 가지고 시험을 쳤던 나는 최근 3학년 1학기 중간고사 때에는 2주 정도밖에 준비할 시간이 없었다. 그 2주의 시간을 공부로 불태웠지만, 불안함은 여전했다.

그래도 그나마 그 2주 동안 공부에만 매진했기 때문에 시험 성적은 잘 받을 수 있었던 것 같다. 하지만 육체적, 정신적 피로는 말할 것도 없었다. 시험이 끝나는 그 주의 주말부터 그 다음 주가 찾아오기까지, 그동안 누적된 나의 피로를 풀어준 것은 바로 '잠'이었다. 시험 기간에 매일 새벽 1시, 2시가 되어 사감 선생님께서 강제로 방에 들여보내실 때까지 공부하다 보니 그동안 쌓인 피로가 한 번에 몰려온 것이었다. 결국 시험이 끝나자마자 원 없이 숙면을 취했다. 수행평가 심은 곳에서 지필평가 난다는 말이 청심 3학년의 상황에 딱 맞는 표현인 것 같다.

매번 시험 때마다 느끼는 거지만, 수행평가 심은 데 지필평가 나는 이곳 청심에서 3년 가까이 버틴 나 자신이 대단하다고 느껴진다. 참을성이 조금만 없었어도 바로 뛰쳐나왔을 것을, 성질 급한 내가 아직도 이곳에서 잘 버티고 있다는 것이 가끔씩은 놀랍기도 하다. – 임세환

# 즐기면서 하는 수학 공부

수학은 나에게는 상당히 친숙하고도 재미있는 과목으로 항상 다가왔고, 그래왔기 때문에 새로운 과목이나 이론을 배울 때에도 이해를 돕는 도구로도 나에게 요긴하게 사용되어왔던 것 같다. 수학 문제집을 많이 풀어온 것도 도움이 되었을 것이라고 생각한다.

수학은 아마 우리 모두에게 친숙하면서도 동시에 상당히 거슬리는, 약간 특이하고 이중적인 면을 가진 과목이라고 볼 수 있다. 초등학교 입학 전에서부터 수학의 기본적인 지식을 가지고 있기 때문에 당연히 눈에 익었겠지만, 많이 공부했다고 생각할 때마다 언제나 새로운 이론을 들고 우리를 찾아와 괴롭히기 때문이다.

어떤 과목이든 마찬가지이겠지만, 수학이랑 친해지려면 아주 직설적으로 수학을 많이 하고, 또 즐기는 방법밖에 없다. 초등학교 시절 많이 놀았던 나는 많은 공부 방법을 도와주는 내용을 가진 책들을 읽었고, 그것이 나에게 무슨 엄청난 마법 비슷한 결과를 이루게 해줄 것이

서쪽 하늘에 노을이 질 때면 엄마가 보고 싶어진다. 하지만, 우린 이내 공부에 열중한다.

라고 믿었지만, 항상 그저 즐기라는 것이 방법이라는 답만이 나에게 돌아왔다. 이제 5년이 지나고 나서 수학 공부법에 대한 팁들을 요구받고 쓰고 있는 입장이지만, 나도 많이 풀고, 즐기는 것만이 답이라는 말을 하고 싶다. 만약에 국제중학교 학생의 엄청난 수학 비밀을 알고 싶어서 이 책을 구입한 독자들이 있다면 분명 위를 보고 욕을 하고 있을 것이지만, 나도 저 말을 쓰는 내가 좀 당황스럽다.

청심의 야간 자율학습 시간에는 정말 별의별 공부들을 다 하는 학생들을 볼 수 있다. 그중에서도 가장 주눅 들게 하고 자괴감이 들게 만드는 학생들은 벌써부터 개인적으로 고등학교 수학책들을 들고 다니면서 푸는 학생들이다. 만약에 자기가 지금 '미적분 II' 같은 내용들을 공부하고 있다면 전혀 나쁠 것 없고, 미래를 생각하려면 상당히 획기

적이고 계획적인 투자를 하고 있는 것이다. 하지만, 이제야 선행을 시작한 학생들이라면 그런 아이들을 보고 전혀 우울해야 할 필요는 없다. 아무리 선행학습을 많이 해서 적분을 할 수 있고 '사인그래프'를 주무를 수 있다고 해도, 결국에 성적표에서 판가름 나는 것은 정직하게 학교 내신 수학이다. 아무리 미분 적분을 잘한다 해도 초반에 나오는 일차함수 그래프에서는 전혀 필요 없기 때문이다. (사실 조금을 쓸 수 있다.) 그렇기 때문에 나는 다른 사람들의 공부에 신경을 전혀 쓸 필요가 없다고 말하고 싶다. 그렇다고 고등학교 수학선행을 아예 안 해도 된다는 것은 아니다.

수학 과목은 선생님이 설명하는 내용을 잘 귀담아 들으면, 별 문제없이 풀 수 있다. 내가 문제풀이보다도 선생님의 설명을 귀담아 들으라고 말하는 이유는, 아무리 긴 주관식 문제가 등장해도 문제 유형이 거기서 거기이기 때문이다. 이 말인 즉, 선생님의 친절한 풀이과정을 듣고 그 방법을 기억하고 있으면, 그 풀이과정을 같은 형식의 문제에다가 그대로 대입하면 아주 쉽게 풀 수 있기 때문이다.

학년마다 다소 차이가 날 수는 있지만, 기본적으로 선생님이 비슷한 형식의 반복학습을 계속 시키시기 때문에 문제 풀이방법을 익히는 데 별 어려움은 없을 것이다. 대수학 과목에서 약간의 팁을 주자면, 너무 많은 풀이방법을 시도해보고 연구하는 것이 꼭 긍정적인 영향을 미친다고 말할 수는 없다는 것이다. 어려운 올림피아드 문제 같은 경우에는 여러 가지 생각의 흐름을 담을 수 있는 것이 정답 적중률과 정비례를 이루지만, 우리 학교의 대수학 과목과 같이 시간이 정말 부족해질 수 있는 상황에서도 생각의 흐름을 단순화하고 직선적으로 이루는 것이 더 도움이 잘 되기 때문이다.

선생님께서 수업시간에 나누어주시는 유인물을 잘 간수하고, 거기에 나와 있는 내용들을 뼛속 깊이 새기는 것이 중요하다. 대수학과의 차이점을 하나 말하자면, 기하학은 객관식 문제뿐만 아니라 주관식 문제가 등장하여 시험시간에 우리를 공격할 수도 있다는 것이다. 이러한 위험한 주관식 문제에서 억울하게 감점 당하는 일들을 막기 위해서는 현명한 단어 선택과 지름길 풀이방법, 그리고 뻔한 실수를 저지르지 않는 것이 중요하다. – 구재우

## 다양한 사회적 목소리에 관심갖는 사회 수업

내가 좋아하는 과목이어서 그런지 나는 청심의 사회 수업을 매우 좋아한다.

1학년 때 사회 과목을 가르치셨던 G 선생님은 유머러스하시고 통쾌하셔서 수업이 정말 재미있었다. 사회 과목 수업을 영어로만 하다 보니 정치경제 용어들이 익숙지 않았지만 이해하기 쉽게 설명해주셔서 좋았다.

G 선생님과의 수업 중의 일이다. 선생님은 영화 「매트릭스」(The Matrix, 1999) 중에서 주인공이 두 가지 약 중 어떤 약을 골라야 할지 갈등하는 장면을 보여주셨다. '현실을 깨고 진실을 알게 됨과 동시에 진실의 세계에 남아 고통을 감수해야 하는 빨간 약'과 '평소처럼 믿고 싶은 것만을 믿으며 내가 알고 있는 현실에 편하게 안주할 수 있는 파란 약', 주인공이 결정을 내리기 전에 선생님은 영화를 멈추시고는 "너희라면 빨간 약과 파란 약 중 어떤 것을 선택할거니?"라고 물으셨다.

변화를 추구하기보다 여태까지 경험해왔던 현실에 순응할 것인지, 위험하지만 현실을 개척하고 진실을 추구하는 삶을 살 것인지에 대한 물음이었다. 여기저기서 친구들이 손을 들고 자기 의견을 이야기했다. 여러 친구들의 의견을 듣고 있자니 흥미진진해졌다. 한 사람의 의견은 토론의 기반이 되었고, 우리는 열띤 토론을 벌였다. 재미만 있는 것이 아니라 철학적으로 '가치'에 대해 생각해보는 기회까지 갖는 의미 있는 수업이었다.

선생님의 유학 시절 경험담과 재미있는 이야기들은 교과내용을 더 쉽게 이해하고 기억할 수 있게 했다. 미국의 역사와 정치경제적 모습 등을 《Civics in America》라는 원서로 배우면서 더 사실감 있게 알게 되었고, 선생님께서 직접 준비하신 사진과 도표 자료로 더 자세히 배울 수 있었다. G 선생님의 경제학 방과후수업은 정말 인기가 있어 교실이 꽉 차곤 하는데 직접적으로 학교 공부에 도움이 되는 수업이 아닌데도 재미있게 경제학을 공부할 수 있어 학생들이 많이 신청한다.

2학년 때는 L 선생님께 사회를 배웠다. 우리는 성소수자의 대내적 갈등을 다룬 영화 『필라델피아』(Philadelphia, 1994)를 보면서 더불어 사는 삶에 대해 생각해보았다. 사회를 누가 지배하고, 누가 힘을 갖고 있느냐에 따라 그렇지 못한 쪽은 사회적 약자와 소수자가 될 수 있다는 것을 배웠고, 약자와 소수자가 이 사회에서 어떤 불편과 차별을 받고 살아가는지에 대해 알게 되었다.

뿐만 아니라 나는 L 선생님의 토론과 발표 중심의 수업을 통해 세계적 이슈에 대해 논하면서 우리 사회에 대해 더 깊은 관심을 갖게 되었다. 선생님과 함께한 NIE(Newspaper in Education) 활동이나 독후 활동은 수업 시간에 배웠던 한국사와 세계사를 정리하는 데 큰 도움이 되었다.

사회 과목은 광범위하기 때문에 우리는 사회 공부를 할 때 흐름을 찾기 위해 노력한다. 역사를 배울 때는 A4 용지를 여러 장 붙여 만든 긴 종이 위에 연표를 그리기도 하고, 구체적인 내용의 경우 다양한 도표와 그림 자료, 수업 때 선생님께서 했던 농담 등을 이용하여 이미지화시키기도 한다.

선생님들은 암기보다는 우리의 이해를 위해 다양한 자료도 준비해 주시고 흐름에 따라 수업을 하려고 노력하신다. 청심에서 경험한 다양한 사회 수업 방식은 앞으로 내가 살아가는 데 많은 도움이 될 것이라 생각한다. 졸업한 후에도 청심의 사회 수업을 잊지 못할 것 같다.. – 한윤서

## 교과서 중심으로 수업에 집중하는 국어 공부

우리 학교의 수업은 다양한 과목을 영어로 진행하는 등 다른 학교의 수업 방식과는 차별화된 경향을 보이는 부분이 많은데, 그중에서도 가장 재미있는고 정말 다양한 주제들을 접하게 되는 과목이 있다면, 바로 청심의 국어 수업이다. 초등학교에 있는 6년 동안 시험대비용 자습서나 참고서를 풀어보는 것이 훨씬 효과적인 공부 방법이었던 생활 방식에 익숙해져 있던 내게 1학년 때 처음 만나 뵌 B 선생님의 국어는 정말 신선한 충격을 안겨 주었다. 교과서 내용에 국한되지 않고 한자가 반 이상 들어간 유명한 한국 소설을 소개시켜 주실 뿐만 아니라, 때로는 직접 시집에서 시를 몇 편 골라내어 두꺼운 프린트 묶음을 만들어 예고 없이 나눠주시는 일도 다반사였다.

이런 신선한 수업방식에 아직 익숙해지지도 못한 채 허겁지겁 치른 일종의 레벨테스트. 그 결과는 예상했던 대로였다. 초등학교 때처럼 단순한 문제풀이로 받았던 점수와 차이가 많았던 것이다. 이런 상황에 처한 것은 나뿐만이 아니었다. 친구들도 여기저기서 침울한 표정으로 엄마에게 전화를 걸거나, 심지어 눈물을 보이는 몇몇 아이들도 있었다.

그러나 이것이 끝이 아니었다. 중간고사가 끝나고 채 며칠도 지나지 않아서, 이번에는 마치 폭풍과도 같은 엄청난 양의 수행이 물밀듯이 밀려왔다. 적을 때는 한두 개, 많을 때는 하루에 다섯 개 이상. 동영상 제작하기처럼 조별 과제부터 이따금 우리를 깜짝깜짝 놀라게 하는 일명 서프라이즈 퀴즈까지! 온갖 수행에 치이며 바쁜 하루를 보낸 아이들의 표정에는 피곤함과 짜증이 고스란히 묻어났다.

그렇게 정신없이 한 학기가 지나갔다. 뭐가 지나갔는지도 모른 채, 짧지만 달콤한 여름방학이 끝나고 또다시 2학기가 시작되었다. 이번에 배우는 범위는 국어의 품사와 문법의 활용. 처음 보는 주제인데다가, 시험을 잘 보기 위해서 그 많은 내용을 한 자 한 자 모두 외울 것을 생각하니 입이 떡 벌어졌다. 아직 다가오지도 않은 시험을 걱정하는 근심 어린 아이들의 표정은 이번엔 또 어떤 문제가 나오려나…, 하는 고민을 그대로 보여주는 듯했다. 그렇게 바쁜 나날들이 지나가고, 이번에도 영원히 오지 않을 것만 같던 시험기간이 어김없이 찾아왔다. 언제나처럼 시험 2주 전부터 모두가 '열공' 모드에 돌입해 각 반 교실에는 책장 넘기는 소리와 연필 사각거리는 소리 외에는 아무것도 들리지 않았다. 국어는 가장 마지막 날에 있었지만, 그래도 아이들은 긴장의 끈을 놓을 수 없었다. 지금 아무리 다른 과목 시험을 잘 봐도 언제 평균이 확 떨어질지는 아무도 모르는 일이었기 때문이다. 3일간의 시험이 눈 깜짝할 새에 지나가고, 드디어 국어 시험이 코앞으로 다가왔다. 그래도 이번엔 아이들이 만반의 준비를 해서였을까? 이번에는 노력한 만큼의 결과를 얻어낼 수 있었다. 그래서였는지 시험을 끝낸 아이들의 얼굴은 먹구름이 걷힌 듯 환하게 빛났다.

그러나 청심의 파란만장한 국어 수업은 여기서 끝이 아니었다. 2학년이 되고 처음 만나 뵌 진정한 청심 국어 수업의 표본, 바로 C 선생님의 수업을 듣게 된 것이었다. 이번에는 또 어떤 새로운 공부 스타일을 맞이하게 될까, 설렘 반 걱정 반으로 들떠있던 아이들의 기대를 한 몸에 안고 들어오신 C 선생님과의 첫 수업은 그야말로 신선한 충격이었다.

처음 교실 문을 열고 들어오시는 순간부터 큰 소리로 호통을 치는 선생님의 목소리에 우리 모두는 화들짝 놀랐다. 사물함에서 교과서를 꺼내오던 아이들은 책을 챙길 겨를도 없이, 혹시 또 불호령이 떨어지진 않을까 두려워 허둥지둥 자리에 주저앉았다. 입을 꾹 다물고 못마땅한 눈빛으로 우리를 훑으시는 선생님의 기세에 눌려 교실은 찬물을 끼얹은 듯 조용해졌다. 어느 누구도 감히 입을 열 생각조차 하지 못한 채, 교실에는 팽팽한 긴장감이 감돌았다. 마치 살얼음판 위를 걷는 듯 위태로운 분위기 속에서 우리는 책을 펼 생각조차 못하고 있었다.

그러던 우리가 선생님의 반전 매력을 알게 된 것은 한 일주일 정도 수업을 한 후였다. 일명 '호랑이 선생님'으로 불리며 학년을 불문하고 두려움의 대상이었던 선생님께서 사실은 수업 시간에 정말 아무도 예상치 못하던 순간에 농담을 하셔서 모든 아이들의 환호성을 불러일으키고, 새벽 2시에 아픈 학생을 데리러 병원까지 직접 찾아오실 만큼 책임감 강한 로맨티스트라는 것은 아마 청심 학생들만이 아는 비밀일 것이다.

결국 내가 이런 에피소드를 통해 말하고 싶었던 것은 바로 청심의 국어 수업은 정말 남다르다는 것이다. 이전과는 전혀 다른 수업 방식에 적응할 시간도 물론 필요하고, 처음 접하는 공부 스타일에 적잖이 당황할 수도 있지만, 그렇기에 청심에서의 국어가 아이들에게 가장 특별하게 여겨지는 과목 중 하나이자 실제로도 대다수의 아이들이 가장 즐거워하는 수업이라는 생각이 든다. 국어 공부를 위해서 팁을 하나 준다면, 바로 '이전까지의 국어는 잊어라!'라는 것이다.

지금까지 참고서와 문제집으로 유형을 완벽하게 대비해오는 공부 방식에 익숙해져 있었다면, 그런 생각은 청심에 입학하는 순간 과감하게 버려도 된다. 문제집이나 참고서를 풀어보는 것이 시험에서 출제될 문제의 유형을 파악하는 데에 어느 정도의 도움을 줄 수는 있겠지만, 그렇다고 해서 문제집에 완전히 의존하지는 말라고 말하고 싶다. 내가 가장 많이 실천하는 공부 패턴이자 스스로의 공부 경험을 바탕으로 해서 얘기를 한다면, 무엇보다 가장 도움이 되는 것은 바로 선생님의 말씀을 귀 기울여 듣는 것이다. 특히 B 선생님의 국어 시간에는 선생님의 말씀을 꼼꼼히 필기하고, 선생님께서 중요하다고 말씀하시는 부분만 절대 잊지 않고 꼭 외워둔다면, 국어 공부에 그리 큰 부담을 가질 필요는 없을 것이라 장담한다. 교과서를 여러 번, 자세히 읽고, 자신의 편의에 따라 필기한 내용을 소리 내어 읽거나 공책에 옮겨 적으며 재필기를 하는 것도 좋은 방법이다. – 정예담

## 교과서의 틀을 벗어난 창의적인 과학 수업

청심에서의 과학 수업을 생각하면 정말 '청심다운 수업'이라는 생각이 든다. 기본적인 교과서 위주의 수업보다 창의적이고, 활동 위주로 진행하는 ACG의 C에 걸맞은 수업이기 때문이다. 일단 기본적으로 청심에서는 영어로 과학 수업을 진행한다. 교과서는《사이언스 익스플로러(Science Explorer)》시리즈를 주교재로 사용하고, 따로 프린트와 파워포인트로 보조교재를 만들어 더 많은 학습자료를 제공해주는 경우가 많다.

이외에도 우리는 수업시간에 미국의 대중 과학 프로그램 '호기심해결사(Myth Busters사)'나 영화 「코어」(2003) 등 영상을 보며 즐겁고 쉽게 과학 상식을 익히거나, 나아가 응용 단계에도 활용될 때가 있다. 지구과학 시간에 본 영화 「코어」는 단순히 영화를 보는 것에서 끝나는 것이 아니라 지구 외핵의 대류가 멈추었을 때, 지구에 어떤 영향을 주는지 적어보는 활동을 함으로써 더욱 자세히 영화를 관찰하고, 그로부터 쉽게 지식을 습득할 수 있었다.

또한 과학 시간에는 여러 활동도 많이 진행하는 수업과 수행평가가 많다. 화학 시간에 화학 결합을 배울 때에도 선생님께서 아이들끼리 손을 잡게 한다거나, 직접 눈으로 볼 수 있는 활동을 진행하면서 단지 교과서와 글로 배우는 수업이 아닌 몸으로 체험해보며 창의성을 키워갈 수 있었다. 물리 시간에는 수행 중 하나로 종이비행기를 접어 특정한 길로 비행기가 날아가게 하는 수행평가를 진행하였던 적이 있었다. 여러 방법으로 비행기를 접어 오른쪽으로 날아가게 한다거나, 더 멀리 날아가게 한다거나 하는 등을 하며 즐겁게 친구들과 장난을 치면서 수업을 했던 기억도 있다.

이렇듯 즐거운 과학 시간에도 언제나 지필평가는 존재하는 법. 하지만 우리는 단지 형식적인 문제만을 물어보는 시험을 보지 않았다. 단지 책을 읽어서, 개념을 외워서 백점을 맞을 수 있는 시험이 아닌 완벽하게 개념을 이해하고, 응용할 수 있는 서술형 문제가 나와 많이 당황했던 적이 한두 번이 아니었다. 하지만 시험 전에 친구들과 함께 토론하고, 서로 모르는 부분을 보충해주면서 공부하다 보면 이해도 빨라지고 응용력도 길러 좋은 점수를 얻을 수 있었던 것 같다.

청심의 과학 수업은 단지 지루하기만 한, 책만 보며 공부하는 그런 수업시간이 아니다. 즐겁고 창의적인 활동과 여러 매체를 통해 과학에 약한 아이들이나 관심이 덜한 아이들까지 과학을 즐길 수 있도록 하는 수업들이다. 나 또한 초등학교 때까지는 과학에 흥미가 많았지만 점차 어려워지자 흥미가 떨어져가고 있었다. 하지만 청심에서 즐겁게 과학을 접하게 되면서 알면 알수록 흥미로운 과학의 세계에 다시 빠질 수 있었다. 그래서 나는 이렇게 훌륭한 수업을 진행하고 우리를 이끌어주신 청심의 과학 선생님들께 감사하고, 존경하는 마음을 표하고 싶다. – 정민지

# 이과와 문과 선택의 기로에서

내가 청심국제중학교에 있으면서 가장 친한 친구들과 늘 고민인 것은 인생의 의미이다. 16년밖에 살지 않아 현재 나이의 6배는 더 살아야 하지만 내가 앞으로 선택해서 살아갈 진로와 평생 공부할 분야는 고등학교 졸업하기 전에 로드맵을 그려 놓아야 한다. 사실 인생이라는 것이 내 가슴이 향하는 대로, 흘러가는 대로 살면 가장 행복할지 모르지만, 큰 꿈에 한 발자국 더 다가가기 위해서, 내가 꿈꾸는 비전과 내 삶을 일치시키기 위해서는 자신을 절제하고 관리해야 한다.

사춘기 시절에 매일 새로운 나를 발견하고 자아를 혼동하던 시절, 내 자신에 대한 인식이 바뀐 만큼 진로도 함께 바뀌었고, 특히 나는 문과와 이과 조차 정하지 못하고 있었다. 나는 완벽한 이과적 성향을 가진 사람도, 문과적 성향을 가진 사람도 아니다. 그 어딘가 중간쯤에 위치해 있다. 토론을 좋아하고 방학 때 짬을 내어 MUN에 참여하고, 철학과 역사를 좋아해서 내가 문과인가라는 생각이 들기도 한다. 그래서 초등학교 때 외과의사가 되어 국경없는의사회에 들어가고 싶다는 나의 꿈과 교육 분야를 공부하고 철학을 공부하여 UN에 들어가고 싶다는 생각을 많이 했었다.

그러나 나는 세상을 이해하고 그 본질을 깨닫고 싶은데, 그러기 위해서는 수학과 과학을 공부해야 하고, 특히 과학을 배우면서 강한 전율이 나를 휘감을 때 이것이 내가 평생 공부할 과목이라는 것을 알게 된다. 이렇게 책을 통해 느낀 강한 흥미를 가지고 시작한 물리는 양도 많고 어렵지만 내가 가장 사랑하는 과목이다. 그러나 솔직히 말하면 청심국제중학교에서 과학과 수학 공부를 하는 것은 매우 어렵다. 우리 학교에서 수학과 과학을 가르치는 선생님들께서 정말 대답도 잘해주시고 잘 가르쳐 주시나, 시험을 보기 위한 수업과는 거리가 좀 멀다.

본질을 깨닫고 자유로운 고민의 시간이 필요한 나 같은 경우에 이러한 수업이 절실했기 때문에 과학 수업들을 정말 고대했지만, 학교 수업만을 가지고는 시중에 나와 있는 경시 문제라든지 최고 난의도의 문제들을 풀기에는 한 없이 부족하다. 영어 원서로 공부하는 만큼 1학년 때부터 가장 기초와 수학에서는 공리들부터 하나 하나 개념을 쌓아 나가고 증명과 이해에 초점을 맞추기 때문이라고 할 수 있다. 따라서 본질과 통찰을 주는 학교 수업들과 병행해서 자신만의 공부 관리가 절실하게 필요하다고 나는 생각한다. 학교에서 제공하는 수 많은 수행들과 프로젝트들을 단순히 과제로만 생각하지 말고 정말 열심히 하여 소중한 시간으로 보내는 것이 중요하지만, 그것들에 너무 빠져 개인적인 공부에 소홀해져서는 안 된다고 충고해 주고 싶다.

물론 학교생활에 적응하는 데에는 시간이 걸리고, 과제를 효과적으로, 효율적으로 하는 방법을 깨닫기 전까지 많은 시행착오가 필요하다. 그러나 자신이 갈 길을 생각해보고 후회하지 않을 이 순간을 보내기 위해서 수학과 과학 실력을 갈고 닦아야 한다. 나 같은 경우에 중학교 2학년 때까지는 문과 이과를 혼동하기도 했지만 동아리 10%, 방과 후 10%, 수행 50%, 시험공부 10%, 개인 공부 20%를 하다가 3학년이 되니 나의 실수를 깨닫고 학교생활을 모두 40%, 방과 후 10%, 개인 공부를 50%로 바꾸면서 나의 생활을 좀 더 알차면서도 여유 있게 행복하게 보내게 되었다.

청심국제중학교에 들어오는 학생들에게 가장 중요하며, 또 많이 배울 수 있는 것은 바로 시간 관리를 하는 방법이라고 말할 수 있을 것 같다. 나는 문과적 장점을 살리면서도 물리와 수학 공부를 열심히 하기로 마음을 먹었다. 후에 하기 어려운 과목들이기도 하고, 내가 현재 가장 열정을 가지고 있는 학문이기도 하며, 논리성과 창의성을 길러주기 위해 가장 좋을 것이라 생각하였기 때문이다. 그렇게 해야 내가 꿈꾸는 비전을 향한 도구들을 마련할 수도 있을 것이라고 생각한다.

이과를 선택할 친구들은 학교에서 짜 준 훌륭한 문과 수업들을 열심히 듣고, 과학과 수학 시간에 기초를 쌓으면서 호기심을 충족시키며, 논문 작성 때 학문에 대해 고민하는 시간을 가져야 한다고 생각한다. 이 과정에서 나는 실제로 과학 관련 책을 많이 읽었고 이는 나에게 큰 자산이 되었다고 생각한다. 그러나 중요한 것은 문제를 푸는 것을 게을리 하면 안 된다는 것이다. 이과 과목에서 문제를 푸는 것은 자신이 배운 개념들을 무의식에서 의식의 상태로 끌어 올리는 연습이며, 그림을 그리기 위한 붓들을 다듬는 과정이기 때문이다.

이렇게 학교생활을 충실히 하면서도, 촌음을 아껴 개인 공부를 한다면 청심이라는 학교를 통해 자신의 꿈과 열정에 조금 더 닿을 수 있게 되지 않을까 싶다. – 김민솔

# 수학도의 청심 생활 보고서

"축하합니다. 2017학년도 한국과학기술원 부설 한국과학영재학교 신입생 선발 전형에서 우선선발 대상자로 합격되었습니다."

'합격자 조회하기' 배너를 클릭하던 나는 드디어 미소를 지었다. 그리고 과거의 여러 에피소드들이 스치듯 지나갔다.

청심에 입학하고 얼마 지나지 않았던 1학년 때의 나는 부끄러울 정도로 거만했고 자만에 빠져 살았다. 국어와 영어 등의 인문 교과의 수업과 그때는 알고 있는 것이 거의 없었던 과학 교과의 수업은 충실히 들었지만 스스로 잘한다고 착각하였고 정말로 사랑하였던 (무려 현재까지도 사랑하는) 수학 교과의 수업 시간에는 많은 시간을 수학올림피아드 문제집을 푸는 데에 보내면서 수업에 전혀 집중하지 않았다. 그러던 나를 구해주신 분은 수학 선생님이셨다. J 선생님께서는 "아무리 수업 내용을 이해한다 하더라도 수업에 참여함으로써 얻을 수 있는 것이 더 많을 것"이라고 하셨다. 그리고 수학 문제는 자습 시간이나 저녁에 스스로 푸는 것이 좋지 않겠냐고 충고해주셨다.

이 말씀을 들었었던 당시에는 선생님께서 왜 그렇게 조언하셨는지 전혀 이해가 되지 않았다. 그렇지만 처음으로 본 수학 시험에서 처참한 결과를 얻은 후 스스로의 행동을 반성하면서 선생님의 충고를 새겨듣기로 다짐했다. 그 이후 수업에 집중하고, 선생님의 말씀에 귀를 기울였다. 그 결과는 놀라웠다. 내가 알고 있다고 생각한 수학적 개념이 실제로는 불완전하게 이해한 개념이었던 경우도 있었고, 어떤 정리를 배울 때 선생님과는 다른 방법으로 접근해서 증명해보고자 생각해보면서 수학적 사고력과 창의력이 크게 늘었다.

특히 직관 보다는 논리적인 증명을 곁들이는 습관을 기르게 되었고, 이 습관은 이번 한국과학영재학교 입시에서 크게 빛을 발했다. 한국과학영재학교는 총 3차에 걸쳐서 학생을 선발하는데, 2차 전형까지 진행한 후 '우선선발 대상자' 40명을 선발한다. 이들은 3차 전형에 참가해야 하지만 그 결과에 관계없이 합격자로 선정되는 특혜가 주어진다. 또한 입학 후에도 장학후원회 측에서 장학금을 수여받게 된다. 좌우간 거만한 1학년생이던 나에게 애정 가득한 충고와 가르침을 주셨던 수학 선생님 덕분에 난 이 기쁨을 누리게 되었다.

미스터 J 선생님께도 많은 가르침을 얻었다. 수학동아리 부장으로서 부원들을 이끌어 나갈 수 있도록 기회를 주시기도 하셨고, 《미적분(Calculus)》 등의 외국 수학 교재들을 많이 빌려주셨다. 크래머 공식(Cramer's rule)이나 제곱근을 계산하는 법 등 한국에서는 잘 배우지 않지만 신기하고 재미있는 수학적 기술들을 많이 알려주셔서 수학 지식을 넓히는 데에 많은 도움을 주셨다.

수학 선생님들뿐만 아니라 과학 교과의 선생님들께도 큰 은혜를 입었다. 1학년 때 한국중등과학올림피아드를 준비하면서 거의 매주 쏟아지는 온라인 과제를 선생님들께 자문을 구했다. 선생님들께서는 문제를 풀어주시기 보다는 내가 스스로 문제를 풀 수 있도록 도와주셨다. 결국 국제중등과학올림피아드 국가대표 6명 중 1명으로 선발되어 국제대회까지 나갈 수 있었다. 국제대회를 준비하는 6개월의 기간 동안 선생님들께서는 과학 책을 추천해주시거나 문제집을 추천해 주시며 계속해서 내가 스스로 공부할 수 있도록 도움을 주셨다.

도움을 주신 과학 선생님들 중 특히 물리 선생님과 교감 선생님께 감사를 표하고 싶다. 물리 과목을 가르치시는 K 선생님께서는 물리의 재미를 알려주신 분이다. 선생님께서는 《수학 없는 물리》라는 책을 추천해주셨는데 국제대회 전에 이 책을 읽으며 물리 실력을 크게 신장시킬 수 있었다. 또 선생님과 기본적인 물리 개념에 대한 이야기를 나누는 것을 너무나도 좋아한다. 구심력이나 빛의 성질 등과 같이 기본적이면서도 매우 중요한 개념에 대해 선생님과 대화를 나누다보면 내가 평소에 이해했다고 생각했던 개념이 얼마나 잘못된 것인지를 알 수 있고 그 개념을 바로잡을 수 있었다.

국가대표 집중교육을 받을 때 내가 청심 재학생이란 사실을 안 교수님들은 공통적으로 "너희 학교 교감 선생님 생물 수업 들어봤니?"

라고 물어보셨다. 교감 선생님의 수업을 직접 들어보지 못한 나는 선생님의 수업이 너무 궁금하고 기대가 되었다. 하여 대회가 끝나고 중학교 3학년을 대상으로 생물학 방과후수업을 개설해주실 것을 간곡히 부탁드렸다. 선생님의 방과후수업에서 나는 신세계를 보았다. 수업을 듣기 전까지 나의 생물학 공부법은 '암기'였다. 그렇지만 선생님의 강의는 '암기'식이 전혀 아니었다. 선생님은 수업 중에 학생들에게 여러 질문들을 하시면서 우리의 생물학적 사고력을 넓혀주시기 위해 많은 노력을 해주셨다.

나는 일명 '이과' 학생이기 때문에 수학 선생님과 과학 선생님들과의 에피소드가 많은 것이 사실이다. 그렇지만 C 선생님을 통해 국어

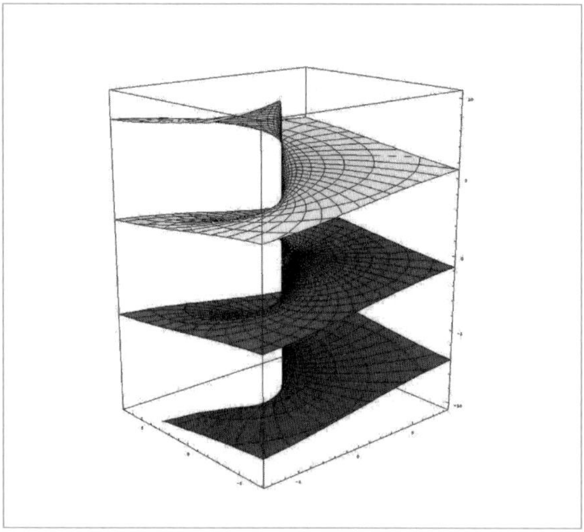

수학의 7대 난제 중 하나인 〈리만 가설〉을 그래프화한 〈복소로그함수의 리만 곡면〉.
이런 수학의 난제들을 해결하고 싶다는 욕망이 내가 수학을 좋아하는 이유들 중 하나다.

뿐 아니라 '인생'을 배울 수 있었다. 나의 토론 능력은 거의 바닥에 가까웠다. 또 인문학적 지식도 너무 부족하였다. 철학과 문학 등은《몽실 언니》와 같이 제목만 들어도 알만한 작품을 모를 정도로 무지했다. 이런 나를 국어 선생님께서는 변하게 해주셨다. 선생님은 어떻게 인생을 살아야하는지에 대해 고민하게 해주셨다. 선생님의 수업에는 인생에 대한 통찰이 담겨 있었다.

훌륭한 선생님뿐이 아니다. 내 옆에서 함께 공부하고, 함께 식사하고, 함께 대화하는 친구들 역시 나에게 큰 힘이 되었다. 친구들을 통해 정말 많은 것을 배웠다. 친구들과의 이 우정을 평생 나누고 싶다.

이번에 좋은 결과가 있고 나서 (사실 그 전에도) 많은 사람들이 나에게 묻는다. "청심에서 수학, 과학 공부하기 어렵지 않아요? 영재학교 입시를 준비하기는 더 힘들었을 텐데…." 나는 이렇게 답한다.

"어렵습니다. 혼자 공부하기 너무 힘들어 한 번씩 혼자 눈물지을 때도 많을 정도입니다. 그렇지만 훌륭한 선생님들과 따뜻한 친구들이 있었기에 지금의 제가 있는 거라고 생각합니다. 청심이 아니었더라면 제가 아무리 수학과 과학에 열정이 있고 진심으로 즐긴다 한들, 지금처럼 정진하지는 못했을 것이라 생각합니다." – 박민철

# 청심의 중고등학교 연계가 갖는 특징

## 1. 멀리 보자! 고등학교 입시가 인생의 전부는 아니다

청심에는 학생소통부에서 주최하는 CSMP(CheongShim Mentoring Program)가 활성화되어 있다. CSMP란 야간자율학습 시간에 방과후수업을 듣는 것과 마찬가지로 그 시간에 고등학교 선배들의 수업을 듣는 활동이다. 이 활동을 통해 후배들은 선배들과 유대감도 쌓고 수업을 통해 다양한 것을 배우며, 선배들은 후배들에게 수업을 해주면서 봉사시간을 부여받는다.

이 프로그램은 고등학생들이 하는 수업임에도, 수준이 높아 배울 점이 많을 뿐만 아니라 다양한 과목이 마련되어 있다. AP 과목 수업, 교내 모의법정(Mock Trial)대회/모의유엔(MUN)대회 준비를 위한 수업, 과목별 내신 공부 수업, TOEFL/TEPS 수업, 제2외국어(스페인어, 중국어, 일본어 등) 수업 등 다양한 과목을 배우면서 우리는 고등학생 선배들과 교류를 하게 되고, 그 과정에서 대학교 입시에 대해서도 더 가깝게 느낄 수 있게 된다. 이른 시기에 진로와 미래에 대해 더 멀리 생각해볼 수 있다는 점이 청심의 중고등학교 연계가 갖는 첫 번째 특징이다.

나는 '교내 모의법정 대회 준비를 위한 수업'이 가장 인상 깊었는데, 팀별로 선배들이 돌아가며 열정적으로 조언을 주어 점점 발전해 나갈 수 있었다. 공유 문서를 통해 피드백을 받고 연습을 하면서 미리 대회 분위기를 경험해보기도 했다. 이 수업을 통해 예전에 어렵게 느꼈던 고등학교 선배들과 친밀해져 이후에도 학업과 진로에 대한 상담을 함으로써 막연했던 진로 계획과 진학 계획에 대한 내 생각을 정리할 수 있었다.

### 2. 폭넓은 동아리활동! 우리의 활동 범위가 넓어진다

청심의 동아리는 중학생 동아리, 고등학생 동아리, 중고등학생 연계 동아리로 크게 3가지로 나눌 수 있다. 나는 개인적으로 중고등학생 연계 동아리에서 중학생 동아리보다 더 폭넓은 활동을 할 수 있다고 생각한다.

예를 들어 'E끌림'이라는 과학탐구 동아리에서 고등학생 선배들과 함께 다양한 실험도 해보고 실험에서 도출한 결과를 초중등학생들에게 소개하는 과학 체험 부스를 운영하면서 자원봉사를 하기도 했다. 중학생만으로 이 동아리가 구성되어 있었다면 이런 체계적인 동아리 활동이 불가능했을 것이라고 생각한다.

'PTPI(People to People International)'나 'Round Square'는 국제단체 소속

동아리로서 한국에만 그치지 않고 국제적인 활동을 하는데, 한국을 소개하는 잡지를 만들어 외국인들에게 보내거나 교환학생 활동을 주체적으로 이끌어나가는 폭넓은 활동을 할 수 있다.

이뿐만 아니라 나는 '청소년 고궁 해설' 동아리에 소속되어 있는데, 외국인들에게 우리나라의 역사와 문화를 바르게 알리기 위해 한국사와 고궁의 역사 등을 영어로 선배들에게 배우고, 배운 내용을 토대로 발표 연습을 해왔다. 현재는 해설사로 활동하기 위해 '청년문화콘텐츠 기획단(청문단)'에서 봐야 하는 시험을 준비하고 있다.

청심에는 중고등학생이 함께 할 수 있는 다양한 프로그램이 있다. 나는 이 또한 청심의 장점 중 하나라고 생각한다. 청심에 들어오게 될 신입생들에게 이런 폭넓은 활동에 적극적으로 참여해보는 것을 권유하고 싶다. – 한윤서

# 4.
# 전국 최고의 시설에 맑은 공기는 덤

## 학교에서 길을 잃다 - 학교가 너무 커!

처음 청심에 들어왔을 때 가장 놀랐던 부분은 바로 학교 건물의 엄청난 규모였다. 그전까지 지내던 초등학교와는 비교도 되지 않는 크기의 건물에 압도당했던 나는 입학을 하고 몇 주일 동안은 내가 왔던 길도 기억하지 못하고 끊임없이 이어지는 계단들과 복도들 가운데서 길을 잃었던 경험이 수두룩했다. 처음 음악실을 찾아가야 했던 때가 아직도 생생하다. 음악실이 1층에 있는 교실인 줄은 상상도 못하고 있었던 나는 수업 종이 울리자 어디론가 바삐 움직이는 아이들을 쫓다 또 한 번 길을 잃고 말았다. 그 당시에는 영영 적응할 수 없을 것이라고 생각되었던 학교의 수많은 교실들의 위치가 한 달이 넘어가니 조금씩 익숙해지는 듯 했다.

마치 복잡한 미로와도 같았던 학교 구조가 조금씩 눈에 들어오기 시작하자, 그 다음으로 내가 다시금 크게 놀랐던 부분은 바로 청심의 자연경관이었다. 청심은 온 주변이 모두 산으로 둘러싸여 있는 높은 산

청심8경 중 하나인 설경

의 중턱에 위치하고 있는 학교이다. 그렇기에 겨울이 되면 학교로 진입하기 위한 유일한 길인 가파른 오르막길이 꽁꽁 얼어붙어 선생님들이 아침에 출근하시기가 여간 어려운 일이 아니다. 그러나 그런 만큼 청심의 공기 하나는 정말 맑고 깨끗하다.

아침 6시 30분에 일어나 등교 준비를 마친 뒤 기숙사 문밖으로 나설 때 마주하는 차가운, 때로는 입에서 김이 날 정도로 시린 새벽 공기는 정신을 번쩍 들게 할 만큼 상쾌하다.

해가 어슴푸레하게 밝아올 때의 아름다운 주홍빛 하늘과 저 멀리 배경으로 자리 잡고 있는 산들의 조화는 마치 한 폭의 그림과 같이 아름답다. 특히 그중에서도 청심의 하늘은 정말 최고라 부를 만하다. 매일 매일 조금씩 다른, 때로는 구름 한 점 없이 새파랗다가도 노을이 지면 구름과 함께 빨강, 주황, 노랑, 분홍이 아름다운 조화를 이루며 저물어 가는 하늘을 바라보고 있자면 가슴이 묘하게 벅차오르는 듯한 느낌과 함께 깊은 생각에 잠길 수 있었다. – 정예담

## 심심산골에서도 더 오지인 여자 기숙사

모두들 알다시피 청심국제중학교는 기숙사 학교이다. 그로 인해 우리는 다른 학생들이 하지 못하는 진귀한 경험을 많이 하면서 3년을 보내는데, 나는 이것이 우리 학교의 가장 큰 장점 중 하나라고 생각한다. 기숙사는 남자기숙사인 구관과 여자기숙사인 신관으로 되어 있는데 [최근에 구관이 애천(愛天)관, 신관이 애인(愛人)관으로 바뀌었다.] 두 기숙사는 비슷한 듯 다른 점이 많지만 나는 여자 기숙사에 대해 이야기 해보려고 한다.

일단 애인관은 지하2층부터 5층까지 이루어져 있으며 지하1층, 1층과 4층은 중학교 층, 2층과 3층은 고등학교 층, 5층은 객실이나 선생님들이 머무시는 곳이다. 우리는 2인1실을 사용하며 4층을 제외한 각 층마다 사감 선생님 한분이 계시고, 1, 2, 3학년이 함께 층을 쓰게 된다.

또한 각 층마다 로비와 라운지, 공부방이 있는데, 로비는 각 동(A, C, G동) 사이에 있는 공간으로 학생들이 자유롭게 앉아서 시간을 보낼 수 있다. 공부방과 라운지는 A동과 G동 끝에 자리하고 있어서 공부방은 독서실처럼 자유롭게 공부할 수 있으며 라운지는 학생들이 모둠 활동 등에 쓸 수 있는 방이다. 라운지 이외에도 학생이 없는 빈방도 토론방이라 하여 신청 후 이용 가능하다.

학생들이 보통 생활하는 층이 아닌 로비층인 지하 2층에는, 다목적실, 세미나실, 사무실, 노래방 등이 있다. 다목적실과 세미나실은 학생들이 사무실에서 따로 신청하여 자유롭게 이용할 수 있다. 보통 이곳에서는 방에서는 할 수 없는 악기연습이라든지 동아리 모임을 하기도 하고, 다목적실에서는 GNC(이후 나올 내용 참조)을 진행하기도 한다.

사무실에서는 사감 선생님들이 계시거나 다른 선생님들이 계시는데, 여기서는 택배를 받거나, 잃어버린 빨래를 찾기도 하고 아플 때 내려가서 약을 받는 등의 역할을 한다. 그리고 학생들이 가장 궁금해할 노래방에 대해서는, 일단 노래방은 꽤 좋은 시설을 갖추고 있으며 특정한 기간(시험 끝나고 등등)에만 행정실에서 이용권을 판매하는 것으로 알고 있다.

사실 자주 이용해볼 수 있는 것이 아니라서 자세히는 아는 아이들이 거의 없다. 나도 딱 한 번 1학년 마칠 즈음 반 친구들과 함께 가서 논 적이 있었는데, 불만이 하나 있다면 신곡 등록이 전혀 되어있지 않았다는 점이다. (2013년 것부터 없었다.) 가끔 친구들과 함께 갈 생각은 하지만 멈추지 않는 수행과 시험일정 등으로 아마 또 학년 말에나 갈 수 있지 않을까 싶다.

기숙사에서는 당연하지만 여러 규칙들이 존재하고, 작년까지만 하더라도 상벌점제로 명심보감, 108배 등의 벌을 진행하였다. 하지만 학교에서 상벌점제를 폐지하여 우리 기숙사도 상벌점제가 아닌 횟수별 규제 방식으로 바뀌었다. 예를 들어 방간이동 한 번에 명심보감, 두 번은 108배, 세 번은 사회봉사, 네 번은 퇴관 이런 식이다. 아이들이 가장 많이 어기는 규칙들은 방간이동, 라면 취식, 지각 등이 있는데 방간이동과 라면 에피소드는 정말 끝이 없을 정도다. 남자 기숙사에서 천장, 옷장 아래 등을 뒤진 결과 나온 라면 봉지만 큰 봉지로 몇 개가 나왔다고…

기숙사 안의 제도는 항상 엄격하게 적용되어 왔다. 하지만 청심 학생들도 그저 중학생일 뿐이기에, 생각보다 일탈을 즐기는 아이들이 많

다. 선배들에게 듣기로는 실제로 퇴관하여 집에서 통학했던 사례까지 있다고 한다. 이 금기된 사항들, 특히 방간이동과 라면 먹기는 우리에게 피할 수 없는 유혹이다. 방간이동은 명목상 절도를 막기 위한 조항이지만, 사실 어느 중학생이 친한 친구네 방에서 같이 놀고 싶지 않겠는가? 기숙사라는 특혜의 공간 속에서 서로의 방에서 어울리지 못하게 하는 것은 어린 우리들에게 가혹한 일이 아닐 수 없다.

또 하나의 청심 기숙사 생활의 특징으로는 GNC와 GMC를 꼽을 수 있다. GNC와 GMC는 옛날부터 꾸준히 진행되어 온 제도로 GNC는 'Good Night Cheongshim'의 줄임말, GMC는 'Good Morning Cheongshim'의 줄임말이다. 요즘 여자 기숙사에서는 GNC만 하고, 그것도 매일 하는 건 아니다. GNC 진행방식 등도 사감 선생님마다 다 다르신데, 기본적으로 전달사항을 공지하는 것이 중심적인 일이고 학생들의 건강상태를 점검하는 시간이다. 또 한 달에 한 번 그 달 생일을 맞은 학생들을 축하하기도 하며, 마지막엔 부모님, 선배님, 선생님께 인사를 드리고 끝이 난다. 그리고 원래 GMC와 GNC가 있어야 할 시간에는 등교 사인, 하교 사인으로 대체하였다. (하지만 올해 들어 여자기숙사에서는 방간이동을 하면 그 학년 전체가 GMC를 하는 규정이 생겨났고, 방간이동을 막는데 큰 효과를 불러 일으켰다.)

이외에도 우리는 아침에 건물 전체에 울려 퍼지는 기상송을 들으며 일어나고 (이때 일어나는 아이들이 반은 되려나 모르겠다.) 월요일과 목요일은 빨래를 챙겨서 빨래를 내고, 학교를 갔다가, 하교 후 자습을 하고 노트북을 수납한 후에 12시 소등과 함께 잠에 든다. 아, 소등이야기를 빼놓을 순 없다. 우리는 시험 기간을 제외한 날들에는 12시 땡, 하면 전체 건물의 불이 다 꺼진다. 심지어 화장실까지도 꺼지고, 콘센트도 전기가 끊겨 핸드폰도 충전을 못하게 된다. 12시 이후에 공부는 원래 금지되어 있지만 다들 휴대용 스탠드로 필요한 공부를 더 할 때가 있다. (이 스탠드도 걸리면 압수당한다.) 이처럼 소등이 되어 불편한 점이 이만저만이 아닌데, 가끔 샤워를 하다가 시간을 못 봐서 소등되는 상황이 발생한다거나, 옷을 갈아입는데 소등된다거나 그러면 갑자기 펼쳐진 암흑에 마치 시각 장애인이 된 것처럼 더듬거리며 방을 배회하는 일이 생겨버린다.

어찌 보면 힘들지만, 다르게 보면 친구들과 함께해서 더욱 즐겁고 웃음이 가득한 이러한 기숙사 생활이 청심인들이 매일 겪는 일상이다. 이러니 남들과는 다른 경험을 할 수밖에 없고, 덕분에 일찍 철이 들기도 한다. 그래서 나는 이런 하루하루가 참 소중하게 느껴진다. – 정민지

## 기숙사의 눈물을 아시나요

현재의 나는 (내 입으로 말하긴 그렇지만) 밝고 명랑하다. 그래서 2학년 때 친해진 친구들에게 나의 1학년 1학기 생활에 대해 말해주면 놀라는 경우가 많다. 그 정도로 나의 1학년 1학기는 요새 흔히 말하는 '흑역사'였으며, 지금까지 인생에서 가장 큰 슬럼프였다. 심지어 그때는 지금 이토록 사랑하는 나의 학교, '청심'에서 나가고 싶다는 생각까지 했었다. 지금부터 쓰게 될 청심에 대한 이야기는 청심에 들어와 힘들어 하는, 그리고 힘들어 했지만 결국 이겨낸 학생들에게 바치고 싶다.

초등학교 6학년 때, 나는 공부와 운동을 곧잘 하는 아이였지만 그게 전부였다. 학원을 열심히 다니지도 않았으며 시험기간에만 반짝 공부를 하는 '머리 좋은 아이'였을 뿐이다. 사실 지금도 내가 왜 청심에 붙게 되었는지 의문이 들 정도로 청심에 오기 위해 나는 청심에 오고 싶어 했던 여느 아이들처럼 힘들게 노력하지 않았고, 애초에 미친 듯이 청심에 가고 싶었던 것도 아니었다. 그랬던 나였기에 학기 초에는 청심에 대한 애착도, 인생에서 큰 성공을 이루었다는 자부심도 거의 없었다.

그렇게 큰 목적의식 없이 청심에 왔고, 그 생활에 억지로 적응을 해야만 했다. 부모님과 가족이랑 떨어져 지내는 것은 별 무리가 없을 거라 생각했었다. 필리핀으로 1달 연수 갔을 때도 그다지 힘들지 않았으니까. 하지만 힘들면 가장 먼저 생각나는 것이 가족이라 했던가, 나는 청심에서 나의 가족, 하나뿐인 나의 안식처가 너무나도 그리웠다.

청심에서 내가 힘들어했던 이유는 하나가 아니었다. 여러 고난들이 복합적으로 뒤엉켜 어느 하나에만 신경을 쓸 수가 없었다. 낯을 가리는 성격이 아님에도 친했던 초등학교 친구들과 떨어져 새로운 친구들을 만드는 것도 힘들었으며, 친해진 것 같지만 애매하게 남아있는 친구들 사이의 얇은 벽과 같은 거리감이 나를 괴롭혔다. 비단 그뿐만이 아니었다. 초등학교 때는 그냥 잘했었기에 몰랐던 나의 완벽주의적 성향이, 잘하는 아이들 사이에 있다 보니 조금씩 비집고 올라와 남들보다 잘하고 싶은 마음이 앞섰다. 하지만 그러한 마음과는 달리 잘하는 아이들은 너무 많았고 공부해야 할 것은 넘쳐났다. 작은 수행 하나라도 점수가 잘 나오지 않은 날은 너무 우울했고 잘 적응하는 아이들이 항상 부러웠다. 또한 싸늘한 학교와는 달리 집은 너무나 정겹고 따뜻해서 주말에 집에 가기만을 기다렸으며, 학교에 오는 것이 지옥 같았다. 엄마와 아빠랑 통화를 할 때 눈물이 나오면 꾹 눌렀다 룸메가 없을 때 샤워를 하면서 소리 내어 울었던 적도 있다.

시간이 모든 것을 해결한다고 했지만 당시의 나는 그 괴로운 시간들의 끝을 조금도 가늠할 수 없었다. 학교에서는 하루하루가 힘들고 집에서는 일분일초가 아까운, 집과 학교의 큰 갭(gap)에 적응할 수 없었던 것일지도.

하지만 무엇이든, 영원한 것은 절대 없다. 점점 시간이 지날수록 나는 역경을 딛고 일어섰다. 청춘 드라마의 대사처럼, 온전한 나의 힘으로 모든 것을 이겨낸 것이다. 학교에서 같이 힘들어하는 친구들과 대화하며 외로움을 덜어냈고, 학교에 상담 시스템이 잘 마련되어 있었던 덕분에 매일같이 상담 선생님을 만나 상담을 받았다. 공부에 있어서도 다른 아이들이 잘한다고 혼자 위축되어 있는 것은 바보 같다는 생각이

남자 기숙사 풍경

들었기에, 힘든 마음을 담아서 더욱 열심히 공부를 했다. 덕분에 모두가 자신의 성적을 보고 '멘붕'에 빠졌었던 중간고사에서 꽤나 대단한 점수를 받을 수 있었으며, '난 할 수 있다'는 자신감을 되찾아 다른 문제들을 더 빨리 해결할 수 있었다. 이렇게 하나씩 하나씩 힘든 점들을 해결해나가니 천천히, 그러나 확실히 모든 것이 제자리를 찾아나갔다.

친구들은 갈수록 거리감이 줄어들어 가족과도 같은 사이가 되었고, 성적 문제도 해결이 되었으며 주말에 집에 가서도 학교에 가는 것을 기대할 수 있었다. 1학기가 끝날 즈음에는 학교가 두렵지 않았고, 2학년이 되니까 학교를 사랑하는 법을 배우게 되었다. 나와 같이 힘들어하던 친구들도 점차 자신들만의 방법으로 고난을 이겨낸 듯했다. 이것은 내가 가장 당당하게 여길 수 있는, 내 인생의 가장 자랑스러운 터닝 포인트이다. 청심에 온 것은 내 인생을 통틀어 가장 좋았던 선택이었다고 망설임 없이 말할 수 있을 만큼 현재의 나는 학교에 애정을 갖고 있으며, 전에는 부담스럽기만 했던 학교의 덕을 톡톡히 보고 있는 중이다. '어쩌면 1학기에 내가 힘들어 했던 것은 모두 내가 강해질 수 있었던 이유이지 않을까?'라는 생각을 가끔 한다.

나는 예전보다 훨씬 강해졌고, 이제 무엇이든 이겨낼 수 있을 것만 같다. 그때 포기 했었다면 나는 내 미래에 존재할 수많은 역경들을 이겨낼 수 없었을 것이다. 그저 그것들과 충돌하지 않게 피하고 또 피했겠지. 고난과 맞서 싸울 용기는, 이미 한번 그와 마주해 이겼던 사람에게서나 나올만한 것이다. 현재의 나는, 당시 나를 사랑으로 보듬어

주고 내가 고통을 이겨낼 수 있도록 도와준 담임 선생님과 상담 선생님, 친구들, 그리고 부모님께는 물론이고 당시에 포기하지 않았던 나 자신에게도 너무나도 감사하다. 포기하지 말자. 미래에 내가 얻을 행복을 보고 나에게 최선인 선택을 하자. 그리고 주어진 현실을 받아들이자. 이것이야 말로 내가 생각하는 인생의 의미이자 최고의 가치인 것 같다. – 김하은

# 전국 최고의 급식 때문에 불어나는 내 체중은 어찌 할꼬

많은 학생들이 "급식 때문에 이 학교에 들어왔다."고 말할 정도로 청심국제중학교는 급식의 높은 퀄리티로도 유명하다. 현재 재학하고 있는 학생들 중 이에 반대하는 학생은 단언컨대 단 한 명도 없을 것이다. 급식의 종류와 맛으로 보았을 때, 청심은 전국 단위로 보아도 어디에도 꿀리지 않는 스케일을 자랑한다. 이는 바로 자신의 이름을 내걸고 급식을 만드시는 송병재 조리장님 덕분! 아침, 점심, 저녁마다 나오는 야채샐러드와 죽(심지어 속이 안 좋은 학생들을 위해 준비되어 있는 죽의 종류나 샐러드의 토핑도 매번 바뀐다)은 기본이고 점심, 저녁에는 맛있는 음식과 더불어 항상 음료수나 푸딩 등의 후식이 나온다.

아침부터 급식실에 들어가면 입이 쩍 벌어진다. 선생님들도 아침에 학교에서 식사를 하시고 아침을 먹어야 체력도 떨어지지 않기 때문에 아침이라고 해서 급식이 부실한 경우는 절대 없다. 항상 반찬 수는

특식은 한 달에 두 번 정도 나온다.

비슷하지만 유난히 아침에 음식 선택의 폭이 넓어 보이는 이유는 바로 빵과 밥이 따로 나오는 메뉴 때문이다. (참고로 청심은 여러 반찬 중 선택해서 먹을 수 있는 뷔페식 급식이다. 유일한 단점은 해마다 기하급수적으로 느는 살들….)

이런 시스템 덕분에 아침에는 빵과 시리얼을 먹을 수도 있고, 밥과 국을 먹을 수도 있다. 특히 아침에 나오는 빵과 우유는 당일 1교시에 수행평가가 있거나 밥 먹으러 내려가기 귀찮을 때, 2명 정도가 내려가 대여섯 명분을 그릇에 잔뜩 가져올 수 있게 되어 있어 빵 셔틀을 유도하기도 한다. 바쁜 아침에 국그릇을 이용하여 음식을 담아오는 것은 청심에서 3개월가량 생활하다 보면 생기는, 일명 '청심의 지혜'이다. (중학교 1학년 때 학교에 들어가서 선배들이 들고 다니는 빵과 과일의 스케일에 놀랐지만 어느새 나도 자연스레 그리하고 있었다.)

아침 메뉴는 항상 빵, 시리얼(저칼로리 시리얼과 달콤한 시리얼, 두 가지 종류가 모두 있다), 국, 밥, 반찬 3개, 과일, 김, 견과류, 죽, 과일샐러드이다. 아침에는 밥과 국, 반찬 메뉴가 가볍게 나오기 때문에 학생들은 아침에 대해 별로 감흥이 없는 듯하다.

특식일(특식은 한 달에 두 번정도 나오는 거 같지만)에는 학생들이 각종 장식과 헬륨풍선(이 헬륨풍선을 차지하기 위한 노력도 엄청나다)으로 가득 차 있는 급식실 앞에 진을 친다. 매달 중학생과 고등학생이 서로 돌아가면서 급식을 먼저 받는데 특식일에 늦게 받는 순서인 학생들은 새어나오는 냄새를 맡으며 참을 수 없는 배고픔(과 더불어 오는 괴로움)을 느낀다. 특식의 메뉴는 정말 상상불가로 다양하고, 많다. 그릴에 구워진 닭다리 하나씩과 오븐 스파게티(한 사람당 한 팩씩), 고르곤졸라 피자, 조각 케이크, 쿠앤크 아이스크림, 토마토 & 모차렐라 치즈 샐러드가 한 끼 메뉴였던 적도 있었다. (그리고 그날은 그 한 끼로 일인당 하루 권장 칼로리를 넘었다는 소문이….)

또한 '분식의 날'에는 떡볶이, 순대, 튀김, 잔치국수, 납작 만두 등 온갖 분식이 한 끼에 나온다. 학생 수가 많지 않기에 (중고 합쳐봤자 600명) 삼계탕에는 어른 손바닥만 한 닭다리가 1인 1다리로 주어지고, 아이스크림도 구슬아이스크림을 하나씩 주기도 하고, 녹차, 쿠앤크 등의 소프트 아이스크림도 직접 퍼주신다. 믿을 수 없다면 다음 페이지의 식단을 참고하라.

청심의 실제 급식표이다. 혹시 몰라 말하는 것이지만, 이 식단은 절대 특식이 아니라 일주일에 3~4번 정도 나오는 그냥 '맛있는' 급식

| | | |
|---|---|---|
| 추가밥 | 치킨마요네즈덮밥 | 찹쌀밥 |
| 미소장국 | | 크림스프/크루통 |
| 까르보나라스파게티 | 통배추국 | 돈목살스테이크 |
| 바베큐립 | 오징어초무침 | 막대감자튀김 |
| 오이피클 | 회오리감자 | 새송이버섯볶음 |
| 배추겉절이 | 포기김치 | 포기김치 |
| 사과/복숭아아이스티 | 사과주스 (우리농협) | 복숭아아이스티 |

청심에서 찍었던 JTBC '학교 다녀오겠습니다' 방송화면 캡처와
그날 출연진들이 우리와 함께 먹은 메뉴(제일 오른쪽)

일 뿐이다.

심지어 얼마 전에 우리 학교에서 예능프로 '학교 다녀오겠습니다'(JTBC)를 찍었는데, 그때 위의 식단 3개 중 제일 오른쪽에 있는 것이 나왔었다. 그때, 청심 학생들의 반응은 "왜 방송에 나오는데 급식이 평소보다 부실하지?"였다. 이 정도로 청심의 급식은 상상이상이다.

다음은 야식이다. 야식은 말 그대로 밤에 잠깐 먹는 간식으로, 야자 때 배가 고픈 성장기의 학생들을 위한 추가적인 끼니이다. (너무 맛있어서 탈이지만) 야식은 보통 드링크 하나와 음식 하나를 주는데, 대표 메뉴는 우동, 잔치국수, 회오리감자, 짜장면, 닭꼬치, 치즈피자, 주먹밥, 닭다리튀김 등 살찌는 음식들이 각양각색이다. 이러한 환경 속에서 청심인들은 고구마나 찐빵과 같은 건강식 메뉴를 거부하는 사태까지 벌어지게 된다. (물론 야식을 먹는 것은 필수가 아니다.) 그래도 하루하루를 기대 속에 살아가도록 해주는 이 '야식'은 학생들이 늦게까지 공부를 하는데 주 원동력이 된다고 볼 수 있다.

청심인의 먹방은 끝나지 않았다. 하루 세끼에 야식까지 알차게 챙겨먹는다고 급식실 바로 앞에 있는 매점에 들리지 않는 것은 또 아니다. 내가 2학년이던 시절(2015년)까지만 해도 학교 매점은 다른 여느 학교의 그것보다 작았고 파는 음식의 종류도 별로 다양하지 않았다. 하지만 2016년도 초, 청심의 모든 학생들에게 '학교가 우리에게 가장 잘해준 일'이라는 평을 받고 있는 '매점 상품 업그레이드'가 일어났고 아이들은 환호했다. 파는 과자와 음료수의 종류도 훨씬 많아졌을 뿐만 아니라, 급식을 먹으라고 금지했었던 빵 종류도 매주 바뀌어서 들어오게 된 것이다.

학교 특성상 아이들의 건강까지 책임져야 하기에 라면과 삼각 김밥 등 '끼니'를 아예 대체할 수 있는 음식들은 판매하지 않지만, 성장기를 지나는 아이들이 지나가며 사먹을 수 있는 입가심거리의 종류는 충분히 넘쳐난다. 현재 학교에서 매점은 없으면 절대 안 될, 가장 중요한 장소들 중 하나로 학생들의 마음속에 이미 자리매김했다.

영양가와 맛이 모두 넘치는 세끼 식사와 군살을 붙여주는 야식, 그리고 입이 심심할 때마다 달려가는 매점의 손아귀 아래에서 청심인들은 매년 자신의 체중에 놀랄 정도로 살은 찌지만 운동도 꾸준히 하는 바람에 학생들은 건강한 돼지(?)가 되어간다.(...) 아직 파릇파릇한 청심인들이여, 늦기 전에, 후회하기 전에 하루라도 빨리 체중관리를 하라. 졸업할 즈음이면 이미 늦었을지니…. – 김하은

# 분식의 날 특식은 우리를 환호하게 한다

째깍, 째깍….

지금은 3교시 국어 시간이다. 언제나처럼 즐거운 수업이 한창이지만, 지금 이 순간 수업에 집중하고 있는 학생들은 그리 많지 않다.

교실은 조용하다. 벽의 한쪽 면에 자리하고 있는 커다란 유리창을 통해 햇빛이 가득 들어와 창가 쪽 학생들의 눈살을 찌푸리게 하기도 하지만, 그렇다 한들 상관없다. 소등된 기숙사 방 안에서 스탠드를 켜고 늦은 시간까지 숙제에 몰두하느라 쏟아지는 잠을 이기지 못하고 꾸벅꾸벅 조는 학생, 선생님이 말씀하시는 내용을 열심히 받아 적으며 고개를 끄덕이는 학생, 혹여나 선생님이 보실까 책상에 엎드린 채로 끄적끄적 교과서의 한 귀퉁이에 낙서를 하는 학생 등 모두가 제각각이었지만, 점심시간이 다가올수록 학생들의 눈은 힐끔힐끔 한 곳만을 향한다. 그것은 바로 게시판 위에 걸려있는 시계.

11:55, 11:56….

선생님께서 재미있는 농담을 던지시자 모두가 와아 하고 웃는다. 하지만 교실 저 뒤편에서 하염없이 시계를 바라보며 한숨을 내쉬는 아이들도 몇 명 눈에 띈다. 오늘따라 1분이 너무나도 길게만 느껴진다.

"도레미파 솔 파 미 레 도~♪"

"이 문제에 대해 한 번 잘 생각해보시기 바랍니다."

언제나처럼 비장한 한 마디를 남기신 채 선생님께서 교실을 나가시자, 아이들은 기다렸다는 듯이 자리를 박차고 일어나 누가 먼저라 할 것 없이 게시판 앞으로 모여든다. 점심 메뉴를 확인하기 위해서이다. 모두가 목을 길게 빼고 메뉴를 읽기 시작한다. 그리고 떠들썩한 교실을 잠잠하게 하는 한 마디.

"우와아!!! 얘들아!! 오늘 특식이야!!"

순간 교실이 찬물을 끼얹은 듯 조용해진다. 마침내 한 아이가 입을 연다.

"뭐어? 특식이라고?"

"응! 그렇다니까!! 그것도 분식의 날 특식이야!! 어디 보자, 꼬마새우튀김, 카레라이스, 떡볶이…"

하지만 그의 말이 채 끝나기도 전에 아이들은 환호성을 지른다.

"특식이래! 특식!"

"우리 빨리 가자."

"그래! 빨리, 빨리!"

여자아이들은 친한 아이들끼리 서둘러 짝을 지어 급식실로 내려가고, 남자아이들은 비가 오나, 눈이 오나, 특식이 나오거나 말거나 축구를 먼저 하겠다는 굳은 의지로 공을 들고 넓은 잔디운동장으로 우르르 뛰어간다. 계단은 중학교 1학년부터 고등학교 3학년까지, 전 학년이 쿵쾅거리며 뛰어 내려가는 발소리로 요란하다.

도착한 급식실 앞에는 벌써 줄이 길게 늘어서 있다. 급식실로 들어가는 유리문은 정해진 시간에만 열린다. 빨리 급식실로 들어가고 싶어 애꿎은 문만 밀어대는 학생들과 그들을 몸으로 제지하는 선배들이 사투를 벌이고 있다. 머리를 써 뒷문으로 슬그머니 들어가려는 학생들도 있지만, 때마침 안에서 나오신 선생님께 딱 걸려 혼이 나는 모습도 간간이 보인다. 그리고 유리문 너머에는 분식의 날 플래카드와 함께 입구에 매달린 헬륨 풍선들이 줄지어 늘어서 있다.

얼마나 시간이 흘렀을까, 마침내 굳게 닫혀있던 문이 열렸다. 와아아 하는 함성과 함께 너나할 것 없이 앞뒤에서 밀리고 치이며 급식실 안으로 학생들이 쏟아져 들어간다. 운 좋게도 제일 먼저 급식실에 도착해 가장 앞자리를 차지한 학생들은 너도나도 풍선을 집는다. 뒤늦게 온 학생들이 두리번거리며 풍선을 찾아보지만, 이미 풍선의 대부분이 먼저 온 학생들의 차지다. 몇몇 아이들은 풍선을 많이 가지고 있는 학생들에게 애원하며 매점에서 맛있는 것을 사줄 것을 약속하며 풍선을 얻어 싱글벙글하며 돌아간다.

온 급식실이 떠나갈 듯한 소리로 생일 축하 노래를 부르는 학생들과 그들 사이에서 부끄러워하는 당사자도 보인다. 이때만큼은 모두가 밀린 수행과 숙제에 대해 잊고 쌓여있던 스트레스를 날려버릴 수 있다. 급식실 의자 곳곳에 매달린 색색의 풍선 다발과 왁자지껄한 분위기 속에서 학생들은 마치 파티에 온 기분을 느끼며 웃고 떠든다.

새우튀김을 한 입 베어 물며 친구와 즐겁게 이야기를 나누는 아이들, 축구를 하고 목이 말랐는지 후식으로 나온 아이스티를 연거푸 몇 잔씩 들이켜는 고등학생 남자 선배들, 떡볶이를 조금만 더 달라고 급식실 아주머니께 귀엽게 애교를 부리는 아이들…. 학생들의 얼굴에서는 웃음이 끊이질 않는다. 모두가 하나 되어 이 순간을 즐길 뿐이다. – 정예담

# 5.
# 스스로 계획하고 스스로 공부한다

주 20시간 활용을 위한 야자 계획 - 임세환
휴대폰 메모장이 내 인생의 체계를 - 김민솔
자기 주도 학습의 필수품 플래너 - 김하은
수행폭탄 피하려 다이어리 활용 - 정예담

# 주 20시간 활용을 위한 야자 계획

3학년 1학기 중간고사 때 실제로 활용했던 야간자율학습 계획표이다. 주중 야간자율학습을 할 수 있는 시간은 불과 12시간. 기숙사에 들어가서 공부할 수 있는 시간을 포함해도 밤에 공부할 수 있는 시간은 20시간 미만이다. 이 시간을 최대한 알차게 활용하기 위해서는 계

| 월요일 | | 화요일 | | 수요일 | | 목요일 | | 금요일 |
|---|---|---|---|---|---|---|---|---|
| 6:00~8:00 | 사회 | 6:00~8:00 | 국어 | 6:00~8:00 | 영어 | 6:00~7:00 | 역사 | 불규칙적임 |
| 8:00~9:00 | 영어 | 8:00~9:00 | 사회 | 8:00~9:00 | 수학 | 7:00~8:00 | 역사 | |
| 10:00~11:00 | 영어 | 10:00~12:00 | 수학 | 10:00~11:00 | 수학 | 8:00~9:00 | 국어 | |
| 11:30~1:00 | 수학 | 12:00~1:00 | 역사 | 11:30~12:30 | 사회 | 10:00~11:00 | 국어 | |
| 1:00~1:30 | 역사 | | | 12:30~1:00 | 역사 | 11:30~12:30 | 영어 | |
| | | | | | | | | |
| | | | | | | | | |

<주중 과목별 투자 시간>

1. 국어: 4시간
2. 수학: 4시간 30분
3. 사회: 4시간
4. 영어: 6시간
5. 역사: 4시간

나의 1주일 학습계획서

획을 세우는 것이 매우 중요하다. 계획을 실천하는 것도 중요하지만, 만일 불가피하게 계획을 실천하지 못하게 된다면, 세웠던 계획을 의미 없는 것으로 취급해서는 안 된다. 계획을 세웠다는 것은 그만큼 공부를 해야겠다는 의지가 있다는 것이고, 계획을 세운 뒤 현실에 맞게 그 계획을 조율해나가면서 비로소 완벽한 플랜이 완성된다.

처음 세운 계획을 무조건 따라야 한다는 강박관념에 사로잡히기보다는, 이 계획을 초안으로 삼아 더 나은 계획을 만들어나갈 수 있어야 한다. 위 그림 속의 계획표도 시험 전까지 수 차례의 수정을 거쳤었는데, 최종으로 만들어진 계획표를 따른 결과 시험에서 기대한 만큼의 좋은 성적을 얻을 수 있었다. – 임세환

## 휴대폰 메모장이 내 인생의 체계를

중학교 1학년 때는 다이어리를 많이 활용해서 일정을 잡았던 것 같다. 내가 해야 할 일들을 급하고 중요한 것, 급하지만 중요하지 않은 것, 중요하지만 급하지 않은 것, 중요하지도 급하지도 않은 것. 이렇게 네 가지로 분류하여 스케줄링을 했다. 하지만 매번 스케줄링을 하는 데에 시간이 많이 들어가자 2학년 때부터는 매일 핸드폰에 있는 메모장에 일정을 정리해서 일주일을 계획한 후에 매일 매일 그것에 맞추어 생활을 하였다.

나는 인생이 매일 색다르고 뜻 깊기를 원하기 때문에 너무 시간에 목 메이면서 시간 별로 할 일을 정해 놓치는 않았다. 자신의 개성이지만, 나는 일주일 동안 어떤 것을 해야 하는지 정한 다음 머릿속으로 언제 무엇을 하면 효과적인지 생각을 하면서 시간을 유연하게 만든 것이 굉장히 좋았던 것 같다. 이렇게 함으로서 수행평가, 숙제 등을 모두 하면서 내가 하고 싶은 활동들과 공부를 할 수 있었다.

청심국제중학교에 들어올 학생들에게 선배로서의 팁을 주자면, 개인적인 공부를 주말에 하고 주중에는 학교 수행과 공부를 한 후 남을 때 개인 공부를 한다고 계획을 잡을 것을 추천한다. 또는, 그 반대로도 좋다. 그러나 학교 공부와 개인적인 공부들의 밸런스를 잘 맞추지 못한다면 고등학교에 가서 어려움이 많이 있을 수도 있을 것 같다.

하지만 수행평가를 우습게 생각하여 대충하는 것보다 의미를 두고 최선을 다하는 것이 시간을 더욱 효과적으로 쓰는 것이라고 생각한다. 이런 학교생활을 통하여 이것저것 하고 싶은 욕심이 많은 나이지

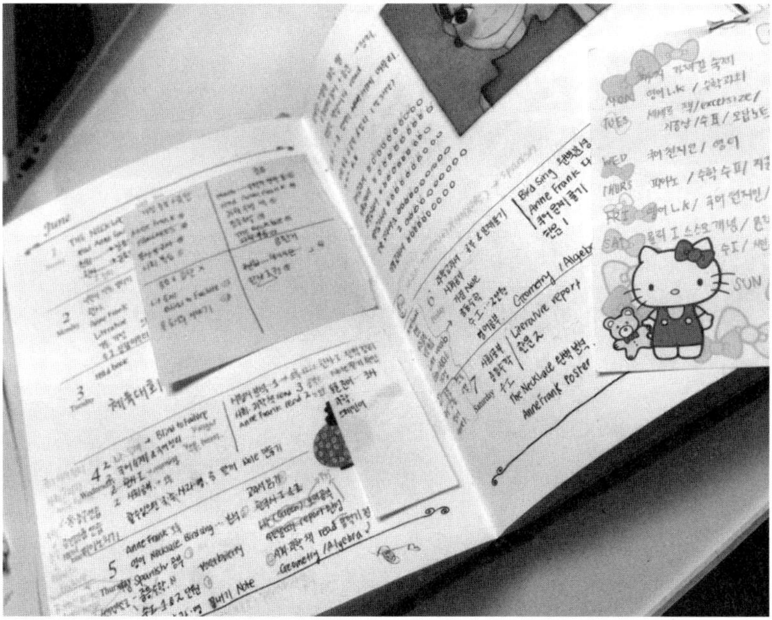


노트와 과제 등이 정리되지 않은 채 어지러웠던 때가 있었다.
그땐 체계적 공부가 어려웠는데 휴대폰 메모장을 이용하면서 나의 공부습관이 바뀌었다.

만 점차 방법을 터득해 나가면서 시간을 알차게 사용할 수 있었고, 덕분에 문과 이과 공부를 모두 겸비하고 동아리, 그리고 대회들까지 모두 많이 참여할 수 있었다.

이처럼 청심국제중학교에서는 시간 관리가 가장 중요하다고 다시 강조하고 싶다. 자신이 해야 하는 일과 하고 싶은 일의 비율을 잘 맞출 수 있어야, 하고 싶은 공부와 활동을 모두 하면서 행복하게 학교생활을 할 수 있다. 특히 중간, 기말고사에는 거의 일주일 동안 아무 것도 없고 학교에서 시험공부만 하기 때문에 어느 과목을 언제, 어떻게 공부할지 정해야 하는데, 평상시에 개인 공부로 바쁘기 때문에 이 시간들을 얼마나 체계적으로 공부하는지에 따라 시험 성적이 좌우된다.

더욱 시간을 아끼기 위해 쉬는 시간에 가끔 촌음을 아껴 수행평가를 해 두고, 수업시간에 최대한 집중하여 중간 기말 고사를 수월하게 볼 수 있도록 하면 좋다. 청심 생활을 더욱 알차게 보내기 위해 매일매일 반성하고 기억에 남는 일들은 기록하는 자신만의 노트를 만들어 생각을 정리하고 궁금한 것들을 적어두는 것을 추천한다. 나는 이것 역시 내 핸드폰에 작성했다! – 김민솔

# 자기 주도 학습의 필수품 플래너

기숙사인데다가 부모님과 떨어져 지내야 하는 청심인들에게 가장 필요한 것은 '자기주도 학습능력'이다. 4일 내내 야간 자율학습을 하는 청심인들은 쏟아져 내리는 수행부터 중간고사와 기말고사 준비까지 모두 스스로 해내야 하기에, 자기주도 학습이 되지 않는다면 좋은 학업 성적을 유지하기는 힘들다.

나의 경우, 꾸준히 오랫동안 공부하기 위해 철저한 스터디 플랜을 매일 세웠다. 1학년 때부터 3학년까지, 1년마다 하나의 플래너를 이용해 매달 있는 수행을 빠짐없이 기록하고, 웬만한 수행은 1~2주 전까지 모두 미리 끝내놓았다. 또한 균형 있는 공부를 위해서 하루 동안 해야 할 일들과 공부할 과목들을 따로 기록해서 미루지 않도록 꼬박꼬박 지켜나갔다. 틀에 박힌 진부한 이야기로 들릴지 몰라도, 스터디 플랜을 세우는 것과 세우지 않는 것의 차이는 존재한다.

수행을 기록해놓지 않고 있다가 수행 1~2주 전에 급하게 해치우

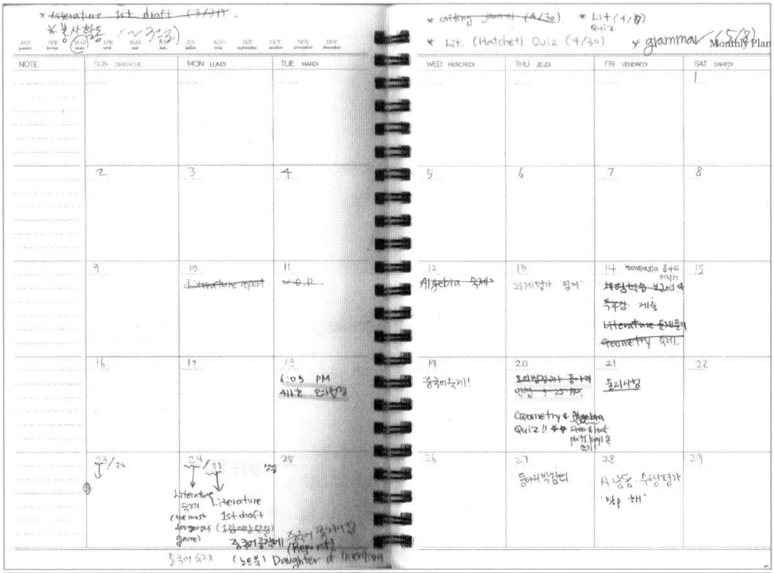


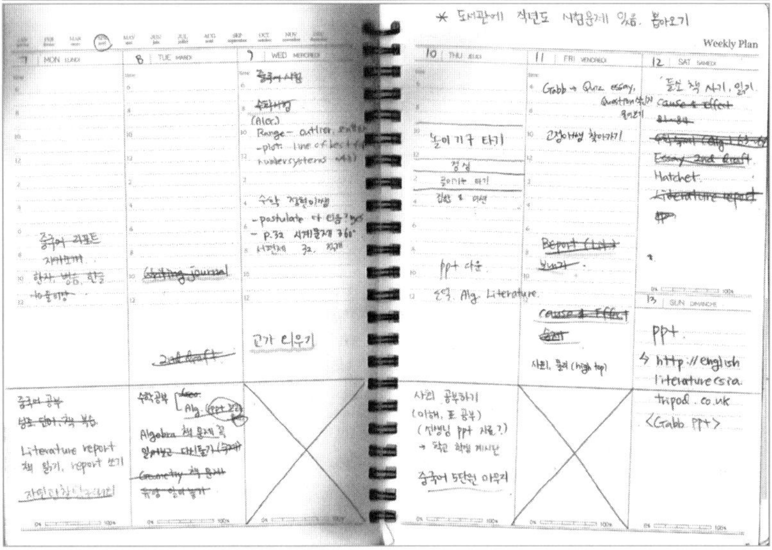


나는 다이어리를 학습플래너로 활용하고 있다.

는 것은 학업적 스트레스로 이어질 수 있으며, 미리 해놓는 것보다 결과물이 좋지 않을 수 있다. 이는 공부를 하는 모든 중고등학생들에게도 좋은 팁이지만, 특히 심할 때는 하루에 수행이 4~5개씩 있는 청심처럼 수행이 정신없을 정도로 많은 학교라면 잘 짜인 스터디 플랜은 필수다.

자기주도 학습이란 큰 것이 아니다. 올바른 학습 계획을 세우고 꾸준히 그것을 지켜나가며 미루는 것 없이 공부를 열심히 한다면, 그것보다 좋은 자기주도 학습은 없을 것이다. – 김하은

## 수행폭탄 피하려 다이어리 활용

나는 청심에서 공부를 할 때 다이어리를 애용하는 편이다. 예전엔 청심이 아니라 어디를 가든지 무엇이든 한두 개씩은 꼭 빼먹는 버릇이 있었다. 주변에서 메모를 하는 습관을 기르는 것이 어떻겠냐는 말을 수없이 들어왔지만, 그 결심도 잠시뿐, 메모장을 들고 다니는 것이 너무나도 번거롭고 귀찮아 그 버릇을 잘 고치지 못했다.

내가 본격적으로 다이어리를 사용하게 된 것은 중학교 2학년에 들어와서부터였다. 일주일에 적으면 2~3개, 많으면 한꺼번에 7~8개씩 몰아치는 '수행폭탄' 덕분에 나는 일주일 내내 쉴 틈이 없었다. 그리고 이런 패턴이 반복되다 보니 나의 깜빡하는 습관은 굉장한 불편함이 되었고 말이다. 늘 그런 건 아니었지만 어떨 때는 과제 제출 날짜를 잘못 알아 허둥지둥 과제를 마무리해야 할 때도 있었고, 심지어 몇 번은 과제를 늦게 제출해 마이너스를 받은 적도 있었다. 이런 패턴이 반복되다 보니 나도 모르게 마음의 결정을 내리게 되었던 것 같다. '

그래! 이번엔 정말 도중에 포기하지 않고 다이어리에 정리하는 습관을 갖겠어!' 다짐의 의미로 엄마와 함께 예쁜 다이어리도 하나 사고 난 후, 나는 그날부터 중요한 준비물이나 수업 날짜는 꼭 다이어리에 적는 습관을 들였다.

물론 처음부터 일이 순탄하게 흘러간 것은 아니었다. 안 쓰던 다이어리를 쓰다 보니 처음에는 귀찮아서 안 적을 때도 많았고, 몇 개를 한꺼번에 몰아 적는 경우도 다반사였다. 그러나 점점 시간이 지나고, 힘들어도 꾹 참고 해보자라는 마음가짐으로 한 달이 지나자, 나도 모르게 선생님의 말씀이 들리면 먼저 다이어리로 손이 가는 신기한 경험을 할 수 있었다. 다이어리를 쓰는 데에 익숙해진 것이다. 다이어리를 쓰기 시작한 뒤로 나는 절대로 수행 날짜를 잊어버리지 않았고, 만약 잊어버리더라도 다이어리를 펼쳐보면 그 내용이 고스란히 적혀 있었기에 걱정할 필요가 전혀 없었다. 한번 들여진 습관은 2학년을 거쳐 3학년이 되어서도 유용하게 쓰였고, 하루 일과를 체계적으로 세우는 데에도 많은 도움이 되었다. 역시 무엇이든 처음이 가장 어렵고 힘든 것 같다.

나는 보통 하루 일과를 다이어리에 정리해 시간대별로 내가 끝내야 할 과제나 이 시간에 무얼 할 것인지를 적어놓는 편이다. 〈야자 1교시(6:10~7:00)-국어 수행준비 및 발표과제 마무리〉 이런 식으로 말이다. 이렇게 시간대별로 내가 무엇을 해야 하는지를 적다 보면 의미 없이 흘려보내는 시간을 줄이고, 체계적으로 공부를 할 수 있어서 굉장히

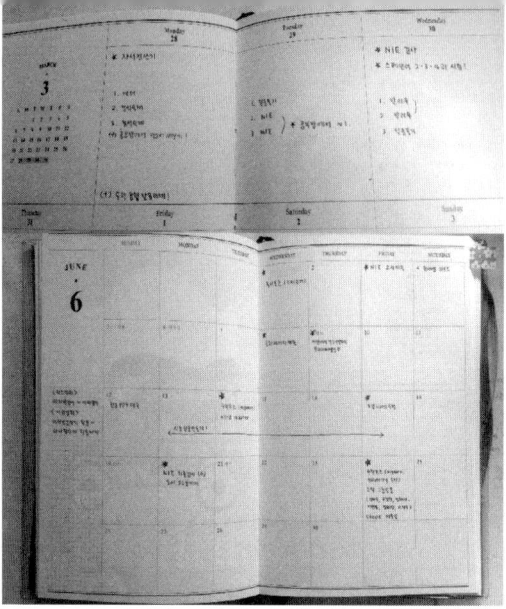

유용하다. 또 그때그때 끝내야 할 일들을 제시간에 맞추어 하다 보니 마감 전날까지 부랴부랴 서두르지 않아도 되고, 여유롭게 과제를 끝낼 수 있다는 것 또한 하나의 장점이다.

나는 보통 일과 시간에는 동아리 활동이나 각종 모임에 참석하고, 본격적인 공부는 야자 시간이나 야자 후 기숙사에 돌아와서의 시간을 활용하는 편이다. 그러나 잠은 늦어도 12시 반 전에는 자려고 한다. 청심에서 2년 반이라는 시간을 보낸 결과, 밤늦게까지 공부하는 것은 내 체질에 안 맞기도 하고, 피로가 쌓이다보면 오히려 능률이 떨어진다는 것을 알았기 때문이다. 아침에 일찍 일어나서 샤워를 하고 문을 나설 때의 그 기분은 얼마나 상쾌한지 모른다. 아직 어슴푸레한 새벽녘의 하늘을 바라보며 등교할 때의 그 고요함은 하루 종일 기분을 좋게 만들어준다. – 정예담

# 6.
# 체험학습과 수학여행

도전 체험학습 - 챌린지 데이 - 배근영

가을을 만끽한 남이섬 탐방 - 배근영

수학여행(싱가포르) - 임세환

수학여행(중국 상해) - 한윤서

# 도전 체험학습 - 챌린지 데이

청심국제중학교에서는 다른 학교들과는 조금 다른 현장 체험학습이 있다. 바로 봄마다 찾아오는 '챌린지 데이'이다. 말 그대로 하루 동안 목표를 잡아 놓고 그것을 성취하기 위해 도전을 하는 날이다. 여태껏 가장 기억에 남는 챌린지 데이는 2학년 봄에 '동대문디자인플라자'에 갔을 때였을 것이다. 청심 현장 체험학습의 특이한 점은 학생들에게 어디를 갈 것인지 정하는 특권이 주어진다는 것이다. 학급회의를 통해 각 반마다 어느 곳에 가고 싶은지 의견을 낸 다음, 선택지들 중에서 선생님께서 우리에게 가장 적합해 보이는 곳을 선정하는 것이다.

2학년 때 우리 기수는 가정 선생님의 추천으로 DDP 즉, 동대문디자인플라자를 가고자 하였고, 현장 체험학습이 계획되었다. 당시 담임선생님이기도 하셨던 가정 선생님께서 유명한 디자이너 알렉산드로 멘디니 전시회가 그곳에 열리는 점을 강조하시며 우리에게 강력 추천하신 것이 기억난다. 학급회의에서는 우리가 그곳에 가서 성취하고

자 하는 목표도 정하도록 되어있었다. 우리 학급은 조별로 우리가 생각하는 전시회 속 가장 인상적인 작품과 사진을 찍는 것을 목표로 정하였다. 다음 문단부터는 그때의 경험을 실감나게 전달하기 위해 현재형으로 적어보겠다.

보통은 등교 시간 10분 전에 일어나서 부랴부랴 준비하던 내가 오늘은 저절로 1시간 반 전에 눈이 떠졌다. 오늘은 우리 모두가 기대하고 기대하던 챌린지 데이인 것이다! 오랜만에 학교 친구들과 학교 밖의 땅을 밟는 날인만큼, 조금 더 멋을 부리고 나가고 싶었다. 적어도 눈곱은 떼고, 평소에 입고 싶었던 옷은 입고 나가야 할 것 아닌가! 잠을 너무 격렬히 잔 탓인지, 사자의 갈기처럼 붕 뜬 내 머리도 가라앉히고 싶었다. 다른 친구들도 나와 같은 생각이었는지, 방문을 열어보

버스에서 팝송을 들으며 떠나는 챌린지 데이는 늘 우리의 가슴을 뛰게 한다.

니 모두들 "이 옷을 입고 갈까?" "어떤 가방을 들고 갈까?" 하며 분주히 움직이고 있었다. 세수를 하고 양치질을 한 다음, 어젯밤 주름이 지지 않게 걸어 놓았던 남색 남방과 검정 스키니진을 입었다. 보조가방에 물과 필기도구를 챙기고, 양말을 신었다. 그리고 마지막으로 평소에는 기숙사 규정 상 사용하면 안 되지만, 오늘을 위해 집에서 특별히 가져온 고데기로 머리를 펴서 앞머리를 가지런히 정리했다! 챌린지데이를 위해 준비 완료! 친한 친구 중 한 명이 항상 입버릇처럼 "여자는 입은 옷에 따라 자신감이 달라진다니까!"라고 말하는데, 맞는 말인 듯싶었다. 오늘따라 기분이 최고였다.

학교에 등교하니 모두들 이날을 위해 신경을 쓴 것이 보여 한편으로는 이런 상황이 웃기면서도 특별한 하루가 시작된 것 같아 즐거웠다. 반 별로 버스를 타고 동대문디자인플라자로 향했다. 우리 학교는 체험학습이나 수학여행 때 버스를 타면 꼭 한 명씩 블루투스 스피커를 가져와서 음악을 트는 것 같다. 나처럼 아이돌 음악을 좋아하는 친구들도 있지만, 영어를 좋아하고 해외에서 오래 살다 온 친구들이 많다 보니 이곳에서는 보통 팝송이 유행한다. 그래서 미국과 영국 가수에 관심이 없던 친구도 이곳에 오면 그들의 팝송을 자연스럽게 흥얼거리게 되는 건지도 모르겠다. 팝송을 계속 듣다 보니 금세 동대문디자인플라자에 도착을 했다. 우리의 첫 번째 목적지는 알렉산드로 멘디니 전시회였다.

전시회장을 들어가 보니 현실과 동떨어진 동화나라에 온 듯한 느낌을 받았다. 장난스러우면서도 부드러운 파스텔 톤부터 고급스러운 금색, 은색, 모든 색의 근원이 되는 삼원색까지 다채로운 색깔로 입혀진 세상이 눈앞에 펼쳐졌다. 가장 먼저 본 것은 알렉산드로 멘디니가 자신의 어린 시절의 기억을 되살려서 만든 회전목마와 케이크였다. 회전목마의 경우, 말들 대신 주방 도구가 놓여 있어 묘하면서도 친근한 느낌을 동시에 받았다. 케이크를 보니 디자이너의 마스코트라고도 할 수 있는 캐릭터가 많이 박혀있었다. 타원모형의 얼굴에 커다란 두 눈을 가진 캐릭터, 역삼각형 모형에 놀란 듯한 다이아몬드 모형의 눈을 가진 캐릭터가 그들이다. (나중에 우리나라에 알렉산드로 멘디니 열풍이 돌기 시작하는데, 이 캐릭터들이 한 아이스크림 체인점의 컵에 찍혀있는 것을 보고 얼마나 반가웠는지 모른다.)

멘디니는 의자에 관심이 많은 것 같았다. 우리가 보통 생각하는 푹신한 의자 형태 하나를 가지고 얼마나 많은 수의 디자인을 만들었는지 상상도 못할 것이다. 도자기로 만들어진 의자, 점무늬로 도배되어 있는 의자, 대각선의 줄무늬가 그려진 의자, 조각보로 만들어진 의자, 물감을 흘린 무늬로 디자인된 의자 등 모양은 모두 같지만 디자인과 크기가 가지각색 다른 의자들이 눈을 사로잡았다. 그러나 그중 단연 눈에 가장 인상적이었던 것은 침대보다도 큰 사이즈로 만든 점박이 의자였다. 마치 거인이 앉아도 될 만큼 큰 그 의자는, 우리가 생각할 수 있는 모든 색깔의 점들로 도배되어 있었고, 보는 나로 하여금 색깔로 압도되는 느낌을 주었다. 우리 조원들도 나와 비슷한 느낌을 받았는

세계적 건축가 이란의 자하 하디드가 설계한 동대문디자인플라자(DDP)

지, 이 의자가 가장 인상 깊다고 말했고, 우리는 놀라는 표정을 지으며 의자를 중심으로 사진을 찍었다. 이 외에도 디자이너가 자신의 손자를 위해 만든 눈을 보호하면서도 독특한 디자인을 뽐내는 동그란 스탠드 '라문'과, 금색으로 도배된, 마치 동양식 절에 들어간 느낌을 주는 조각상이 인상적이었다.

전시회를 모두 관람한 뒤, 나와 친구들은 서로 손에 알렌산드로 멘디니의 캐릭터를 본 떠 만든 아이스크림을 하나씩 손에 쥐고 동대문디자인플라자를 돌아보기로 결정하였다. 다양한 가게들이 있었는데, 서로 완전히 다른 개성을 가지고 있었던 것 같다. 사람의 창의력이 얼마나 다양하게 나타날 수 있는가를 이곳에서 보게 된 것 같다. 삶에 지친 현대인들에게 위로의 한 마디를 건네는 문구를 쓴 티셔츠와 스티커를 파는 곳, 우리가 좋아하는 슈퍼히어로 캐릭터들을 종이로 만든 디자인을 보여주는 곳, 동물들에게 본래의 색과는 다른, 다른 색을 입혀 독특한 분위기를 뽐내는 곳 등 다양한 디자인을 볼 수 있어, 가게에 온 것보다는 또 다른 전시회에 온 기분이 들었다.

친구들과 내가 가장 오래 머문 곳은 '어린왕자', '이상한 나라의 앨리스' 등의 동화책 콘셉트를 가지고 다양한 학용품과 생활 용품을 만든 곳이었다. 다이어리와 플래너의 표지를 마치 동화책의 표지처럼 만들고 종이에 빳빳한 백지가 아닌, 마치 옛날의 낡은 종이와 같은 디자인을 입혀서 정말 어린왕자가 비행사에게 보여줄 법한 종이의 느낌이 났다. 동심으로 돌아가면서도 몽환적인 분위기를 느낄 수 있었던 것 같다. 친구들은 이곳에서 충동구매를 했다. 전시회 같은 가게들을 나온 이후에는 친구들과 내가 좋아하는 연예인들의 앨범과 그들의 얼굴을 활용한 생활용품들을 파는 가게에 들러서 그들의 음악을 들으면서 티셔츠를 하나 샀다. 그렇게 동대문디자인플라자에서의 우리의 모든 일정을 끝마쳤다. 사실 그 이후로는 잘 기억이 나지 않는다. 버스를 타고 기숙사에 돌아온 후 침대에 완전히 뻗은 것 같다.

중학교 2학년 때 간 챌린지 데이는 여러모로 의미가 있었던 것 같다. 중간 중간에 친구들과 같이 사진도 많이 찍으면서 즐거움을 느끼고, 신기한 전시품들도 구경하면서 '특정한 것은 꼭 이렇게 생겨야 한다.'라는 고정 관념에서 벗어날 수 있었던 하루였다. 알렉산드로 멘디니라는 디자이너를 만나게 되어 그의 작품들을 보면서 사람의 창의력의 한계는 과연 어디까지일까를 생각해보기도 하였고, 천진난만하던 어린 시절을 살려 만든 그의 작품 덕에 동심으로 되돌아가는 체험도

해서 학업으로 지친 마음을 치유할 시간을 가진 것 같다. 본래 내 집인 지방에 살았다면 과연 이런 기회를 가질 수 있었을까?

단순히 노는 것이 아닌, 뚜렷한 목표를 가지고 학생들이 원하는 것을 체험하는 기회를 주는 청심에 다니게 되어 만끽할 수 있었던 시간이 아닐까? 학업적 으로도, 감성적으로도 늘 학생들에게 잊지 못하는 추억을 선물해주는 청심국제중에 입학하게 되어 행운이라는 생각을 한 또 다른 하루다. – 배근영

# 가을을 만끽한 남이섬 탐방

청심에 있으면 여러모로 가을의 감성을 느끼게 되는 것 같다. 산이라서 나무가 많다 보니 단풍이 아름답게 들어서 그런 것도 있지만, '가을 문화 체험학습'을 가게 되어서인 것도 큰 것 같다. 이름처럼 가을의 문화를 느끼기 위한 목적으로 가는 이 체험학습은, 학교에서 공부에 열중을 한 학생들에게 자연을 만끽할 기회를 주기에는 안성맞춤인 것 같다. 나의 첫 가을 문화 체험학습은 1학년 때 남이섬에 간 것이었다. 처음에 남이섬으로 목적지가 정해졌을 때, 학생들의 불평불만이 쏟아져 나왔던 것이 기억난다. 자연의 풍경을 감상하기 보다는 스마트폰으로 연예인 사진을 보고, 떨어진 단풍잎을 밟기 보다는 아스팔트를 밟는 데 익숙해진 우리는 놀이동산에 가고 싶어 했다. 지금 돌아보니 부끄럽지만 나도 처음에는 똑 같은 생각이었고, 남이섬에 별 기대를 하지 않았다. 그러나 예상 외로 우리에게 이 체험학습이 청심에서 가장 기억에 남는 경험들 중 하나가 될 줄은 누가 알았을까? 다

친구가 찍은 남이섬 풍경

음 문단부터는 독자들이 그 당시 나의 경험과 감정을 함께 나눌 수 있도록 처음부터 추억을 되살려 적어보겠다.

청심에 들어와서 첫 번째 가을 문화 체험학습을 춘천에 있는 남이섬으로 가게 되었다. 다른 반들은 놀이동산에 가서 신나게 놀고, 뷔페에서 밥을 먹는다는데, 우리 반은 남이섬으로 가서 닭갈비를 먹는단다. 물론 닭갈비가 싫은 것도 아니고, 남이섬에 관한 나쁜 추억이 있는 것도 아니다. 그러나 우리도 어쩌다 한 번 가는 체험학습인 만큼 신나게 놀 수 있었으면 했던 것이다. 아침에 쌀쌀한 가을바람에 대비해 긴 옷을 갖추어 입고, 보조 가방에 물통을 챙긴 뒤 교실로 향했다. 친구들은 학교 밖을 나간다는 것에 기분이 좋아 보였지만, 아무래도 놀이동산으로 가는 반들을 부러워하는 것이 뚜렷하게 보였다.

그래도 버스를 타면서 친구들이 활기찬 음악을 스피커로 틀어줘서 모두들 기분이 좀 더 들뜨게 된 것 같다. 버스에서 내리니 우리를 반겨주는 커다란 2층 배 한 척이 있었다. 오랜만에 배를 타니 배 멀미가 날까 봐 걱정이 되기도 하였지만, 바람을 맞으면서 신나게 북한강을 가로질러 갈 것을 생각하니 기대가 되었다. 탑승을 하자마자 친구들과 2층으로 갔다. 타이타닉의 아름다운 여주인공처럼 로맨틱하게 바람을 맞을 수는 없겠지만, 친구들과 함께 높은 곳에서 바람을 맞으니 같이 하늘을 나는 기분이 들었고, 교실에서 벗어난 자유로움을 느낄 수 있었다. 그렇게 우리는 배를 타고 남이섬에 도착하였다.

남이섬에 도착하니 내가 처음 본 것은 마치 다른 나라를 들어갈 때 거쳐야 하는 입국 심사를 하기 위해 기다리는 줄과 비슷한 줄이었다. 그제야 체험학습 설명회 때 선생님께서 설명하신 것이 기억났다. 남이섬은 마치 하나의 나라와 같은 콘셉트를 잡아 '나미 나라'라고 부르고, 한 해 동안 자유롭게 그곳을 드나들 수 있는 멤버십을 사는 사람들에게 나미 나라 '여권'을 발급해준다는 것을 말이다. 여권 발급을 받지 않을 우리는 입장 티켓을 사기 위해 길고도 긴 줄에서 기다려야 했다. 주위를 둘러보니 우리 학교 주변에 있는 나무들보다 훨씬 크고 긴 나무들이 많았고, 단풍도 화려하게 가지각색으로 물들어 섬 전체를 하나의 커다란 팔레트처럼 꾸미고 있었다. 줄에는 중국인들이 정말 많았는데, 그들이 하는 말을 자세히 들어보니 모두들 드라마「겨울연가」때문에 온 듯하였다. 옛날에 히트를 친 드라마 겨울연가에서 남녀 주인공들의 촬영지가 남이섬인데, 중국에서 우리나라의 드라마가 워낙 인기가 많다 보니 중국 관광객들이 이곳에 많이 오는 듯하였다.

오랜 시간을 기다려 입장을 하니 내가 여태껏 본 가을의 풍경 중 가장 아름다운 것이 눈앞에 펼쳐졌다. 높은 대기업의 빌딩 대신 나무들이 하늘을 찌르고 있었고, 딱딱한 복도의 바닥 대신 푹신푹신한 낙엽들이 내가 그들을 지르밟을 수 있게 깔려 있었다. 친구들과 가장 먼저 간 곳은 '메타세쿼이어 길'이었다. 한국에도 살기는 하나 원산지가 중국인 메타세쿼이어 나무, 엄청난 높이로 웬만한 거리의 상가 정도는 될 듯하였다. 그런 나무들이 양쪽으로 놓여있으니 바닥은 물론, 하늘까지도 알록달록 단풍으로 물들여 있었다. 거리를 둘러보니 수많은 연인들이 이 아름다운 길을 서로 쌍을 지으며 걷고 있어 더 감성적으로 다가온 것 같다. 연인은 없지만 나는 괜찮다! 친구들이 있으니까! 친구들과 함께 이 풍경을 배경으로 서로를 찍고 수다도 떨면서 오랫동안 이 길을 걸었던 것 같다. 길을 한 바퀴 다 돌 때쯤, 자전거를 신나게 타고 있는 아이들을 보았다. 나도 자전거를 타고 싶었다. 폭신폭신한 단풍 위에 자전거를 타는 느낌은 어떨까? 마침 근처에 있던 자전거 대여소에서 친구들과 함께 자전거를 한 시간 동안 빌렸다. 그러고는 자전거를 타고 빠르게 남이섬을 돌기 시작했다. 우리만의 투어가 시작된 것이다.

아스팔트 위를 달리는 것과는 달리 자전거가 덜컹거리기도 했지만, 아직 인위적으로 포장되지 않은 땅 위를 달리는 느낌은 도시의 도로 위를 달리는 것과는 비교도 되지 않을 만큼 재미있었다. 나를 막을 빌딩과 차들이 없어 내가 가고 싶은 곳은 어디든지 쉽게 갈 수 있었고, 바퀴가 낙엽들을 밟으면서 내는 소리도 낯선 땅을 밟는 느낌을 주어 마치 내가 탐험가가 된 듯하였다. 우리는 동물들이 모여 있는 곳에 가서 타조와 낙타를 구경하기도 하고, 겨울연가 촬영지를 방문하여 수많은 연인들이 남긴 메시지를 읽기도 하고, 재활용품으로 만든 작품들을 구경하기도 하고, 경주를 하기도 하면서 남이섬을 계속 돌고 돌

남이섬에서의 추억을 간직하기 위해 단짝 예담이와 한 컷.

우리 반 친구들 중 누구도 남이섬 탐방을 후회하지 않았다.
우리들에게 추억의 장소가 될 것임에 분명하다.

았다. 그렇게 한 시간을 신나게 보내고 자전거를 반납하니 배가 고팠다. 그래서 남이섬의 가장 대표적인 길거리 음식인 소시지를 사먹었다. 솔직히 말하면 보통의 커다란 소시지에다가 케첩과 머스터드를 뿌린 것과 다를 게 별로 없었는데, 땀을 뺀 뒤 친구들과 함께 먹어서 그런지 더욱 맛있게 느껴진 것 같다. 그 이후에는 어린이 전용 놀이터에서 친구들이 아기들처럼 노는 것을 구경하기도 하고, 산책을 하면서 시간을 보냈던 것 같다.

남이섬을 모두 구경하고 나니 우리를 기다리는 것은 닭갈비였다. 춘천 닭갈비가 그렇게 맛있는지 몰랐다. 먹어도 먹어도 끝이 없었던 것 같다. 정말 그때만큼은 뷔페에서 각을 잡아 만든 조각 케이크와 크림이 들어간 파스타보다도 눈앞에서 지글지글 구워진, 양념이 잘 된 춘천 닭갈비를 얹은 밥 한 숟가락에 톡 쏘는 시원한 사이다 한 모금이 더 맛있었던 것 같다. 밥을 든든하게 먹고 나니 버스를 다시 타고 레일바이크를 타는 곳에 도착을 하였다. 레일바이크는 보통 자전거와는 달리 4인이 함께 타는 커다란 자전거였다. 친구들과 함께 레일바이크를 탔다. 힘들 줄 알았는데 예상 외로 4명이 함께 페달을 돌리니 별 힘을 들이지 않고도 자전거가 빨리 굴러갔다. 레일바이크를 타면서 보리밭의 풍경도 찍고, 시원한 동굴도 들어가 보고, 친구들과 가위 바위 보를 해서 지는 사람이 3분 동안 자전거를 혼자 몰게 하는 등의 게임도 하면서 즐거운 시간을 보낸 것 같다.

1학년 가을 문화 체험학습, 놀이동산을 갔다 왔어도 재미는 있었겠지만, 과연 영원히 기억에 남길 만한 특별한 가을의 추억을 만들 수 있었을까, 하는 생각이 든다. 가을 풍경이 처음에는 재미없을 줄만 알았는데, 도시에 살면서 구경한 풍경이라고는 도로를 달리는 차들밖에 없던 우리에게 자연이 뽐내는 가장 아름다운 계절인 가을을 가슴으로 느끼게 하고, 가을이 돌아오면 영원히 기억될 추억으로 남기게 해준 체험학습이었다. 청심국제중의 체험학습은 청심이 항상 학생들을 실망시키지 않는다는 것을 깨닫게 해준 수많은 경험들 중 그 시작이었다고 생각한다. – 배근영

# 수학여행(싱가포르)

싱가포르의 상징 멀라이언!

5월이다. 개나리와 벚꽃이 피고 지던 청심의 봄이 끝나간다. 두 달만 있으면 기말고사이다. 그 전에 어디론가 떠나고 싶다. 가까운 곳도 아니고 아주 멀~리.

어디론가 훽 떠나버리고 싶은 5월, 청심인들은 일주일 동안 학교를 비우고 비행기에 몸을 싣는다. 위에서 설명한 대로 아주 멀~리 떠난다. 청심인들이 다섯 손가락 안에 꼽는 가장 즐거운 행사 중 하나인 해외 체험학습, 다른 말로 표현하자면 수학여행이다. 청심인들에게 수학여행은 중간고사 이후 그동안의 스트레스를 덜어낼 수 있는 황금 같은 시간이요, 우리나라를 벗어나 해외의 문화를 마음껏 체험할 수 있는 뜻 깊은 시간이다. 물론 문화 체험보다는 친구들과 함께 놀 수 있다는 것에 가장 큰 의미를 두긴 하지만 말이다.

청심의 수학여행은 연 1회, 3년 동안 이어진다. 1학년 때에는 비행기를 타고 바다 건너 제주도로 떠나고, 2학년 때부터는 해외로 수학여행을 간다. 우리 학년은 2학년 때 싱가포르, 3학년 때 상하이로 수학여행을 갔었다. 1학년 때는 수학여행 직전 세월호 사건이 발생하면서 제주도 행은 불발되었다. 중학교 첫 수학여행이 취소되면서 아쉽기는 했지만, 어찌할 수 없는 조치였기 때문에 수학여행에 대한 미련을 깔끔하게 버렸다. 2학년 수학여행이 다가오기만을 기다릴 수밖에 없었다.

### 뜨거웠던 첫 번째 수학여행

사실 수학여행에 관한 글을 써야 된다고 하면 최근에 갔던 중학교 3학년 체험학습에 대하여 쓰는 게 편했을 것이다. 그러나 개인적으로 나의 기억에 더 강하게 남은 것은 중학교 2학년 때 싱가포르로 떠났던 수학여행이었고, 중학교 첫 번째 수학여행이었다는 점에서 의미가 있

싱가포르에서 가장 큰 식물원인 보타닉 가든 (Botanic Garden)에서 친구들과 함께!

었기 때문에, 상하이가 아닌 싱가포르에서의 에피소드를 소개하겠다.

### 여행 1일차

드디어 1년이 지난 중학교 2학년의 5월! 우리는 첫날 아침 인천공항에서 집결하여 두 시간 여 후 싱가포르 행 비행기에 올랐다. 여섯 시간 동안의 비행 중 본 영화만 세 편! 영화를 보다가도 질리면 옆에 앉은 친구들과 조용히 수다를 떨며 키득거리다 보니 어느새 싱가포르에 도착했다. 비행기에서 내리고 보니 저녁이 되어 도착 이후 예정된 일정은 없었다. 바로 호텔로 향한 우리에게 선생님들께서는 일종의 자유 시간을 주셔서 방간 이동을 허용해주셨다. 덕분에 첫날 밤은 우리반 남학생들끼리 모여 음악을 틀며 춤을 추기도 하고, 진실게임을 하면서 "야, 너 누구 좋아해?" "너, 솔직히 몸무게 몇 킬로야?" 같은 것을 물어보며 키득거리기도 하며 보냈다. 잠은 얼마 안 잤어도 다음 날 아침에 전혀 피곤하지 않았다. (시험기간에 잠을 새면 다음 날에 미칠 듯이 졸린데, 왜 놀면서 밤을 새면 다음날에도 멀쩡한 걸까?)

### 여행 2일차

2일차 일정은 중학교 2학년들 수준(?)에 딱 맞는 일정이었다. 바로 유니버설 스튜디오 방문! 미국 할리우드에서 영화 촬영장 형식으로 처음 시작한 유니버설 스튜디오는 촬영장을 견학하는 관광객들을 위해 자신들이 제작한 영화를 테마로 한 다양한 놀이기구들을 설치하

싱가포르에 와서 공부하는 것도 재밌겠다는 생각을 하게 해준 싱가포르 대학교 탐방

고, 영화의 주요 장면들을 재연한 최첨단 쇼를 공연하면서 세계 최고의 테마파크로 성장했고, 세계 곳곳에 설치되었다. 미국에 1년 반 정도 어학연수를 갔을 때 할리우드에 있는 유니버설 스튜디오에 가본 적이 있었는데, 우리나라의 놀이공원과는 견줄 수 없을 정도의 큰 규모에 놀랐었고, 무엇보다도 전에는 볼 수 없었던 첨단 기술이 이용된 놀이기구들에 놀랐었다

싱가포르 유니버설 스튜디오에 들어가기 위해서는 육지에서 센토사 섬까지 케이블카를 타고 가야 한다. 케이블카 탑승은 약 10분 정도 소요되는데, 바닥과 벽이 모두 유리로 되어있는 케이블카가 보기만 해도 아찔할 정도로 높은 곳에 매달려 움직인다. 우리나라 등에 있는 케이블카 밑에 설치된 안전그물 같은 것이 없는 점이 의아했다. 지금까지 한 번도 안전사고가 발생한 적이 없는 모양이었다. (사실 사고가

한 번도 나지 않았다는 것에 감탄해야 할지, 아니면 혹시나 일어날 수 있는 사고에 대해 걱정해야 할지 난감했다. 음;)

10분 동안 공중에 메달려 가다가 도착한 곳은 센토사 섬의 머라이언(Merlion) 상 앞이었다. 싱가포르의 상징인 머라이언 상은 원래 5개가 있는데, 그 하나가 바로 센토사 섬에 있는 37m짜리의 거대한 복제품이라고 가이드 선생님께서 설명해주셨다. 두 개는 우리가 셋째 날에 방문하기로 예정되어 있던 머라이언 파크에, 다른 하나는 싱가포르관광청 청사(Singapore Tourism Court)에, 나머지 하나는 마운트 페이버라는

잊지 못할 추억을 만들어준 유니버셜 스튜디오 방문.
놀기 좋아하는 건 중학생이 되어도 여전하다.

곳에 있다고 했다. 이 다섯 마리의 머라이언 중에서 우리가 제일 처음 보게 된 것은 바로 센토사 섬의 아빠 머라이언이었다.

사진만 잔뜩 찍고 내려온 뒤 우리는 바로 유니버설 스튜디오에 입장했다. 우리나라에서는 본 적도 없었던 웅장한 놀이기구들과, 그 큰 규모에 놀라움을 감출 수 없었다. 우리와 동행하신 중학교 부장 선생님께서는 우리에게 20달러짜리 밀쿠폰 (식권)을 한 장씩 나눠주시면서 "오늘만큼은 먹고 싶은 만큼 먹고 놀 만큼 놀아라!"라고 하셨다. 그러나 그 말을 듣고 있을 세도 없이 우리는 무작정 놀이기구들을 향해 뛰어가기 바빴다.

싱가포르의 해는 생각보다 매우 길었다. 여름이 다가오고 있었기 때문일까? 저녁이 다 되어 호텔에 들어왔는데도 아직 낮처럼 주변이 환했다. 어쩌면 그리 늦은 시간이 아니었을지도 모른다. 하루 종일 놀이공원에서 노느라 피곤할 줄 알았는데, 오히려 더 놀지 못했다는 아쉬움 때문에 기운이 넘쳐났다. 결국 우리는 담임선생님들께 허락을 얻고 호텔 수영장에서 시간을 보내며 남을 체력을 소비했다.

수영장에서 한 바탕 즐거운 시간을 보낸 후, 우리는 나이트 사파리를 관람하러 갔다. 낮이 아니라 밤에만 개장하는 사파리라니? 코끼리, 기린, 멧돼지, 하이에나, 호랑이, 사자 등 다양한 동물들이 모여 있는 나이트 사파리에서는 트램(노면전차)을 타고 동물들을 구경하게 된다. 트램의 양 옆이 모두 뚫려있어 낮에 비해 비교적 시원한 밤공기를 마음껏 들이마실 수 있고, 트램 바로 옆을 지나가는 동물들을 눈앞에서 볼 수 있다. 물론 호랑이나 사자 같은 맹수들은 트램 옆을 지나갈 수 없도록 우리 속에 가둬 놓았지만 말이다. (전에 맹수들도 트램 옆을 어슬렁거릴 수 있도록 풀어 놓은 적이 있었는데, 호랑이가 사람을 공격하는 바람에 그 이후로는 맹수들을 모두 우리 속에 가둬야 했다고 트램 운전기사가 설명해줬다.)

늦은 시각 호텔에 도착한 후에는 아이들과 수다를 떨며 시간을 보냈다. 그날 밤도 잠은 포기했다. 아니, 잠자는 것을 거부했다. 1년에 단 한번 있는 수학여행, 그 소중한 밤들을 어떻게 자면서 보낼 수 있겠는가! 친구들 얼굴을 보며 추억을 하나라도 더 만들 수 있는 그 소중한 시간을 꿈나라에 빠진 채 보내고 싶지는 않았다. 그렇게 싱가포르에서의 두 번째 밤 또한 눈 깜짝할 사이에 흘러갔다.

### 여행 3일차

식민지 시절 가난했던 초창기부터 선진국 대열에 접어든 오늘날에 이르기까지 싱가포르가 이룩해온 발전의 역사를 보여준 도시계획센터를 방문했다. 고층 건물 하나 없던 조그만 도시가 어떻게 세계 강대국들과 어깨를 나란히 하게 된 과정을 보여주고 있었다. 우리나라의 도시 하나 크기에 불과한 작은 나라 싱가포르가 과거의 모습과 비교해보니 그 짧은 시간 안에 이토록 큰 변화를 이룩해내었다는 사실에 감탄할 수밖에 없었다. 흡사 우리나라 '한강의 기적'을 보는 느낌이랄까? 한국전쟁 이후 우리나라의 모습과 매우 비슷하여 싱가포르라는 나라가 더욱 친숙하게 느껴졌다.

도시계획센터 바로 밖에 차이나타운이 있었다. 처음에는 '차이나타운에 뭐 볼게 많겠어?' 하는 생각에 별 기대를 하지 않고 있었는데, 선생님께서 차이나타운 안에 싱가포르에서 가장 맛있는 빙수 가게가 있다는 말을 해주시자마자 모든 아이들의 눈이 초롱초롱 빛나기 시작했다. 도시계획센터 내에서도 "우리 빙수 언제 먹으러 가?" 하는 얘기만 하고 있는 친구들도 많았다. 빙수를 찾아 우리들은 차이나타운의 좁은 골목길을 지나 작은 가게 앞에 도착했다. 'ICE FLAKES'라고 크게 적혀 있는 간판이 달려 있는 오래된 가게였다. 그러나 오래되어 보이는 건물의 외관과 달리, 내부는 깨끗했을 뿐만 아니라 손님들의 발길도 끊이지 않고 있었다. 빙수는 덥고 습한 싱가포르에서 우리의 땀을 조금이나마 식혀준 고마운 존재였다.

차이나타운에서 시간을 보낸 뒤 우리는 싱가포르 대학교(Singapore University)로 향했다. 우선 싱가포르 대학교가 아시아 최상위 대학에 속한다는 사실에 많이 놀랐다. 무엇보다도 서울대학교가 국제대학 랭킹에서 싱가포르 대학교보다 훨씬 낮은 순위를 기록했다는 사실이 더욱 놀라웠다. 그중 물리학과는 아시아 내 물리학과 중에서는 다섯 손가락 안에 든다고도 했다. 한국인 재학생들의 이야기도 들어보니 우리나라 대학들과는 커리큘럼과 수업 방식이 많이 다르다고 했다. 여름 방학에는 학생들에게 인턴으로 일할 기회를 다양한 분야에서 제공한다고도 했다. 재학생들의 설명을 듣고 나니 싱가포르로 대학을 오는 것도 나쁘지 않겠다는 생각이 들기도 했다.

유람선 위에서 봐서 그런지 더욱 아름다워 보였던 싱가포르의 야경

한식으로 저녁 식사를 한 우리는 곧 야간 유람선을 타고 야경을 관람했고, 싱가포르에서 보내는 마지막 밤을 잠을 자며 보낼 수는 없었다. 결국 우리는 또 다시 한 번 밤을 불태우며 즐거운 시간을 보냈다. 생각해보면 싱가포르에서 단 하루도 제대로 된 숙면을 취한 적은 없었던 것 같다.

### 여행 4일차

마지막 날 아침, 아침을 먹은 우리는 짐을 다 싼 후 로비에 집결했다. 아쉬운 마음을 뒤로 하고 호텔을 떠난 우리는 주롱 새 공원(Jurong Bird Park)으로 향했다. 새들만 모아 놓은 일종의 동물원이었다. 우리나라에서는 볼 수 없는 열대 지방에 서식하는 새들이 많았고, 그 많은 새들의 배설물 냄새 때문에 관람 내내 코를 막고 있어야만 했다. 그래도 앵무새, 독수리 등 다양한 새들이 등장하여 묘기를 펼치는 쇼 하나만큼은 즐겁게 관람했다.

점심을 먹고 난 후 우리는 싱가포르의 상징인 원조 머라이언 동상을 보기 위해 강변의 머라이언 파크로 향했다. 다섯 개의 머라이언 상 중 유일하게 입에서 물을 내뿜는 머라이언 동상은 예상보다 컸다. 특히 머라이언 동상 앞의 풍경이 사진 찍기 딱 좋아서, 남녀 상관 없이 모두가 머라이언을 배경으로 사진을 남기기 바빴다. 머라이언 파크 앞으로는 우리가 셋째 날 밤 유람선을 통해 보았던 고층 건물들이 보였는데, 밤에 보던 모습과는 많이 달랐다. 싱가포르의 뜨거운 햇빛을 받은 고층 건물들의 유리창은 번쩍번쩍 빛나고 있었고, 이는 싱가포르의 도시 풍경을 한층 더 화려하게 만들어주고 있었다.

저녁이 되자 우리는 창이 공항으로 향했다. 우리는 어느새 여행의 끝자락에 도달해 있었다. 비행기 탑승 게이트로 이동하는 내내 아쉬움이 끊이지 않았다. 가족들과 여러 번 해외여행을 다녀보았지만, 이보다 짧게 느껴진 여행은 없었다. 비행기에 몸을 실은 지 얼마 되지 않아 비행기는 노란 불빛이 반짝이는 싱가포르의 밤을 뒤로 하고 하늘로 날아올랐다. 소중한 친구들과 함께한 뜨거운 첫 해외여행은 그렇게 끝이 났다. – 임세환

## 수학여행(중국 상해)

친구들 대부분이 각자 공항버스를 타고 인천공항에 도착했다. 공항은 언제와도 설렌다. 중학교 마지막 수학여행이라 더 그런 것 같다.

푸동공항에 도착한 후 우리는 바로 현지식을 먹으러 갔다. 붉은 건물에 금색 용 장식까지…, 영락없는 중국 식당이었다. 마파두부와 생선조림, 고기완자 등 중국 현지 음식이 나왔다. 중국 음식 특유의 향 때문에 잘 먹지 못하는 친구들도 많았고, 비행기에서 챙겨온 고추장에 밥을 비벼먹는 친구들도 있었지만 도전적인 성격 덕분인지 나는 거리낌 없이 현지의 식문화를 받아들였다.

식사를 마치고 외탄 지역에서 자유 시간을 가진 후 우리는 황포강 유람선에 올랐다. 반짝이는 고층 건물들 사이로 '동방명주타워'와 우리가 지나왔던 다리가 보였고, 그 반짝임은 점점 다가와 눈에 박히는 것 같았다. 유람선 위에서 아름다운 야경을 타임랩스로 담기 위해 나는 팔이 빠져라 핸드폰을 붙잡고 있었다.

좁고 남루한 골목길에 상해임시정부가 있다는 사실에 아쉬움을 느꼈다.

평소 다양한 촬영 기술에 관심을 갖고 있는 친구들 덕에 우리는 단체 여행을 가면 '파노라마'나 '타임랩스'를 이용하여 사진과 동영상을 찍는 것에 익숙해져 있는데 이번 상해 여행에서도 비행기가 이륙하는 장면을 동영상으로 찍거나 상해 풍경을 여러 기술로 촬영한 친구들이 많았다.

간식으로 나온 치킨버거를 각자 룸메이트와 먹어 치운 우리는 한 방에 모였다. 평소 기숙사에선 먹지 못하는 라면을 먹기 위해서였다. 그때 문제점이 떠올랐다. "우리 커피포트 없잖아. 어떡해?" 선생님들께서 미리 커피포트를 빼놓으신 것이었다. 우리는 무작정 호텔 데스크에 전화했다.

"Excuse me. We are in room 608. Is there coffee pot? We want to boil the water.(실례합니다. 608호인데요. 거기 커피포트 있나요? 물을 끓이려고요.)"

"Oh, you want two bottles of water! Right?(오, 두 병의 물을 원하신다고요. 맞죠?)

직원이 'to boil(투 보일)'을 'two bottles(투 보틀)'로 알아듣자, 우리는 웃으며 제2외국어 시간에 배운 중국어로 말했다.

"我们想把水烧开 wǒmen xiǎng bǎ shuǐ shāo kāi.

咖啡壶吗 wkāfēihú ma?"(우리는 물을 끓이고 싶어요. 커피포트 있나요?)

우여곡절 끝에 직원이 방으로 올라오겠다고 했고, 우리는 제2외국어 시간에 배운 중국어를 이렇게 써먹을 줄 몰랐다며 뿌듯해 했다. 나는 제2외국어로 '스페인어'를 선택했지만 친구들 어깨 너머로 배운 중국어가 이번 여행에 큰 도움이 됐다. 예를 들어 물보단 차를 주는 중국 식당에서 얼음물을 달라고 요청하거나 물건을 살 때 가격을 물어보는 등 자유 시간이 주어졌을 때 비교적 의사소통을 편하게 할 수 있었던 것 같다. 이번 기회에 중국어에 더 관심을 갖게 되어 고등학교 입시가 끝나고 여유가 생기면 중국어를 배워보고 싶다고 생각했다.

제2외국어는 여기서 끝이 아니라 장난전화에서 빛을 발했다. 스페인어, 중국어, 영어, 일본어를 넘어 방과후수업 때 배운 러시아어, 여행가서 배운 아랍어, 독일어와 프랑스어까지….

각설하고 상해의 특별함을 애기할까 한다. 좁고 남루한 골목길의 평범한 미용실 옆에 상해임시정부가 있었다. 특별함 혹은 비장함을 기대했는데 생각과는 다른 겉모습에 내부에 들어가지도 않았는데 울컥했다. 여행을 떠나오기 전, 역사 시간에 우리나라의 근현대사를 배워서인지 좁고 복잡한 내부를 돌아다니며 경건해지는 기분이 들었다. 특히 백범 김구 선생의 사무실 한 편에 있던 가족사진을 보면서 '애초에 특별한 사람'이라고만 생각했던 독립 운동가들도 나와 같은 평범한 사람이자, 한 가족의 일원이었겠구나, 라는 생각이 들었다.

윤봉길 의사가 도시락 폭탄을 던진 홍커우 공원에 갔을 때는 입구에서 큰 붓을 들고 바닥에 물로 글을 쓰시는 분이 계셨는데, 정의를 지

대한민국 임시정부 현판과 백범 김구 선생님 흉상

키고자 노력하신 윤봉길 의사의 업적을 자신만의 방법으로 알리는 모습을 보고 놀랐다. 나도 나중에 나만의 방법으로 우리나라를 세계에 알리는 사람이 되어야겠다고 생각했다.

서양식 건물과 거리, 바닥까지…. 신천지는 사진 찍기 완벽한 곳이었다. 배경 사진, 셀카, 전신사진…. 우리는 각자 카메라 셔터를 누르기 바빴다. 마침 상해 날씨가 정말 좋아서 분위기까지 완벽했다. 여기서 나는 상해가 굉장히 다양한 모습을 담고 있다는 것을 느꼈다. 유럽풍의 세련된 건물부터, 좁고 향이 독특한 동네 시장, 화려하고 큰 중국 전통 가옥까지 국제무역 도시에 걸맞게 다양한 문화권의 모습이 곳곳에서 보였다.

세련된 서양식 건물들이 늘어서있는 신천지 거리에서

따사로운 햇살 아래 주가각의 나룻배를 바라보며

주가각에서 나룻배를 타고 예쁜 풍경을 감탄하고 있었을 때 원숭이 탈을 쓴 사람이 우리 학생들 무리로 와 같이 사진을 찍자고 했다. 우리는 흔쾌히 같이 사진을 찍었다. 그때, 원숭이 탈을 쓴 사람이 한 장 당 5천원 상당의 돈을 달라고 했다. 우리는 너무 당황스러운 마음에 중국어를 못 하는 척 그들이 하는 말을 듣고 있었고 원숭이 탈을 쓴 여러 명의 사람들이 우리를 둘러싸자 너무 무서워서 끝까지 버텼다. 10여 분 간의 실랑이 끝에 결국 그 사람들은 포기하고 갔지만 우리는 기가 빠져 아이스크림을 먹으며 쉴 수밖에 없었다.

혹여 주가각에서 원숭이 탈을 쓴 사람들을 만나면 무조건 피하시길….

청심은 라운드스퀘어(Round Square)에 소속되어 있는 만큼 세계 각국의 많은 학교들과 교류를 하고 있다. 이번 수학여행에서 우리는 상해의 '금산중학교'에 방문했다. 중국 소수 민족의 공연과 금산중학교 학생들의 무대 후, 우리도 한국 문화에 대해 소개하는 시간을 가졌다. 사진도 같이 찍고 대화도 나누면서 서로의 문화에 대해 더 깊이 이해할 수 있었다.

여행은 먹는 맛. 16살, 한창 먹고 커야 할 나이에 우리가 가장 좋아하는 고기를 무한리필로 먹을 수 있다는 것은 언제나 크나큰 행복이다. 첫 번째는 중국식 샤브샤브인 '훠궈'였다. 뽀얀 국물과 매운 국물이 각자 주어져 채소와 고기, 면, 만두 등을 넣어 먹는 훠궈 음식점에

상해 금산중학교 학생들과 함께 찍은 단체사진

서 우리는 "고기 더 주세요!"라는 말을 수십 번도 넘게 한 것 같다. 두 번째인 삼겹살 음식점에서도 마찬가지였다. 직원은 심지어 고기 몇 판을 금세 없애버리는 우리를 보고 놀란 듯 고기를 산처럼 쌓아 가져다주기까지 했다.

청심의 학생들은 평균적으로 키와 체격이 큰 편이다. 물론 초등학교 때부터 키가 컸던 학생들도 많지만 청심에 와서 체격이 자란 경우가 많다. (심지어 남학생들 중에는 2년 사이에 20cm가 넘게 큰 친구들도 있다.) 뷔페식으로 먹는 학교 급식에 매 끼 메인 요리가 고기반찬 이다 보니 학생들 입장에서는 먹는 양도 늘고 그에 따라 체격도 커질 수밖에 없는 것 같다. (청심인들을 무한리필 음식점에 함부로 데려가지 말자. 흥분할 수 있다.)

상해의 남경로는 우리나라의 명동과 비슷했다. 양 옆으로 줄 선 매장들과 꽉 찬 사람들, 매장의 이름까지 비슷한 경우도 있었다. 더군다나 한류의 여파로 곳곳에 한국 연예인들의 광고와 화보가 붙어 있어 더욱 친근감 있었다. 가장 놀랐던 것은 물건들의 가격대가 정말 낮았다는 것이다. 이어폰과 핸드폰 케이블 같은 전자 제품도 5천원보다 훨씬 싼 가격이었다.

태각로 예술인의 거리는 인사동과 닮은 점이 많았다. 사이사이의 작은 골목들과 그 안의 아기자기한 상점들이 발목을 붙잡았다. 태각로에는 직접 액세서리나 향수, 엽서를 만들어 파는 사람들이 많았다. 가이드 선생님께서 태각로에서는 물건값을 10배는 올려 팔기 때문에 무조건 흥정을 해야 한다고 하셔서 여기서 자유 시간을 가졌을 때 우리 모두가 흥정에 열을 올렸던 기억이 난다.

예원정원에서 나는 과거 중국의 모습을 자세히 살펴볼 수 있었다. 연못에 물고기를 키우고 정자에서 차를 마시는 양반들의 모습들 떠올리며 정원을 돌아다녔다. 예원정원에는 중국 전통 음식과 관광 상품이 많았다. 나는 부모님께 선물하기 위해 상해에서 유명하다는 과일차와 미인 보습크림을 샀다. 만두에 빨대를 꽂아 피는 먹지 않고 속만 먹는 중국 전통 만두, 말린 고기 과자, 에그 타르트 등 유명한 음식을 먹기도 했다.

'아무리 수학여행이라도 타국에 왔으면 하나라도 배워가자.' 우리의 마음가짐이었다. '상해박물관'과 '상해도시계획관'에서는 상해의 역사에 대해, '중화예술궁'에서는 상해의 문화에 대해 배웠다.

나는 세계를 돌아다니며 다양한 문화를 경험하고 싶다는 꿈을 갖고 있다. 어떤 나라의 진짜 모습을 알기 위해서는 적어도 2년은 그 나라에서 살아야 한다고 한다. 그래서 나는 이번에 상해에서 보낸 5일이 나에게 상해의 일부 모습밖에 보여주지 못했을 것이라고 생각한다. 나중에 중국에 다시 올 때는 베이징, 광저우, 텐진, 청두 등 여러 지역을 방문해서 중국을 알고 싶다. – 한윤서

# 7.
# 청심일기

# 낯섦이 익숙함으로 바뀌던 날, 홀로서다

초등학생을 지나 중학생이 된다는 것은 어른이 되는 하나의 과정으로써, 크게 성장한 것과 같은 기분을 불러온다. 사실상 5학년에서 6학년이 되는 것과 6학년에서 중학교 1학년이 되는 것은 모두 '1년이 지났다.'라는 의미를 가지고 있지만 심적으로 갖는 차이는 크다. 중학교에 입학한 대부분의 1학년들은 초등학교 때와 다른 험난하고 빡빡한 생활에 적응하는 데 시간이 꽤나 걸린다.

청심이라는 학교는, 그 특유의 프로그램과 시설을 제외하고도 14살이라는 어린 나이에 부모님과 떨어져 독립적인 생활을 하는 '기숙사 학교'라는 점이 하나의 특징으로 갖는다. 다른 학교에서는 쉽게 볼 수 없는 이 특징에 적응하지 못한 몇몇의 학생들에게는 이는 큰 단점이 될 수도 있지만, 대부분의 학생들에게는 큰 장점이자 강점이 되어준다. 나의 경우는 다소 특별했다. 초등학교 생활을 너무 순탄히 해온 나는 청심에 입학하자마자 부모님과 떨어져 생활한다는 외로움, 학업

문제, 그리고 친구와의 관계형성 문제 등 여러 장애물들에 부딪쳤다.

입학하고 잠시 동안은 하루하루를 울면서 보냈으며, 청심을 나갈까, 라는 생각도 들었었다. 이 레퍼토리는 매년 반복된다. 대부분의 학생들은 적응을 쉽게 하고, 입학하자마자 학교에 대한 애착이 생기기도 한다. 하지만 나는 그 '대부분'이 아닌 '소수' 쪽에 속했으며, 학교에 들어오자마자 치고 들어오는 강한 압박에 상처가 생겼다. 하지만 상처가 아물면 딱지가 생기고 새살이 돋는다. 매일 상담실에 찾아가고 담임선생님과 친구들과 면담을 하며 자신감을 얻었고, 이어지는 스트레스들을 하나씩 해결하기 위해 열심히 공부를 하고 일요일을 가족들과 보내고 월요일에 귀교하는 등 여러 방면으로 노력하였다. 그리고 첫 중간고사 성적이 나온 날, 나는 나의 노력으로 키운 열매의 달콤한 과즙을 맛볼 수 있었다.

여러 번의 실패를 통해 성공한 사람과, 한 번에 성공할 수 있었던 사람. 두 사람 중 어떤 사람이 다음번의 성공이 더 보장되어 있을까? 사람들은 언제나 실패를 부정적으로만 생각한다. 하지만 발명왕 에디슨의 말처럼 '실패는 성공의 어머니'이며, 실패를 통해 사람은 언제나 성장한다. 이것은 한 번의 실패를 통해 강해진 경험자로서, 순탄한 길을 걸어온 사람들에게 보내는 충고이다. 나는 청심에서 첫 쓰라린 실패를 겪었고, 그에 굴복하지 않고 맞서 싸워 이겨냈다. 이것은 내 인생의 첫 실패였고, 그 때문에 더 빛나는 성공이었으며, 내가 '나'를 더 잘 알 수 있게 된 계기였다.

나는 강해졌다. 중간고사 이후 공부에 자신감이 붙으며 자연스레 독립심이 생겨났고, 학급 친구들과도 정말 친해지게 되었다. 가장 컸던 매듭을 푸니 다른 매듭들도 연이어 쉽게 풀렸다. 그렇게 청심에서의 하루 이틀이 지나며 나는 학교에 대한 애정이 점점 커지게 되었고, 적자생존의 환경 속에 완벽히 적응하게 되었다. 중학교 3학년이 되어 졸업을 바라보고 있는 지금, 청심을 떠날 생각을 하니 막막하기도 하고, 3년 동안 가족보다도 많이 보았던 친구들과 헤어져야 한다는 사실이 쉽게 다가오지 않는다. 그만큼 청심에서의 생활이 편하고 즐거웠던 것이었을까? 아직도 이렇게까지 청심에 융화된 것이 믿겨지지 않는걸 보면 그런 것 같기도 하다.

가족 같은 친구들과 집보다 익숙한 학교. 처음에는 이 모든 것이 많이 낯설었고, 버거웠으며, 슬펐다. 하지만 노력은 배신하지 않는 것일까, 나는 홀로서기에 보란 듯이 성공했고, 앞으로도 그럴 자신이 있다. 나 자신을 믿는 것. 나는 그 간단한 것이 나를 성공할 수 있게 해주었다고 생각한다. 시작은 힘들지만 환경에 적응하는 것이야말로 행복한 것이다. 실패를 두려워하지 말자. 실패가 두려워서 포기하는 것이야말로 진정한 패배자라는 말이 있듯, 실패에 굴복하지 않으며 살아가는 것이야말로 진정한 성공이 아닐까? – 김하은

홀로서기가 어느 정도 이뤄지니 현재만을 보는 것이 아닌, 앞으로 내가 무엇을 해야 할지, 내가 하고 싶은 것을 이루기 위해 무엇을 해야 할지 고민하는 시기가 찾아오게 되었다. 나는 1학년 때 무작정 찾아온 자유에 방황하다가 2학년 때에 본격적으로 어떠한 길로 나아가야 하는지에 대한 고민을 시작하였다. 사실 요즘 대부분의 아이들이 이런 고민을 하기 쉽지 않은 것이, 그저 내 앞에 주어지는 공부에만 치중하며 내가 앞으로 무엇을 하고 싶고 그것을 향해 어떻게 나아가야 하는지 생각하지 못하고 살기 때문이다. 하지만 청심에서는 스스로 거치는 방황과 깨달음의 시기가 있다. 그 시기를 지나 스스로 깨닫게 되면, 아이들은 자기 주도적으로 진로를 고민하고, 찾고, 조금 더 자신에게 필요한 활동들을 찾아 나서며 자기계발을 시작한다.

학생들은 기숙사생활을 하면서 사교육의 늪에서부터 벗어나 온전히 자신만의 공부를 하기 시작한다. 요즘에는 초등학교 때부터 주입식 교육과 사교육에 묶여 있기 때문에 공부를 주도적으로 하기 쉽지 않다. 하지만 청심에 들어와 기숙사 생활을 하기 시작하면 일단 학교에서 생활하는 동안 사교육을 받지 않기 때문에 자신만의 시간이 늘어나게 된다. 중학교 1학년 때에는 갑자기 주어진 자유에 방황하며 노느라 정신없이 지내는 아이들이 대다수이다. 하지만 점차 시간이 지나면서 공부의 중요성을 스스로 깨닫고, 자기주도 학습을 시작하게 된다. 여러 시행착오와 고난을 겪어 내면서 자신만의 학습방법을 찾아 나가고, 그 방법을 통해 성적이 오르는 것을 경험하고 공부의 즐거움을 느끼게 된다. 이러한 경험은 일반적인 중학생이 하기 힘들며, 요즘에는 고등학생 때에도 경험하지 못하는 학생들이 대다수이다. 하지만 청심에서 생활을 하면 진정한 공부의 의미와 중요성에 대해 스스로 깊이 깨달을 수 있다.

청심은 이러한 학생들의 활동을 정말 잘 뒷받침 해주는 학교라고 할 수 있다. 학교는 학생들이 자체적으로 대부분의 활동을 할 수 있도록 최소한의 간섭을 하며 학생들이 완벽하게 홀로 설 수 있도록 도와주는 역할을 한다. 예를 들어 청심에서는 동아리 개설이 자유롭고, 활동 또한 대체적으로 간섭하지 않는 편인데, 학교의 전체적인 운영은 학생회에서 도맡는다. 덕분에 아이들은 자신의 진로에 맞는 동아리를 가입하거나 혹은 직접 만들어 운영과 활동을 할 수도 있고, 학생회에서 직접 학교 운영에 관여하면서 사회생활을 배워나간다. 학교는 작은 사회라는 말이 있듯, 청심에서는 청심이라는 작은 사회 안에서 학생들의 주도로 즐거운 학교생활을 구축해나간다.

청심 운영의 중심인 학생회는 국제교류부, 기획부, 동아리부, 방송부, 학생소통부, 자치부, 체육부, 환경부로 나누어져 있다. 이렇게 9개의 부서로 나누어진 학생회는 서로 교류하고, 회의를 진행하며 많은 학생들의 열정으로 학교를 자체적으로 이끌어나간다. 청심에서 대표적이고 중요한 자치 부서를 자세히 소개해보자면 국제교류부, 기획부, 학생소통부가 많은 활동을 하고 있다.

먼저 국제교류부는 학교의 국제적인 활동을 이끌어가는 학생부이다. 대표적으로 교환학생, 피스원데이(Peace One Day) 행사, 라운드스퀘어컨퍼런스(Round Square Conference) 활동이 있다. 교환학생 프로그램은 여름방학, 겨울방학 때 핌블레이디스칼리지(Pymble Ladies' College), 세인트폴칼리지(St. Paul's Co-educational College), 박스힐스쿨(Box Hill School) 등의 학교들로 교환학생을 가서 그 학교를 다니며 직접 체험해볼 수 있는 프로그램이다. 뿐만 아니라 그 학교의 교환 학생도 청심에 오기 때문에 교환학생을 신청한 아이들은 그 친구들과 주말에도 시간을 보내는 등 많은 활동을 해볼 수 있는 기회이다. 실제로 1학년 때에 핌블로 교환학생을 신청하였던 친구들이 있는데, 핌블에서 우리 학교에 왔던 교환학생들이 너무 예뻐서 청심에 있는 동안 엄청난 인기몰이를 했던 기억도 있다. 피스원데이는 세계적으로 유명한 행사인데, 이날 하루 동안은 세계 대부분의 나라들이 전쟁을 멈추고 평화로운 하루를 보낸다. 국제중학교인 만큼 청심에서는 이날을 기념하여 여러 행사를 진행한다. 학생들의 공연, 피스원데이에 대한 선생님의 강의 등의 행사를 기획하고 관리하는 것이 국제교류부의 역할이다.

마지막 라운드스퀘어는 세계 여러 학교들의 모임으로, 청심도 그중 하나이다. 라운드스퀘어에서는 매년 여러 학교에서 함께하는 회의를 진행하는데, 그중 하나는 MUN(Model United Nation) 즉, 모의유엔을 세계 여러 학교들과 진행하며, 이외에도 세계 여러 문화를 체험해볼 수 있는 활동을 진행한다. 국제교류부에는 외교나 국제적인 이슈에 관심이 많은 친구들이 함께 하기에 좋은 부서라고 생각한다.

기획부는 청심 학생들을 위해 교내에서 진행되는 크고 작은 축제 및 행사를 기획하고 직접 운영, 관리하는 학생회 부서이다. 청심의 가장 큰 축제인 청심제부터, 크리스마스 파티, 전야제뿐만 아니라 스승의 날 이벤트, 체육대회, 목요음악회 등의 행사를 수차례의 회의와 아이디어 고안을 통해 구성, 기획하며 직접 운영, 진행하는 것이 주요 활동이다. 또한 축제 자금 마련을 위한 펀드레이징을 진행하며, 수익금 기부활동, 캠페인 활동 등 다양한 활동을 해나가고 있다. 청심에는 여러 행사가 많기 때문에 기획부는 정말 바쁘게 활동하는 부서가 되었는데, 덕분에 공부, 수행평가에 지친 청심 학생들이 스트레스를 풀 수 있는 시간을 제공한다. 기획부가 되면 자신의 의견을 통해 학교 축제를 진행할 수 있는 기회가 주어진다는 아주 큰 장점이 있다. 아이디어가 많고, 자신의 창의성을 펼칠 부서를 찾는다면 단연 기획부가 제격이지 않을까 싶다.

완벽한 시설에서 활발하게 이루어지는 방송부 활동

학생소통부에서는 학생들 간의 소통을 통해 학생회의 활동을 알리며 청심 학생들의 소통을 돕는 자치부서다. 학생소통부는 분실물 공고, 각종 행사 보조뿐만 아니라 가장 대표적으로《청심 Press》활동을 진행한다. 청심 안에서는 모두가 '페이스북'이라는 SNS로 이어진다. 페이스북 안에서는 동기, 선후배, 선생님 할 것 없이 모두가 함께 교류하고 있는데, 이 페이스북에서 학생부의 활동을 안내하고 행사, 이벤트 등을 소개하는 것이 학생소통부의 역할이다. 또한《Press》활동은 학생소통부의 부원들이 학교행사가 있을 때마다 카메라를 들고 다니며 아이들을 찍어주는데, 이 사진들 또한 페이스북에 올라가서 모두가 확인할 수 있도록 해준다. 이렇게 학생소통부는 학생들 간의 소통을 도우는 학생부로 가장 청심 학생들과 교류가 많은 부서이다.

이외에도 자치부, 방송부, 체육부, 동아리부, 환경부가 있는데 짧게 소개해보자면, 자치부에서는 학생들이 스스로 학교를 운영한다는 취지를 가지고 있다. 학교의 변화나 개선에 직접 참여하며 한글날 사랑 공모전, 반별 사진 공모전 등 공모전과 캠페인, 각종 행사들과 질서 유지와 규칙 형성 등 사소한 부분까지 관여하고 있다. 방송부는 어느 학교에서나 그렇듯 청심에서도 굉장히 인기가 많고 경쟁이 심하다. 학교에서 어떤 행사를 진행하든 영상을 틀거나, 음악을 틀거나, 공연을 할 때 가장 중요한 것이 방송부의 역할이 아닐까 싶다. (가끔 방송부에서 실수를 하면 수많은 학생들의 야유가 돌아오기 때문에 부담감이 클지도 모르겠다.) 또한 방송 프로그램을 기획, 제작하고 방송 장비 운영과 설치 등을 배울 수 있는 흥미로운 부서이기도 하다.

체육부에서는 학교에서 체육과 관련된 각종 행사들과 정책을 시행하는 부서이다. 가장 대표적으로 체육대회를 운영하며, '공공의 공'이라는 공 대여 시스템도 관리하고 있다. 동아리부는 청심의 수많은 동아리들을 관리하는 중요한 부서이다. 이렇듯 청심에서 중요한 역할을 하는 동아리를 관리하여 동아리 신청을 받고, 동아리 박람회 진행을 하며 청심제 반별 부스 관리도 함께 하고 있다. 환경부는 청심의 환경에 대한 문제를 관할하고 캠페인을 진행하는 등 활동을 진행한다.

이렇게 청심 아이들은 학생회와 자기주도 학습을 통해 자기 스스로 생활하며 학습하는 법을 배워나가고 자아를 찾아나간다. 비록 나도 1학년 시기에 많이 방황하고, 2학년 때에는 불확실한 미래에 많은 스트레스를 받았으며, 현재는 고입의 중압감에 힘들어 하지만, 그 경험들은 모두 나를 발전시키는 데에 많은 도움을 준다는 것을 깨달았다. 지금도 내 앞에는 수많은 길들과 많은 장애물들이 존재한다. 하지만 내가 가려하는 길이 고속도로가 아닐지라도, 산속으로 가는 우회도로일지라도 나는 고속도로에서는 평생 볼 수 없는 아름다운 노을 풍경을 볼 수 있으며, 뜻밖의 인연에 오히려 인생에 많은 도움을 받을 동기가 될 수도 있을 것이다. 이렇듯 자신의 길을 직접 찾아나가는 경험은 청심에서밖에 할 수 없는 것들이기에 학생들은 청심에 더욱 의지하고, 청심에서의 경험이 무엇보다 값질 수밖에 없다. – 정민지

# 청심 다양성의 상징, 동아리 박람회

청심과 다른 학교의 차별화되는 점을 딱 한 가지 말하라고 한다면 나 같은 경우에는 바로 '동아리'라고 대답할 것이다. 사실 '동아리'가 모든 학교에 존재하지만, 우리 학교만큼 동아리 활동이 활성화되고, 학생들의 동아리 활동이 자유로운 곳은 없다고 생각한다. 중학교에서만 백 개가 넘는 동아리들이 활동하고 있고, 이들 동아리들은 매년 교과뿐만 아니라 예체능 분야에서도 활발하게 활동하고 있다.

이러한 동아리들이 자신들의 장점과 활동 내역으로 어필하고, 신입 부원들을 모집하는 대규모 학교 행사가 있다. 바로 1년에 두 번 체육관에서 개최되는 동아리 박람회이다. '박람회'라는 표현에 맞게 그 스케일도 엄청나다. 체육관 하나를 몇십 개의 동아리들이 알찬 동아리 부스를 꽉꽉 채우고, 동아리 부원들이 박람회를 방문한 학생들을 대상으로 자신들의 동아리를 적극적으로 홍보한다. 신입 부원을 박람회 현장에서 선발하는 경우도 많다.

동아리 부스에서 가장 큰 비율을 차지하는 종류의 동아리는 바로 봉사 동아리인 것 같다. 매주 목요일 7교시 동아리 시간마다 외부에 나가 어린 학생들을 대상으로 제2외국어를 가르쳐주는 봉사 활동을 하는 중학교 대표 봉사동아리 'CSLED'부터, 매년 복도에서 음식을 만들어 파는 등의 펀드레이징 활동을 통해 주변의 어려운 이웃들에게 기부하는 따뜻한 활동을 진행하고 있는 '조각보', 인권 문제를 다루고 재해 등으로 피해를 입은 지역을 위해 모금 활동을 추진하는 대규모

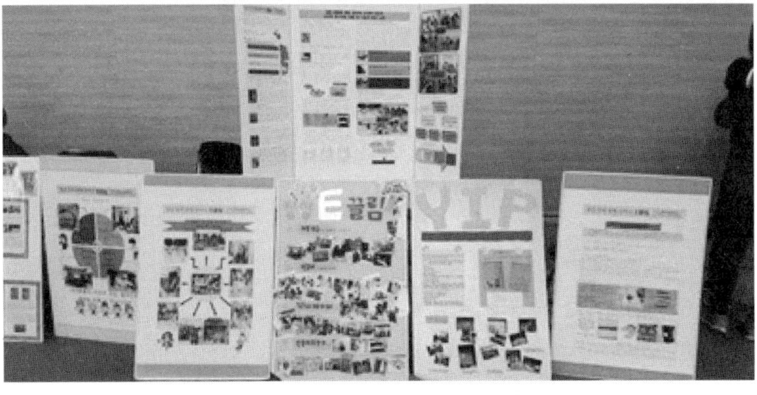

봉사 동아리 '휴라시아'까지, 다양한 봉사 동아리들이 동아리 박람회 현장에서 따뜻한 손길을 함께 나눌 부원들을 모은다. 이러한 봉사 동아리들 외에도 뮤지컬 동아리 '루케테', 컴퓨터 프로그래밍 동아리 '알록' 등에서도 최근 동아리 박람회에 참여하여 적극적인 홍보 활동을 펼쳤다.

그러나 동아리 박람회의 꽃은 이처럼 단순한 동아리 홍보가 아니다. 뭐니 뭐니 해도 동아리 박람회의 꽃은 바로 동아리들이 만들어 파는 음식들이다! 박람회를 관람하는 관람객의 입장에서 동아리들의 활동 내역, 목표 등이 큼지막하게 써져 있고, 알록달록한 그림들과 함께 조화를 이루는 피켓보다도 더 눈에 띄는 것이 바로 동아리 부원들이 만들어 파는 먹음직스러운 음식들이다. 어린 학생들의 입맛에 맞춰서 초콜릿, 아이스크림 등을 얹은 와플, 뻥튀기부터, 놀이공원에 가야만 쉽게 맛볼 수 있는 츄러스까지, 기숙사 학교에서 생활하면서 한창 먹고 싶은 것이 많은 우리들을 유혹한다. 사실 나 같은 경우에도 동아리 박람회에 새로운 동아리들을 알기 위한 목적보다도, 먹기 위한 목적을 달성하기 위해서 가는 것만 같다. (앞으로도 그럴 것이고 말이다. 극히 개인적인 생각이지만, 다수의 펀드레이징 경험이 있는 봉사 동아리들에서 만들어 파는 음식들이 가장 맛있다. ^^)

이처럼 수많은 동아리들이 한곳에 모여 각자의 새로운 가족들을 만들고, 학생들에게 음식도 팔면서 즐거운 시간을 보낼 수 있는 청심의 동아리 박람회! 우리나라 중학교 그 어느 곳에서도 찾을 수 없는 우리 학교만의 간판 행사 중 하나인 것 같다. 1년에 두 차례 정도 열리는 만큼 뜻 깊은 행사이니, 재학생이든, 입학 지망생이든, 한 번 정도쯤은 관심을 가져볼 만 한 것 같다. 그런데 내가 하고 있는 동아리는 언제쯤 한 번 박람회에 나가보려나? _ 임세환

# 우리들의 푸르른 청춘, 청심제

청심인들이 느끼는 한 학기란 정말 짧다. 학기가 시작된 후 수행이 별로 없는 기간에는 자신만의 공부를 하다가 수행 기간이 다가오면 수행을 하느라 정신이 없고, 그러다 보면 중간고사가 다가오기 마련이다. 힘들었던 시험이 끝나면 다시 수행이 많아지고, 수행이 끝나면 다시 기말고사 공부를 해야 되는, 그런 안타까운 순환은 청심인이라면 피할 수 없는 운명이기도 하다. 심지어 학생들이 기숙사에서 생활하다 보니 기말이 끝나는 순간 학교는 1~2주 후에 방학을 선포해버린다.

이런 빡센 일정에서 기말고사가 끝난 뒤 있는 청심제는 학생들에게 내리는 단비나 마찬가지이다. 게다가 대부분의 학생들은 (왜인지는 모르겠지만) 무대에 선다는 것에 열광하며 반별 공연과 스페셜 스테이지(통칭 '스스'), 청심인의 밤(통칭 '청밤') 등 공연 준비를 매우 열심히 하기에, 청심제는 학기의 꽃이라고 할 수 있다.

청심제는 이름에서 알 수 있듯, 청심의 축제이다. 1학기 말 즉, 여름

방학 바로 전에 1년에 한 번 진행하는 청심제는 청심인들이 열광할 만한 모든 요소를 갖추고 있다. (2학기 말에도 '크리스마스파티'라는 축제를 진행하지만 그 스케일은 청심제가 조금 더 크다.) 우선 기말고사가 끝나면 그 다음 주부터 청심제 직전까지는 (보통 1~2주 정도 있다.) 선생님들이 수업을 하지 않는 자유 시간에 가깝기 때문에 많은 학생들이 공연 준비를 위해 어딘가로 이동한다. 반별 부스 준비부터 무대 준비까지 모든 것을 단시간 안에 끝내야 되기 때문에 학생들은 바쁠 수밖에 없다. (공연을 많이 하는 댄스동아리들은 촉박한 시간을 고려해 기말 전부터 연습을 시작한다.)

피나는 준비와 연습 후 시작되는 청심제는 3일 내내 진행하며 꽉 찬 일정을 자랑한다. 첫째 날에는 반마다 진행하는 반별부스와 동아리부스, 어머님들께서 만드시는 떡볶이, 어묵, 파전 판매부스 등 여러 부스 활동이 진행되며 밤에는 무비나이트(Movie Night)를 열어 중강당과 대강당에서 2개의 영화 중 보고 싶은 것을 골라 볼 수 있다. 반별 부스는 1, 2, 3학년의 스케일이 각자 다른데, 보통 학년이 높아질수록 능력과 아이디어가 좋아져 많은 사람들이 몰린다. 또한 이 활동은 반별 경쟁의식까지 싹트게 해 부스 날이 되면 어느 반이 더 돈을 많이 벌고 사람이 많이 몰리는지에 관심이 집중되기도 한다. 반별부스와 더불어 동아리부스는 과학, 수학, 인문 등 여러 계열의 동아리들이 경쟁적으로 학생들을 불러 모으기 때문에 과학 전시회 못지않은 체험활동 등 다양한 경험을 할 수 있다.

둘째 날부터는 공연의 열기가 청심을 덮친다. 오전에는 반별 공연과 '스스'가 있는데, 반별 공연은 물론이고 동아리들도 상대팀보다 멋진 공연을 선보이려고 오랫동안 노력한다. (이 때문에 시험이 끝난 주부터 댄스실은 인구밀도가 끝없이 증가하게 된다.)

보통 대부분의 사람들은 공부를 열심히 하는 사람들은 '노는 법'에 대해서 잘 모른다고 생각한다. 그런 의미에서 '청심의 축제'는 크게 볼거리가 없을 것이라 생각하는 경우가 많은데, 이는 전혀 사실이 아니다. 반별공연과 '스스'만 해도 춤, 노래, 악기 등 엄청난 스케일의 공연들이 많은데, 오후에 진행되는 '청밤'은 고등학생들의 공연까지 추가되어 상상을 초월한다. 웬만한 가수 빰치게 노래와 랩을 하는 선배들은 물론이요, 현란한 춤사위와 빛나는 무대 조명들은 자동으로 어깨춤을 추게 만든다. 그렇게 신나는 2일이 지나가 마지막 날인 셋째 날에는 보통 오전에는 체육대회를 하고, 저녁에는 록페스티벌과 댄스페스티벌을 진행한다.

체육대회는 체육관에서 줄다리기, 농구, 피구 등 다양한 활동을 진

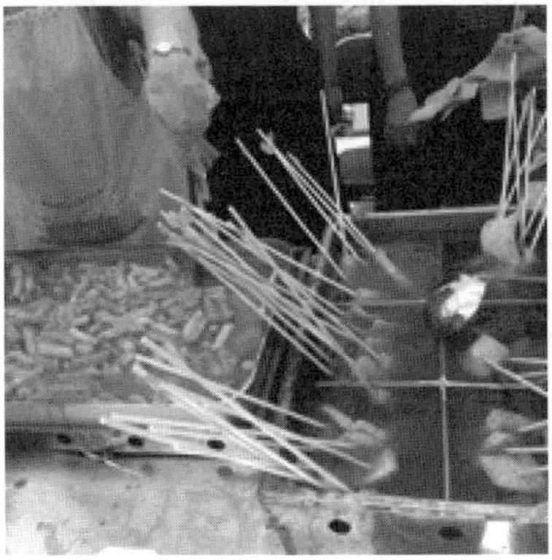

행하는 활동으로, 학년 대 학년의 싸움이기에 호응과 참여도가 웬만한 활동보다 높다. 록페스티벌은 학교 내의 수많은 록 동아리들이 무대를 선보이는 것인데, 중학교 무대가 먼저 나오고 고등학교 무대가 나오기에 시간이 갈수록 더 음악이 정교해지며 분위기도 좋아진다. 분위기가 최고조에 이르렀을 때 록페스티벌은 끝이 나고 댄스페스티벌이 시작되는데, 체육관 안에서 많은 사람들이 빛나는 조명 아래에서 춤을 추는 것이다. 어떻게 보면 클럽과도 비슷한 분위기 속에서 학생들은 학업 스트레스와 고민들을 모두 날리고 열심히 논다. 1학년 때 처음 청심에 들어갔을 때는 춤 이외에는 아무것도 안하는데 이렇게 신난다는 것이 정말 신기하기도 했다. 이렇게 자유로운 분위기의 댄스페스티벌은 청심에서만 느낄 수 있는, 청심만의 유일한 문화라고 할 수 있다.

청심제는 공부에 지친 학생들에게 청심이 제공하는 최고의 선물이자 배려이다. 오랜 공부 끝에 학생들에게 자유로운 휴식을 쥐어주는 것, 어쩌면 그것은 청심인이 활기를 잃지 않을 수 있도록 만드는 청심만의 비법일지도 모르겠다. – 김하은

# 청심제와 운동회의 별 댄스동아리

청심은 선생님들뿐만 아니라 학생들이 대부분의 학교 행사를 이끌어나간다. 중고등학교가 통합되어 있기 때문에, 방송 기기와 조명을 어른 뺨치게 잘 다루는 선배들과 기획력이 어마어마한 선배들의 도움으로 운동회, 청심제 등 크고 작은 학교행사들은 학생들의 지휘하에 진행된다. 이렇게 학생들의 자주적 마인드가 큰 청심이기에 학생들의 주도로 이루어지는 동아리 활동은 다른 중학교들과 확연히 다른 형태를 보인다. 청심의 동아리는 길고 장황한 서술적 어구를 필요로 하지 않는다; 그저 '많을' 뿐이다. 동아리 인원이 얼마 없는 소규모의 동아리까지 포함한다면 몇 백 개에 이를 정도로 그 분야는 다양하고, 선택할 수 있는 폭이 넓다. 대표적인 동아리에는 또래상담(PC)이나 모의법정 동아리(OYH), 휴라시아 등이 있는데, 이들은 모두 중고 통합 동아리이며 규모가 꽤 커 다른 동아리들보다 훨씬 열심히 활동을 진행하고 있다.

댄스 동아리 왓에버의 2015년 공연 사진

청심에는 항상 하나 이상의 댄스 동아리가 존재한다. 보통은 중학생 따로 고등학생 따로 한 3~4개 정도 존재하지만, 곧 졸업하는 (중학교) 3학년 학생 중 청심고로 진학하는 학생의 경우 고등학교 동아리에서 일찍이 스카우트(?)해가 무대에 같이 서는 경우도 있다. 2016년 기준으로 고등학교의 댄스 동아리는 NG와 GROS가 있는데, 이들도 가끔 합동무대를 하는 경우가 있다. (2015 피스원데이에 NGROS라는 이름으로 합동공연을 선보였다.) 중학생 동아리는 2013년에 'BUS' 하나였다가 8기 학생이 만든 'WHATEVER'가 새롭게 생겨나 대치 형태를 이루었는데, 2014년부터 'BUS'가 흐지부지되면서 결국 2015년에 해체되었다. 결국 현재에는 (2016년) 9기의 작품인 'NGOD'와 'WHATEVER'가 대치상태인 듯 아닌듯한 상황이 일어났다. 이상하게도 청심에서는, 특히나 댄스 동아리는 무대에 서는 것에 대해 매우 경쟁적이다. (사실 대치상태라고는 하지만 학생들이 서로 매우 친하다 보니 사이가 나쁜 것보다는 서로를 견제[?]하는 것이라 볼 수 있다.) 청심의 구조상 춤을 추는 학생들은 좋은 경험을 많이 할 수 있다. 일반중학교와 달리 인원수도 얼마 없어서 비교적 춤을 잘 추는 사람들이 적기에 춤을 배울 수 있는 기회도 많고(나도 학교에 들어와 처음으로 춤을 배우게 되었다), 기숙사의 다목적실과 학교의 댄스실 등 춤을 출 수 있는 장소도 잘 완비되어 있다.

무엇보다 청심제, 피스원데이, 반별 공연(스페셜 스테이지), 크리스마스 파티 등 무대에 설 수 있는 기회가 많다. 아쉬운 점이 있다면 기숙사 학교라는 점을 감안한 학교가 청심제를 학기말 시험이 끝나고 3일 뒤에 배치해놓는다는 것이다. (그래서 댄스 동아리 일원들은 기말고사 1달 전부터 열심히 무대를 준비한다.) – 김하은

## 팬텀오브오페라 연주도 너끈한 오케스트라

청심국제중학교에 처음 입학하게 되면, 얼마 있지 않아 셀 수 없이 많은 동아리 모집 공고를 보게 된다. 사람들은 보통 우리 학교 학생들은 공부에만 몰두한다고 생각하는 경향이 있는데, 다양한 동아리의 종류를 보면, 절대 그렇지만은 않다는 것을 알 수 있다. 농구, 건축, 댄스, 또래상담, 천문학, 사이버외교, 역사토론, 뮤지컬, 발명, 환경, 사물놀이, 방송 등 사람이 생각할 수 있는 모든 동아리는 여기에 다 모여 있는 것 같다. 구체적인 주제를 다루는 동아리가 많아 자신의 진로나 관심사를 탐구할 기회가 많아진다. 우리 학교 동아리 체계의 가장 좋은 점을 꼽자면 아마 '자발성'이 아닐까?

보통 중학교는 동아리 인원수를 한 반에 몇 명으로 제한하여 대개 가위바위보 등으로 동아리를 정한다. 그러나 우리는 학생이 원한다면, 어떤 동아리든지 반에 상관없이 신청이 가능하다. 또한 스스로 동아리를 만드는 것도 가능하다. 이 때문에 더욱 많은 분야들의 동아리

우리 기수의 입학식 때 웅장한 교가를 연주해준 교내 오케스트라

가 생겨나는 것 같다. 실제로 2학년 초가 되면 동아리 장이 되고 싶어서 안달이 난(?) 학생들을 많이 볼 수 있다. 동아리를 운영하는 것 또한 모두 학생들의 몫이다.

저마다 주기적으로 동아리 모임을 가지고, 프로젝트를 진행하고, 실적을 기록하여 월마다 동아리 장은 보고서를 써서 제출해야 한다. 이 때문에 동아리 장이 되려면 정말 부지런해야 한다. 대신 동아리 장이 되어 보고서를 작성하고 있으면 옆에 있는 친구의 눈에 새삼 대단해 보이는 효과를 볼 수 있다…. 이쯤에서 '청심일기 2' 동아리 장으로서 늘 고생하는 윤서에게 감사를 표한다.

청심 친구들은 공부뿐만 아니라 다양한 악기도 잘 다룬다. 어떻게 스포츠(어렸을 때 하키나 스케이트 선수를 했던 친구들도 많이 있다), 악기, 미술, 등의 부분까지 갖추고 있을 수 있는지…. 내가 가장 처음으로 참가하게 된 동아리는 '코코몽키 봉사 오케스트라'(입학식과 졸업식 등의 행사에 연주를 하는 학교 공식 오케스트라와는 별개)였다.

초등학교 때부터 오케스트라에서 플루트를 즐겨 연주하였는데, 이번 기회에 학교를 벗어나 공공장소에서 사람들에게 연주를 선물하고 싶었다. 신청을 하니, 곧 곡 하나를 준비하여 오디션을 보라는 소식이 들려왔다. 우리 학교 대부분의 동아리들은 이처럼 대개 가입전형(?)을 거친다.

음악과 관련된 오케스트라 및 뮤지컬 동아리는 대개 오디션을 거치고, 다른 동아리의 경우, 1차는 자기소개서, 2차는 면접을 통해 뽑는다. (학교를 이렇게 입학했다 보니 이 제도에 불만을 가지는 학생은 없는 듯하다.) 이 때문에 학교생활을 하면서 면접과 자기소개서를 쓰는데 자연스레 적응이 되고, 나름의 노하우가 생기는 학생들도 적지 않은 것 같다.

학교 동아리를 향한 나의 첫 오디션은 아직도 기억이 난다. 많은 친구들이 지원을 했었는데, 내 이름이 불리기까지 숨 막히는 긴장감 속에서 곡을 연습했다. 차례가 되자 동아리 선배들 3명이 있는 방으로 들어갔다. 심장이 뛰는 소리가 귓가에 들렸지만 이를 무시하려고 애썼다. 다행히 연습해온 곡을 성공리에 마쳤다. 그런 후 평소 실력을 보겠다며 즉석에서 곡을 하나 주었는데, 외부 오케스트라에서 연습해

본 곡—오페라의 유령—이어서 이것도 괜찮게 불었던 것 같다. 그 다음 봉사 오케스트라에 지원하게 된 동기를 물어서 짧게 설명하였다. 이때 너무 긴장해서 무엇이라고 말했는지는 사실 기억나지 않는다.

며칠이 지나자 합격 했다는 문자가 왔고, 나는 곧 선배들과 친구들과 함께 곡을 선정하고, 열심히 연습을 하여 정기적으로 근처의 청심병원을 방문하여 그곳에 계시는 환자분들께 공연을 할 수 있게 되었다. 첫 봉사 때 연주를 들으며 즐거워하시는 환자분들의 모습과 그때 받은 박수소리는 정말 잊을 수가 없다. 내일은 청심병원에서 공연하기 위한 'Liber Tango'와 'My Heart Will Go On' 두 곡을 연습하기 위해 봉사 오케스트라가 모이기로 했다. 열심히 연습해야지! – 배근영

## 뮤지컬 동아리 루케테와 첫 봉사활동을 나가다

청심의 대표 동아리들 중 하나는 바로 뮤지컬 동아리 '루케테(Lucete)'이다. 몇 차례에 걸친 꼼꼼한 심사로 동아리 부원을 뽑기 때문에 높은 경쟁률을 뚫고 오디션에 합격했을 때, 청심 합격만큼이나 큰 기쁨으로 다가왔다. 루케테는 학교에서 목요음악회 공연을 하거나 때로는 음악 공연 프로그램인 TRIPLE-C에도 참여하는 등 다양한 음악 관련 활동을 하는 동아리이다. 처음 만들어졌을 때는 뮤지컬 음악 위주로 연습을 하였지만, 해가 갈수록 점점 더 다양한 장르의 음악을 받아들이고 있다. 작년까지는 뮤지컬 「위키드」의 수록곡 중 하나인 'What is This Feeling?'과 「레미제라블」의 등장인물 에포닌이 부르는 노래 'On my Own'을 연습했었지만, 올해부터는 우리나라 최신 가요부터 팝송까지 다양한 노래들을 연습하고 있다.

3년 동안 루케테에서 활동하면서 다양한 친구들을 사귀고, 또 많은 공연들을 해보았지만, 그중에서도 가장 기억에 남는 활동을 꼽자면 아마 청심국제병원으로 봉사를 갔던 날이 아닐까 싶다. 청심 학생들은 종종 동아리 또는 봉사활동 사유로 외출을 하곤 한다. 물론 그렇게 하기까지는 정확한 절차를 밟아야 하기 때문에 무분별한 외출을 하거나, 개인적인 사유로 친구들과 시간을 보내기 위한 외출은 없다고 보면 된다.

선생님께 사유를 말씀드리고 외출증을 받으면, 정문 앞까지 내려가 그곳에서 근무하고 계신 관리원 분께 그것을 제출하면 된다. 이렇게 제출한 외출증은 기숙사로 넘어가 기록되어 언제든지 학생의 위치를 확인할 수 있도록 하는 안전한 시스템으로 운영된다. 청심에서의 첫 외출이었던 그날도 여느 때와 같이 친구들과 함께 조잘조잘 떠들며 정문으로 내려갔다. 그중에서는 이미 다른 봉사활동을 이유로 외출을 여러 차례 해본 친구들도 몇몇 있었지만, 나에게는 이번 봉사가 첫 외출이자 동아리 봉사활동이었기에 더욱 설레는 듯했다. 그동안 했던 연습과 노력이 드디어 결실을 맺는다는 생각에 들뜨기도 하면서, 혹여나 실수하지는 않을까 조마조마한 마음이 드는 것은 어쩔 수가 없었다.

공연을 할 장소인 청심국제병원에 도착했다. 무대 뒤에서 대기하며 귀를 기울이자 사람들이 한 명 한 명 착석하며 웅성거리는 소리가 들렸다. 공연 순서가 점점 가까워올수록 내 심장소리도 두 배, 세 배 더 크게 들리는 듯했다.

이윽고 우리 차례가 되었다.

"다음 공연 순서는 청심국제중학교 학생들의 멋진 오케스트라와 노래 공연인데요, 소개합니다! 코코몽키와 루케테입니다."

우리 학교의 오케스트라 동아리인 코코몽키의 무대가 끝나고, 우리는 한 명 한 명 무대 위로 올라가 섰다. 두근거리는 심장소리에 묻혀 사람들의 환호성조차 먹먹하게 들렸다. 우리는 고개를 돌려 서로 눈을 맞추었다. 그리고 격려의 미소를 지어 보였다. 곧이어 반주가 흘러나왔고, 우리는 떨리는 마음을 진정시키며 노래를 시작했다.

몇 주 간의 피나는 연습이 빛을 발하는 순간이었다. 우리는 실수 하나 없이 무대를 모두 마무리했고, 서로의 손을 꼭 잡고 관객을 향해 인사를 하며 성취감과 보람으로 얼굴에 미소가 번지고 있었다. 대기실을 나가면서 우리는 누가 먼저랄 것 없이 쾌재를 불렀다.

그때의 뿌듯함과 행복감은 아직까지도 내 마음속에 생생하게 남아 있다. 병원에서 함께 저녁을 먹은 뒤 노을이 지는 하늘을 뒤로 하며 돌아오던 그날은 정말 더없이 소중하고도 즐거웠던 경험이었다. 그렇게 나의 청심 생활에서의 첫 봉사활동은 잊지 못할 추억을 안겨주었다. – 정예담

# 청심에 대한 여러 편견들은 기우일 뿐

"청심 가면 애들은 다 공부만 한대~"

"청심은 종교색이 굉장히 짙대~"

이런 말들은 입학하기 전부터 가장 많이 들었던 걱정들이 아닐까 싶다. 심지어 내 친구 중 하나는 청심이 통일교를 강요한다며 정말 진지하게 나를 걱정했었다. 물론 나도 종교나 학교 분위기에 대한 걱정이 전혀 없는 것은 아니었다. 나는 광주삼육초등학교를 다니며 6년간 기독교적인 교육을 많이 받아왔고, 그에 따른 생활을 학교에서 계속 해왔기 때문에 종교색이 짙은 학교가 주는 영향에 대해 직접 겪어보았고, 나의 활발하고 장난기 많은 성격에 앉아서 공부만 하기엔 너무 삭막하지 않을까라는 생각 때문이었다.

통일교에 대한 낯섦과 명문중학교에 대한 편견들에 여러 걱정들이 있었지만 나는 청심을 믿고 가기로 결정하였다. 하지만 청심은 다니기 시작한 순간부터 그 이미지를 와장창 깨주었다. 따라서 나도 여러

분들이 가지고 있을 청심에 대한, 혹은 명문중학교에 대한 편견을 하나하나 깨주고자 한다.

먼저, 청심에 대한 첫 번째 편견은 '통일교'와 관련되어 있다. 많은 사람들은 처음 접해보는 통일교라는 종교에 거부감을 느끼며 청심 또한 그러한 종교의 영향을 많이 받을 것이라도 생각한다. 그렇지만 청심은 재단이 통일교일 뿐, 학교생활에서는 전혀 그러한 느낌을 받을 수 없다. 정말 솔직히 말하자면 3년간 학교를 다니면서 이 학교가 통일교라는 것을 딱 한번, 그것도 입학식 기도 때 처음이자 마지막으로 느껴보았다. 그러니 혹여나 청심의 종교 문제에 대해 걱정을 하시는 분들이 계시다면 접어 두셔도 좋다고 말해 드리고 싶다. 청심에는 기독교, 천주교, 불교 등 여러 종교를 가진 아이들이 정말 많고 아무런 불편함 없이 잘 지내고 있기 때문이다.

청심에 '종교수업'이 따로 있기는 하다. 우리 기수는 2학년 때 매주 금요일 아침시간마다 종교수업을 진행하였는데, 다양한 종교에 대해 소개해주는 시간이었다. 하지만 성적에도 포함되지 않으며, 수업보다는 거의 노는 시간에 가까웠기 때문에 정말 아무 부담 없이 재미있게 즐길 수 있었던 수업이었다. 종교시간에는 대부분 종교적인 영화를 보며 여러 종교를 접해 볼 수 있었다. 처음 우리가 본 영화는 「이집트 왕자(The Prince of Egypt)」로 성경 속 이야기를 포함하는 영화였다. 성경의 「출애굽기」에 나오는 모세의 이야기를 다룬 애니메이션 영화인데, 나는 이미 초등학교에서 본 영화였기 때문에 별 감흥은 없었지만 친구들은 종교 영화라서 별 기대를 안 하고 봤다가 생각보다 재밌게 본 모양이었다. 매번 수업이 끝나는 종이 울리면 단체로 "아아아아~!!" 비명을 지르고 조금만 더 보자며 조르는 아이들도 있었다. 이렇듯 청심 안의 종교는 자유롭고, 즐겁게 접할 수 있는 부분이다. 종교적인 문제로 고민하고 있는 학부모나 학생 여러분들은 정말로 괜한 걱정을 하고 계시는 것이다.

두 번째, 청심 아이들은 공부만 한다? 사실 이 부분은 누구나 다 가지고 있는 생각일 것이다. 국제중학교 학생들은 쉬는 시간에도 공부하고, 자기 전까지 공부만 할 것 같다. 나도 이 학교에 다니기 직전까지는 쉬는 시간에도 책 넘기는 소리만 날 줄 알고 있었다. 주변 친구들에게 물어보면 다 그럴 것이라고 생각했다고 한다. 아이들의 성격도 모두 '범생이'이고 조용한 스타일일 줄 예상하고 있던 우리는 무려 첫 만남 때부터 시끄러웠다. 아무리 공부를 다른 아이들보다 잘하고 열심히 한다고 해도 중학생은 중학생일 뿐이다.

여자아이들은 대부분 연예인에 관심이 많으며, 드라마도 꼭 챙겨보는 학생들이 많다. 산속에서 텔레비전이 잘 안 잡힌다며 기숙사 창문에 딱 붙어서 필사적으로 드라마 시청을 하는 학생도 있고, 주말에 콘서트를 다녀와 친구들에게 후기를 들려주는 친구도 자주 볼 수 있다. 남자아이들은 틈만 나면 게임하느라 바쁘고, 축구와 운동에 미쳐있는 아이들이다. 정말 이 정도로 평범하디 평범한 중학생들이다.

수업시간에 조는 아이들, 쉬는 시간에 쓰러져 자거나 뛰어다니며 노

청심의 봄, 여름, 겨울

는 아이들, 점심시간에 노트북으로 게임이나 웹서핑 등을 하는 아이들, 야자시간에 몰래 수다 떠는 아이들…. 그만큼 놀 땐 놀고, 공부할 땐 공부 할 줄 아는, 정말 제대로, 즐겁게 생활하는 청심인들이라고 할 수 있다. 또 눈만 오면 정신이 나가 다 같이 눈싸움하고, 노래만 나오면 다 같이 춤을 추고 노래하는, 어느 학교보다 재미있는 학교생활을 보낼 수 있는 곳이 청심이다.

세 번째, 청심에 들어가려면 학급회장, 영재원 등등 스펙이 많아야 한다? 수학 선행은 고등과정까지? 네이버 지식인에 청심을 검색해보면 청심에 진학하려는 학생과 학부모들이 하는 1순위 질문이다. 물론 그런 학생들이 많기는 하다. 나 같은 경우에도 학급회장과 영재원을 했었고, 수학 선행도 중학교 과정은 대부분 끝내놓고 왔었다. 하지만 필수는 아니라고 말해주고 싶다. 청심은 학생들의 스펙, 선행 정도, 학생이 가지고 있는 지식을 보는 학교가 아니다. 내 주위를 둘러보면 수학 선행을 거의 안한 친구도 있고, 회장이나 영재원, 대회 경력 등 스펙이 거의 없는 아이들도 많다. 이제 입시 제도가 바뀌었기 때문에 그러한 부분이 더욱 줄어든 것이 사실이다. 이제는 스펙을 기록하면 감점요인이 되며, 그러한 점수나 활동 중심으로 '보여주기 식'의 자소서, 면접은 부정적으로 여겨진다. 그러한 활동을 함으로써 얻을 점들이나 자신만의 경험을 녹여낸다면 이야기가 달라지겠지만, 하는 것만으로 초점을 맞춰서는 정말 중요한 '나'를 보여줄 수 없기 때문이다. 수학 선행 또한 마찬가지다. 학교 다닐 때 학교생활이 편해질 뿐 더 이상 중요하지 않다.

청심에 입학하기 위해서는 자신만의 공부, 자신만의 스토리를 만들어 나가는 것이 훨씬 중요하다. 나는 어떤 사람이며 자신이 어떠한 삶을 살아왔는지, 앞으로 어떻게 살아갈 것이고 그러기 위해서 청심이라는 학교가 왜 필요한지, 그런 부분이 훨씬 중요한 요소인 것이다. 청심에서도 스펙보다 그러한 부분을 더욱 궁금해 한다.

한 가지 더 추가하자면 초등학생 때에는 공부나 지식을 쌓는 데에 치중하기보다는 많은 경험을 통해 삶의 공부를 하는 것이 좋다고 생각한다. 나는 초등학교 때에 수많은 곳을 여행하고 체험해보면서 직접 느끼고 스스로 생각할 수 있는 공부를 할 수 있었다. 덕분에 나의 생각이 넓어졌고, 주관이 뚜렷해졌으며 '나'에 대해 알고, 사람 사는 법에 대해 배웠다고 생각한다. 이러한 경험이 쌓여야 내가 어떤 길로 나아갈지 알 수 있으며 그에 따라 왜 공부를 해야 하는지도 알 수 있고, 그제야 나만의 자기주도적인 공부를 시작 할 수 있는 것이다. 이러한 부분을 녹여서 자기소개서에 쓰고, 면접에서 나를 보여준다면 청심도 좋아할 수밖에 없다.

나는 나의 학업적인 능력보다 이러한 많은 경험이 나를 합격으로 이끌 수 있었다고 생각한다. 그러니 현재 학업에만 치중하는 많은 학부모님들과 학생들은 어릴수록 많은 경험을 통해 정말 진정한 자신을 찾아가고 삶에 대한 공부를 할 수 있는 기회가 많아졌으면 좋겠다.

이렇듯 청심에 대한 대부분의 편견은 편견일 뿐이다. 청심에 처음 오신 선생님들은 실제로 경험한 국제중학교에 충격을 받곤 한다. 청심도 중학교이고, 겨우 중학생들이 생활하는 곳이다. 또한 어느 중학교보다 활기차고, 순수하며, 서로간의 우정과 신뢰가 돈독한 학교이다. 이젠 청심에 대한 많은 편견들이 사라지고, 이렇게나 좋은 학교라는 사실을 모두가 알아주었으면 하는 바람이 있다. – 정민지

# 8. 선후배들과의 인터뷰

전설의 선배들과의 대화 - 정리 한윤서

선배들과의 서면 인터뷰 - 정리 한윤서

후배들과의 대화 - 정리 한윤서

# 전설의 선배들과의 대화

| 일시 : 2016년 5월 29일 오후 3시

| 장소 : 교대역 근처 세미나 카페에서

상해로 수학여행을 다녀온 직후인 5월 29일, 우리들은 특별한 만남을 가졌다. 청심 출신 선배들을 초대해 직접 대화하는 시간을 가진 것이다.

고등학교 부장 선생님이자 우리 동아리의 담당 선생님을 찾아뵈어 처음 인터뷰에 대한 아이디어를 말씀드리며 인터뷰 질문지를 가져갔을 때, 선생님께서는 좋은 생각이라며 가르치셨던 선배들의 연락처까지 흔쾌히 알려주셨다. (무뚝뚝하게 툭툭 챙겨주시는 '츤데레ツンデレ' 선생님, 항상 감사하고 사랑합니다.)

인터뷰 요청 메시지를 적는 것도 메모장에 장문으로 써놓고 고치고 고쳐 겨우 완성했을 정도로 이 만남은 생각만으로도 정말 떨리고도 설레었다. 한 분씩 답장을 받게 되고 인터뷰 일시가 구체적으로 정

- 박예니 선배: 청심국제중학교 1기 졸업 / 청심국제고등학교 4기 졸업 / 《청심일기》 필자 중 1명 / NYU 12학번 (3년 만에 조기졸업) / Harvard Graduate School (심리학과 → 연기과 편입) - 유치원 때부터 따라하고 외워서 하는 것을 좋아했고, 초등학교 때 그게 연기라는 걸 알게 되어 연기자라는 꿈을 꾸게 됨(부모님의 반대가 심해서 고3 때가 되서야 허락을 받음). 단편영화 출연 및 광고 모델을 하고 있음.
- 양성연 선배: 청심국제중학교 2기 졸업 / 청심국제고등학교 5기 졸업 / Stanford University 수학과 / 병역을 마치고 9월 학기에 다시 복학 예정
- 정현택 선배: 청심국제중학교 4기 졸업 / 청심국제고등학교 7기 졸업 / 연세대학교 의과대학 15학번

해지면서 멀게만 보이던 선배님들을 뵙게 될 생각을 하니, 잘 해낼 수 있을지에 대한 걱정 반 설렘 반이었다.

D-day! 우리는 드디어 말로만 듣던 전설의 선배님들을 마주하게 되었다.

일단 인터뷰 요청에 흔쾌히 응해주셔서 정말 감사합니다. 이제 얘기를 시작해 볼까요? 선배님들이 입학하실 때는 청심국제중학교가 별로 유명하지 않았을

텐데, 어떤 이유로 이 학교를 선택하게 되셨어요?

**박예니** 확실히 아는 사람만 아는 면은 있었던 거 같아요. 그래도 2기 같은 경우에는 입학 경쟁률이 52:1까지 갔었어요.

저희 때(9기)는 15:1이었는데, 선배님들에 비하면 진짜 별거 아니었네요. 그때 당시의 청심은 어땠나요?

**박예니** 학교가 저희를 상대로 실험을 많이 했죠. 교직을 처음 맡으신 선생님들도 많았어요. 그래서 선생님들도 저희도 짜인 틀 없이 모든 걸 처음부터 시작했죠. 1학년 때는 중고등학교를 통틀어서 채 200명이 안 되니까 군기도 제대로 잡았어요. 수학여행 대신 군복 입고 병영 체험을 가서 진흙탕도 굴러보고, 노트북 분실 사고만 일어나면 새벽 3시에 비상벨이 울려서 다 같이 오리걸음으로 1층에서 4층까지 계단을 왕복하기도 하고, 학교 스케줄 상 6시에 일어나서 6시 20분까지 운동장 모인 다음에 태권도 수업 마치고 다 같이 이동해서 아침 식사한 후에 씻고 등교했어요.

**양성연** 그리고 그때는 처음이라 학교의 이미지 자체가 없었던 것 같아요. 최초로 특성화 교육을 하는 학교인데 그 대상이 어린 중학생이고, 영어로 수업을 한다는 정도?

입학할 당시에 청심의 입시 제도는 어땠나요?

**박예니** 1기 때는 학생들을 너무 과소평가 했는지 영어는 너무 쉬웠고,

수학은 정말 어려웠어요. 자소서는 서류전형에 들어갔고요. 저는 1학년 2학기 때 편입으로 들어갔는데 창의력 수학, 국어(서술형, 객관식 총 2번), 영어(서술형, 객관식 총 2번), 국어 면접, 영어 면접까지 시험을 되게 많이 봤어요. 영어 면접은 한국말로 물어보면 영어로 답하고 영어로 물어보면 한국어로 답하는 형식이었고, 인성 면접 질문 중에 "편입으로 들어오면 이미 애들이 적응도 했고, 잘하는 애들도 많을 텐데 어떻게 할 거야?"라는 질문이 기억에 남네요.

**정현택** 4기 때는, 2박3일 동안 기숙사 생활을 하면서 트러블이 있었던 학생들만 봤어요. 그때는 토셀(TOSEL) 성적은 필수로 내야 했고, 수상 실적도 적어서 낼 수 있었어요. 심층 면접은 5기까지 봤죠. 기억에 남는 면접 질문은 수학은 단위 나무토막으로 1결을 정의하고 길이가 다른 나무막대가 몇 결인지 알아내는 문제와 입체 도형 단면을 보고 전체를 맞추는 문제, 사회는 김홍도의 '씨름'에서 알 수 있는 시대상, 영어는 출신 초등학교를 소개하고 지문을 요약하는 질문이었어요.

**양성연** 1기 때, 영어 문제가 너무 쉬웠다는 의견 때문인지 2기 때는 영어 면접이 어려웠어요. 자소서로 4배수 즉, 400명을 뽑아서 청아 캠프에서 2박3일 동안 과학, 수학, 사회, 영어, 인성에 대한 심층 면접을 했어요. 과학은 '이동 거리와 시간'에 대한 질문과 '설탕이 뜨거운 물에서 왜 더 빨리 녹는지'에 대한 질문으로 총 두 문제였고, 수학은 '베스킨라빈스 게임(31게임)'과 바둑돌 놓기에서 필승하는 법, 사회는 환율이 경제에 어떤 영향을 미치는지, 영어는 지문을 읽고 느낀 점 말하기, 인성 면접에서는 룸메이트와 트러블이 생겼을 때 어떻게 대처할 것인지였어요.

그때 당시에 가장 힘들었던 건 뭐였나요?

**양성연** 선생님과의 트러블이었던 것 같아요. 선생님들도 학생들을 다루는 게 처음이셨으니까 저희를 어려워하시고 저희는 저희 나름대로 기숙사에서 친구 관계에 문제가 생길 때도 있고, 통제를 덜 받는 상황이다 보니까 놀고 싶은 마음과 공부를 해야 한다는 부담감이 충돌할 때도 약간 있었죠. 그것뿐만 아니라 저는 대학교를 미국으로 가기 전까지 외국에 나가본 적이 없어서 영어에 약했는데 모든 과목을 영어로 수업하다 보니까 조금 힘들었어요.

**박예니** 사실 청심이라는 학교가 전국에서 공부 잘한다 하는 학생들이 다 모인 곳이다 보니까 항상 전교 1등만 하던 친구들이 들어와서 생애 처음으로 낮은 등수도 받아 보고 그런 압박감에 많이 힘들어했던 것 같아요.

**정현택** 저는 중학교 때 별로 힘들지 않았어요. 과거의 일을 떠올리면 기억이 미화돼서 그런 것 같기도 한데…. 저는 기숙사 생활도 편하고 자율적으로 혼자 이것저것 생각해보고, 할 수 있는 시간이 많아서 좋았어요. 또, 당시에는 비교 내신으로 80~90%가 청심고등학교로 진학하다 보니 저도 일찌감치 청심국제고등학교에 있어야겠다고 생각해서 압박감 없이 아침, 점심, 저녁 매일 축구만 했던 것 같아요.

박예니 선배, 김하은, 김민솔

혹시 기억에 남는 에피소드가 있나요?

**정현택** 중학교 2학년 때 캠벨(Campbell) 원서로 생물(Biology)을 배웠는데 당시에 원서를 접한 것은 처음이었거든요. 영문학(Literature)은 그러려니 하지만 생물을 원서로 배운다는 게 신기했죠. 또, 선생님이 우리한테 갖고 계신 기대치가 너무 높아서 퀴즈나 시험도 정말 어려웠고요.

청심국제고등학교가 기본적으로 문과 특성이 강한 학교이다 보니, 이과 쪽 진학에 어려움은 없었나요?

**정현택** 의대 진학을 희망하는 청심 학생이라면 주어지는 수행평가, 시험, 등수뿐만 아니라 자율적인 공부가 필요해요. 저는 수학, 과학 문제를 푸는 '논술 전형'으로 지원했는데 저 같은 경우에는 '인강'을 많이 들었던 것 같아요. 제가 부족한 부분에 대해서 인강을 듣고 혼자 공부를 많이 했죠. 사실 청심 학생들은 일반고에 비해서 내신 점수를 잘 받기가 힘들다보니 대학 입시에 어려움을 겪는 경우가 많아요. 하지만, 저는 다시 돌아간다고 해도 과학고, 영재고 같은 다른 학교들이 아니

배근영, 임세환, 홍성재

라 청심을 선택했을 거예요. 우리가 청심에서 6년 동안 살면서 공부뿐만 아니라 많은 것을 배우는 데 그건 청심이 아니면 배울 수 없었을 거라고 생각해요. 청심 교육이 발표를 위주로 이루어지다 보니까 언어 실력과 발표 능력이 졸업한 후에도 정말 도움이 많이 됐어요. 청심 교육이 우리나라 대학 입시에는 크게 도움이 안 될지도 모르겠지만 우리 삶에는 정말 큰 도움이 되는 것 같아요.

**양성연** 저도 그 말에 정말 공감해요. 저는 어렸을 때부터 수학과 물리에 대해 관심이 많았고, 그 분야를 전공으로 하여 대학 진학을 할 계획을 갖고 있었어요. 제가 과고에 갔다면 제가 관심 있는 부분에 대해 깊이 공부할 수는 있었겠지요. 그러나 현택이 말처럼 청심에서만 배울 수 있는 것들을 평생 배우지 못했을 거예요. 영화에 관심 있는 친구, 노래에 관심 있는 친구, 역사에 관심 있는 친구, 정치에 관심 있는 친구…, 이렇게 관심 분야가 다 다른 아이들과 같은 기숙사 안에서 서로 생각을 공유하고 그 속에서 다른 세계를 접하고 공부할 수 있게 되니까 그런 경험 속에서 교양이 쌓이고 점점 그걸 응용할 수 있게 되더라고요.

**박예니** 외국의 대학교는 전공을 2학년이 끝날 때까지 못 정하게 하는 경우가 많아요. 전공을 정해서 입학해도, "넌 아직 그 과목에 대해 잘 몰라. 일단 이것도 해보고 저것도 해보고 다 경험해 본 다음에 결정해."라고 교수님들이 말씀하세요. 국제대학에서는 수학 문제만 잘 푸는 게 아니라 발표도 잘하고 사회도 잘 아는 well-rounded person(팔방미인)을 원하는 것 같아요.

**양성연** 맞아요. 하지만 우리나라 학생들이 문제 풀이식의 교육을 나쁘게만 생각 하는 것 같은데 문제 풀이는 필요 없는 부분이 아니라 당연히 갖추고 있어야 할 기본적인 부분이라고 말해주고 싶네요. 물론, 제가 수학과 물리에 관심을 갖게 된 것도 세계의 비밀을 공부하고 싶다는 막연한 꿈 때문이었지만 열정이나 호기심만으로 그런 공부를 할 수 있는 것은 아니니까요. 수학 선생님들이 이유 없이 문제를 풀어야 한다고 하시는 것이 아니라, 진짜 수학과 과학을 공부하기 위해서는 당연히 알아야 하는 것이기 때문에 그런 부분도 가르치시려고 한다는 것을 알려주고 싶어요. 피카소가 창의적인 입체주의 작품들을 그릴 수 있었던 것은 어릴 적 이미 세밀한 사실 묘사의 연습이 완벽하게 갖추어져 있었기 때문이라는 것 처럼요.

**선배님께서 다시 중학교 3학년으로 돌아간다면 무엇을 하실 건가요?**

**박예니** (한숨) 저는 그때로 돌아가고 싶지 않아요. 사람들은 어린 친구들을 보고 좋을 때라고 하지만, 저는 함부로 그런 말을 하지 않아요. 학생의 부담감이 얼마나 크고 학생들이 얼마나 힘든지 알거든요. 그래도 저는 후회 없는 중학교 3학년을 보낸 것 같아요. 힘든 만큼 많은 것을 얻었죠. 하루하루 후회하지 않도록 10분이라도 더 공부했어요. 하지만 제가 매일 공부를 한 것은 아니에요! 사람이 지치는 것은 한순간이니까 하루정도는 쉬는 날로 정해 놓고 푹 쉬어야 해요.

**양성연** 그때 제가 정말 최선을 다했는지는 잘 모르겠지만, 저는 그 당시의 제가 최고의 노력을 했다고 말하고 싶어요. 그 당시가 힘들었기 때문에 돌아가고 싶지 않다기보다 돌아간다고 해도 별다른 선택을 하지 않았을 것 같아요. 다시 돌아간다고 해도 저는 똑같은 선택을 하고 똑같은 일을 했을 거예요. 청심이라는 환경 자체가 훌륭한 친구들과 함께여서 뭐든지 열심히 하게 돼요. 심지어는 친구들과 야자시간에 몰래 놀았던 시간들까지 저에게는 의미 있었다고 생각하고 후회하지 않아요. 사실 저는 고등학교 1학년 때 AP도 많이 보고 해야 할 공부도 많이 해놔서, 2학년 때는 하고 싶은 공부를 많이 했어요. 내가 관심 있는 주제로 논문도 써보면서 재미있게 공부했던 것 같아요. 3학년 때는 대학교 원서를 쓰면서 친구들끼리 우리의 꿈과 앞으로 어떻게 살아갈지에 대한 의미 있는 대화를 많이 나눴는데 제 자신에 대해 여유롭고 깊이 있게 생각해볼 수 있었던 기회였죠.

**정현택** 지금의 정신연령을 가지고 그때로 돌아간다면, 저는 공부를 할 것 같아요. 저는 그때 문, 이과를 선택하지도 못했고 진로를 많이 바꿨어요. 의대는 의예과 2년, 본과 4년인데 예과 2년 동안은 자기 적성을 찾고 자신의 진로에 대한 구체적인 질문을 하는 시기에요. 요즘은 프로그래밍을 취미로 혼자 공부하고 있어서 쉬는 날이나 자기 전에 전공 서적을 읽고 있는데 그때로 돌아간다면 막연하게 무엇을 좋아하기보다는 관심 있는 분야에 대해 자세히 찾아보고 깊이 있는 활동을 했을 것 같아요.

졸업하신 후 알게 된 청심국제중학교만의 특징이 있나요?

**양성연** 제가 사회에 나가서 경험한 청심인은 1기부터 4기예요. 다른 특목고 학생들에 비해서 청심인들은 자유분방함과 여유가 느껴지는 것 같아요. 예를 들어 이번 주 토요일 친구의 생일 파티에 초대 받았다

정예담, 정민지

면, 청심인들은 월요일까지 제출해야 하는 에세이가 있더라도 한 명도 빠짐없이 모두 참석해요. 공부와 성적만을 인생의 가치로 두고 있지 않는 거죠.

**박예니** 하지만 그러면서도 에세이를 결국 잘 완성해요. 시간 분배를 잘하는 능력이 있는 것 같아요.

선배님들은 혹시 어떤 꿈을 갖고 계신가요?

**양성연** 저는 꿈이 있었는데, 요즘은 꿈이 현실화가 되다 보니 고민이 많이 생겨요. 꿈이라고 한다면, 저는 30년 안에 물리학계에서 세상을 바꿀 큰 발견이 있을 거라고 생각해요. 그 연구에 어떤 방법으로라도, 발가락 하나 정도라도 담고 있으면 좋겠어요.

한윤서, 정현택 양성연 선배

**박예니** 저는 대학원을 얼른 졸업해서 행복한 가정을 꾸리고 부모님께 효도를 하고 싶어요. 그리고 어떤 방식으로든 끝까지 연기를 하는 것이 제 꿈입니다.

**정현택** 원래 고등학교 때부터 가장 근본적인 꿈은 좋은 아빠가 되는 것이었어요. 가족들을 부양할 수 있는 능력 있는 아빠가 되고 싶어요. 또, 제가 작년에 공공철학으로 유명하신 교수님을 만나서 사회를 성장시키기 위해서는 사회에 투자를 해야 한다는 것을 배웠어요. 그래서 저도 교육을 통해 사람들과 소통하는 일종의 사회 투자를 하고 싶다는 꿈을 갖게 됐죠.

### 선배님들만의 공부 방법이 있다면 알려주세요!

**정현택** 전반적으로 저는 쳇바퀴를 즐겁게 돌았어요. 스톱워치를 매일 가져가서 공부 시간을 측정했는데 제 목표는 하루에 14시간을 공부하는 것이었죠. 14시간을 맞춰놓고 쉴 땐 멈추고 공부할 때는 다시 시작했어요. 특정한 Goal(목표)을 두고 공부하기 보다는 하루하루를 충실히 사는 것을 목표로 했죠. 어느 정도 공부했는지 스스로 체크할 수 있는 방법인 것 같아요. 그리고 체력은 미리 길러 놓아야 해요. 저 같은 경우, 고등학교 3학년 때 체력이 부족해서 공부를 오래 하지 못했어요.

**양성연** 저는 이 공부를 끝내고 난 뒤의 제 모습을 상상했어요. 아무리 힘들어도 그 목표를 이루기 위해서 하자는 생각으로 버텼어요. 저는 구체적인 목표가 없으면 공부 의욕이 생기지 않아서, 단기적인 목표

윗줄 김민솔, 한윤서, 김하은, 홍성재, 구재우, 임세환, 정민지, 정예담, 배근영
아랫줄 정현택 양성연 박예니 선배

를 세우고 그 대신 그 단기간에는 정말 열심히 했어요. 규칙적으로 하지 않고, 걸어 다니면서도 계속 몰두해서 공부했죠. 그리고 무조건 데드라인(Deadline)보다 앞당겨서 생각하고 예상 시간은 적어도 2배, 3배로 잡았어요. 제가 이걸 1시간에 할 수 있을 것 같으면 3시간 정도는 비워 놓는 거죠.

**박예니** 제 공부비법은 이해할 때까지 계속 하는 거예요. 다 이해가 될 때까지 붙잡고 있어요. 그리고 에세이에 대한 팁을 주자면, 우리가 아무것도 써져 있지 않은 문서를 보는 순간 스트레스를 받잖아요. 그때, 일단 뭐든지 써보고 그 다음 전체적인 수정을 하는 것이 훨씬 수월하더라고요. 예를 들면, '아 뭐 쓰지. 이번 주제가 이건데 나는 이렇게 생각해. 왜?' 이런 식으로 이어 나가는 거죠.

**마지막으로, 청심국제중학교 후배들에게 해주고 싶은 말 있으신가요?**

**박예니** 본인이 약간의 손해를 본다고 생각하더라도 괜찮아요. 나중에는 그 손해가 더 큰 이익이 되어 돌아와요. 빠릿빠릿하게 자신의 이익을 챙기는 것이 꼭 좋지만은 않아요.

**양성연** 기숙사 학교에서 어렸을 때부터 지내는 만큼, 지금 함께 하는 100명의 친구들이 얼마나 소중한지 알았으면 좋겠어요.

**정현택** 하루하루를 재미있다고 생각하며 살아요. 어차피 인생은 자기 기만이기 때문에 '오늘 하루도 참 재미있었다.'고 생각하면서 살았으면 좋겠어요.

3시간이 넘는 시간 동안 우리는 시간가는 줄 모르고 즐거운 대화를 나눴다. 학교 선배이기도 하지만 인생 선배로서 해주는 조언에 감동받아 중간 중간 울컥함과 동시에 기분 좋은 공부 자극도 받았다. 선배들과 함께한 시간의 여운은 인터뷰를 마친 후 저녁을 먹고 귀교하는 버스 안에서까지 이어져 우리의 대화 소재가 되었다. 그날 밤, 우리는 청심국제중학교 학생으로서 이렇게 대단한 선배님들과 인연을 갖게 되어 참 영광이라는 생각을 하며 잠에 들었다. – 정리 한윤서

# 선배들과의 서면 인터뷰

◈ 5월 28일 안선영 한유진 류지연 김한수 선배에게 이메일로 질문지를 보냈고, 그들이 각자 보내온 답변을 모아서 편집했다.

**선배님께서 학교에 재학하실 때는 청심국제중학교의 인지도가 높지 않았을 텐데, 청심국제중학교에 들어오겠다고 결심하신 이유가 무엇인가요?**

**안선영** 저는 처음에 수준 높은 수업과 훌륭한 시설을 보고 학교에 관심을 가지게 되었어요. 그러다 학교의 커리큘럼, 영어로 진행되는 수업을 보고 지원 의지를 굳히게 되었죠.

**한유진** 오히려 그때는 교육부나 교육청에서 청심국제중학교 입학에 대한 과열 경쟁이 신문에 이슈화될 정도로 전국적으로 관심이 많았고 열기가 대단했어요. 각종 인증시험이나 수상실적이 입시에 반영된 까닭에 너무 일찍부터 입시에 몰입한다는 말도 많았죠. 그래서 지금의 추첨제도가 생긴 거예요. 초기부터 워낙 화제가 된 학교이기도 했고 직접 학교를 방문해보니 제가 가게 될 일반중과는 너무 다른 면학 분위기에 꼭 합격하고 싶다는 마음이 생겼습니다. 제 지원계기 같은

- 안선영 선배 : 청심국제중학교 5기 졸업 / 청심국제고등학교 8기 졸업 / 서울대학교 공과대학 재학 중
- 한유진 선배 : 청심국제중학교 4기 졸업 / 청심국제고등학교 7기 졸업 / Yale University class of 2019. [청심관련 카페 솔모네집(blog.naver.com/gksthfah96) 운영자]
- 류지연 선배 : 청심국제중학교 5기 졸업 / 청심국제고등학교 8기 졸업 / 서울대학교 경영학과
- 김한수 선배 : 청심국제중학교 3기 졸업 / 청심국제고등학교 6기 졸업 / University of Pennsylvania

경우, 예전부터 유학에 관심이 있었던 것이 큰 영향을 미쳤던 것 같아요. 워낙 어렸을 때라서 언제 유학을 가고 싶은지, 정확히 무슨 공부를 하고 싶은지, 유학 후 진로는 어떻게 할지에 대한 확실한 생각은 없었던 것 같지만 영어, 중국어, 일본어 등 외국어들을 공부하면서 외국에 대해 관심을 갖게 되고, 우리나라가 아닌 다른 더 넓은 곳에서 생활하고 공부하고 싶다는 생각을 하게 된 것 같아요. 그렇기에 영어로 수업하고, 좀 더 국제적인 커리큘럼을 실시하는 청심국제중학교에 관심이 생긴 듯해요. 기숙사 생활을 통해 독립 능력을 키울 수 있다는 것 또

한 추후 유학을 고려하는 입장에서 굉장히 매력적이었던 것 같아요.

**류지연** 처음 청심국제중학교를 알게 된 것은 어머니께서 《청심일기》와 여러 기사를 통해 소개해주셨을 때였습니다. 기숙사 생활, 영어로 전 과목 수업, 승마/조정, 1인 1악기 등 청심국제중학교가 갖춘 커리큘럼을 보면서 어린 마음에도 막연히 끌렸었던 것 같아요. 그래서 초등학교 5학년 때부터 청심국제중학교에 들어가고 싶다는 생각으로 준비를 했었습니다.

**김한수** 사실 그때 당시 인지도가 낮았다는 데 동의하지는 못할 것 같습니다. 제가 청심중 3기인데 바로 1년 전인 2기 경쟁률이 52:1에 육박했던 것으로 기억하고 저희 때 경쟁률도 17:1로 거의 20:1에 가까웠거든요. 국제중학교가 수도권 내외에서는 선풍적인 인기를 끌고 있었던 것으로 기억합니다. 전국에서 학생을 뽑는 국제중학교는 당시 처음이었고, 미국식 교과 과정을 가르치며 고급 보딩 스쿨이라는 이미지까지 형성되어서 강남 학부모 사이에선 모두가 보내고 싶었던 중학교가 됐거든요.

물론 '한국 최고의 중학교'라는 명성에서 비롯된 이러한 인기와 인지도도 제가 입학을 결심한 이유였겠지만, 아무래도 가장 큰 이유는 제가 한국 생활에 바로 적응할 수 있을까에 대한 의문이 더 크게 작용했던 것 같습니다. 저는 사실 초등학교 고학년을 프랑스 파리에 있는 영국식 국제학교에서 지냈습니다. 3년 정도 그런 환경에서 지내고 한국에 돌아오다 보니 아무래도 한국의 교육환경이나 분위기에 바로 적응하지 못할 것을 저도, 제 부모님도 걱정하셨습니다. 당시 뉴스에는 한국 중등/고등 교육의 체벌 문화, 일진회 등 논란이 되는 문제들이 많았었는데, 제가 외국에서 생활하며 형성된 개방적인 자아나 성격 같은 것들이 한국의 일반적인 중학교에서 무난하게 용인될지에 대한 걱정이었던 것 같아요.

### 청심국제중학교를 졸업한 후 지금까지 어떤 생활을 하셨나요?

**안선영** 저는 청심국제중학교를 졸업한 후, 비교 문학 쪽에 관심이 많아서 청심국제고등학교 문과에 진학해서 영어나 중국어 등 외국어 공부를 주로 하다가 중간에 물리와 수학에 흥미를 느끼고 이과로 전과를 했어요. 그리고 구체적인 진로를 정하지 못하고 헤매다가 산업공학과에 대해 알게 되어 그쪽으로 진로를 정하고 열심히 수학, 과학 공부를 했죠. 사실 고등학교 때에는 이것저것 다양하게 공부하느라 공부 외에 다른 것에 신경 쓸 시간이 많이 없었던 것 같아요.

**한유진** 청심국제중학교를 졸업한 후 청심국제고등학교 국제반으로 진학해서 한국, 영국, 미국 대학 준비를 같이 했어요. 서울대학교 동양사학과에 수시로 합격해 대학 생활을 하던 중 영국 옥스퍼드대학교, 그리고 미국 정시 결과로 스탠퍼드대학과 예일대학교 합격 소식을 들었습니다. 평소에 관심이 가장 많았던 학교인 예일대학교 합격생 방문행사 'Bulldog Days'에 갔다 온 이후 예일대학교가 제 진로 및 희망하는 학업 등에 더 부합한다고 생각하여 5월 즈음에 예일대 진학을 결정하고, 유학 가기 전에 영어공부도 하고 친구들도 많이 만나고 하면서 8월 말까지 한국에서 시간을 보냈습니다. 그 후 예일대학교에서 한 해 무사히 마치고 현재 여름방학이라 한국에 들어와 있는 상황이에요.

**류지연** 저는 청심국제중학교를 졸업한 후 청심국제고등학교로 진학했습니다. 같은 건물, 같은 친구들, 그리고 선생님들과 3년이라는 시간을 더 함께 보낸 셈이죠. 중학교 생활동안 발표 및 토론식 수업, 기숙사 생활, 야간자율학습 시스템 등에 꽤나 익숙해진 만큼 고등학교에서도 큰 무리 없이 적응하면서 학교생활을 보냈습니다.

고등학교에서는 좀 더 입시에 초점을 둔 커리큘럼으로 진행되었지만 전반적인 생활은 비슷했죠. 그렇게 고등학교 3년 동안 내신관리, 교내외 대회 참여, 수행평가, 체험학습, 수능 준비 등을 하며 바쁘게 지내다가 올해 서울대학교 경영학과에 진학해서 재밌는 대학생활 보내고 있습니다!

**김한수** 저는 청심국제고 6기 졸업생으로 2014년 2월에 졸업했습니다. 그리고 지금이 2016년 6월인데 벌써 2년도 넘게 흘렀다는 게 믿기지 않네요. 우선 졸업 직후에는 정말 뭘 해야 될지 몰랐습니다. 제가 미국에 대학교를 갈 예정이어서 8월에나 학기가 시작되는데 공백기가 6개월에 달하거든요. 12월 이후 봄방학까지 포함하면 거의 8개월입니다. 국제대학으로 진학하는 학생들에게는 이 공백기가 정말 중요합니다. 엄청난 전환점이 되기도 하고 앞서나갈 수 있는 기회이기도 하니까요. 개인적으로는 3가지 유형 정도로 나눠진다고 생각하는데, 첫 번째는 열심히 공부하는 겁니다. 대학교가 시작되기 전에 자신이 전공할 분야에 대해서 알아보고 그것에 대해서 공부하고 독서하고 좀 미리 예습 하는 거죠. 이렇게 하고 돌아가면 아무래도 첫 1년간은 학점 받기가 상당히 수월합니다. 두 번째는 여러 가지 일을 해보면서 돈을 벌어보는 겁니다. 아르바이트, 봉사, 과외 등 이런 것들을 하는 학생들도 많습니다. 그리고 마지막은 그냥 열심히 노는 겁니다. 제가 여기에 속했던 부류인데 그냥 열심히 놀았습니다.

청심 학생들은 청심에서 정말 힘들게 공부했고, 앞으로 사회에 나간다고 하더라도 높은 꿈을 향해 바쁘게 달려갈 학생들이 많다고 생각해요. 자신이 가진 꿈과 열망이 너무 크기 때문에 정신없이 앞만 보고 달려가는 학생들이 많은데, 이 6개월이라는 공백기 동안에도 이렇게 다시 학업에 열중한다면 너무 아쉬울 것 같다고 저는 생각합니다. 사실 청심국제중고등학교 학생들은 6년간 정말 힘들고 빡빡한 과정에서 공부를 했기 때문에, 대학에 가서도, 사회로 진출하고서도 청심에서 했던 것처럼 우수한 성과를 달성할 것이라고 믿습니다.

그래서 대학에 가서 또 바쁘게 달려가기 전 이 6개월만큼은 자기 자신에 대해 좀 풀어주는 시간을 부여해주는 것도 나쁘지 않다고 생각해요. 친구들하고 여행도 많이 다니고, 먹고 싶은 것도 많이 먹어보고, 해보고 싶은 것들 다 해보고, 자기 자신을 좀 가꿔도 보면서 여러 가지를 경험하는 데서도 배울 점이 많더라고요. 그래서 저는 이렇게 보낸 6개월을 정말 후회 없이 보냈고 전혀 아깝다고 생각하지 않아요. 대학에 가서 첫 학기 때 조금 힘들기도 했지만, 오히려 이 6개월간 잘 쉬었기 때문에 학업에 대한 동기부여도 더 크게 작용했던 것 같습니다. 그렇게 6개월을 쉬고, 대학을 1년간 다닌 후 바로 휴학계를 내고 입대해 지금 성실히 군 복무 중입니다.

청심국제중학교에서 생활하면서 가장 기억에 남는 에피소드가 무엇인가요?

**안선영** 눈 오는 날 손에 양말 끼고 운동장에서 눈사람 만든 일? 강제 소등 된 뒤에 친구랑 이불 안에서 몰래 영화 보던 일? 할로윈 때 대강당에서 틀어주는 공포 영화 보고 와서 '룸메'랑 껴안고 잔 일? 굉장히 소소한 일상의 추억들인데 막상 지나고 나면 소중해져요. 기억에도 은근 오래 남고요….

**한유진** 정말 여러 재밌는 기억들이 많아서 고르기 어렵지만, 제가 제일 좋아하는 에피소드 하나를 들어볼게요. 저희가 한 번 야구장으로 체험학습을 갔던 적이 있어요. 그 경기를 계기로 제가 야구경기를 조금씩 좋아하게 된 점도 이 에피소드가 중요한 이유 중 하나이지만, 그때 야구에 대해 잘 알지 못하는 여학생들에게 남학생들이 룰들을 엄청 열심히 설명해주던 것이 기억나요. 다 같이 이동하고 늦게까지 경기를 봐서 조금 피곤하기는 했지만, 그래도 이날이 기억나는 이유가 있다면 그때 서로 모르는 것을 설명해주면서 사이좋게 야구경기를 관람했던 것이 좋은 기억으로 남아있고, 그런 모습이 청심에서 형성되는 유대감과 커뮤니티로서의 모습을 잘 보여준다고 생각하기 때문이 아닐까 싶어요.

**류지연** 청심국제중학교에서 지내면서 가장 기억에 남는 에피소드는 중학교 2학년 때 친구들과 몽골로 수학여행을 다녀왔던 일입니다. 친구와 해외여행을 가는 것은 처음이었을 뿐더러, 8박9일이라는 짧지 않은 시간동안 친구들과 놀러간다는 생각에 정말 들떴었던 것 같아요. 가기 전부터 친구들과 장기자랑 준비도 하고, 비행기에서 카드게임도 하고…. 몽골에 도착해서 게르에서 친구들과 다 같이 모여 밤에 마피아 게임도 하고, 승마 시간에 배운 대로 말도 타보고…. 그때 새롭게 친해진 친구들도 많고 이미 친했던 친구들과도 정말 재밌는 일이 많았던 것 같아요. 그밖에도 지금은 친구들과 같이 점심 먹고 운동장 산책하던 일, 청심제때 반별 장기자랑을 준비했던 일, 저녁시간에 함께 운동했던 일 등 사소하고 일상적이었던 일들도 학교를 졸업하고 나니 모두 기억에 남고 그립기도 합니다.

**김한수** 청심에서 6년 동안 너무 많은 일이 있어서 가장 기억에 남는 일을 꼽기는 정말 어렵네요. 청심에서의 6년은 제 인생에서 3분의 1 이상입니다. 지금의 제가 있기까지 가장 큰 영향을 끼친 곳이에요. 솔직히 공부에 대한 기억은 별로 나지 않습니다. 친구들과의 추억이 대부분인데, 기숙사에서 친구들하고 한 방에 모여서 다양한 얘기를 나누고, 좁은 공간에 다닥다닥 붙어 앉아 다 같이 컴퓨터 게임도 하고, 폭우가 쏟아지는 날인데도 친구들과 함께 축구를 즐긴 것도 많이 기억에 남네요.

중고등학교 시절을 청심에서 보내면서 느낀 청심국제중학교만의 장점이 무엇이라고 생각하시나요?

**안선영** 스스로 하고 싶은 건 뭐든 할 수 있어요. 야자시간이나 공강 시간을 온전히 자신이 하고 싶은 걸 하는 데 쓰는 거예요. 저 같은 경우에는 중학교 내내 중국어랑 영어 실력을 키우는 데 시간을 많이 투자했고, 고등학교 때는 교과 과정 외의 수학, 과학 공부나 학생 연구를 많이 했어요.

**한유진** 제일 큰 장점은 영어로 진행되는 커리큘럼과 다양한 수업들이라고 생각해요. 대부분의 수업들이 영어로 진행되었기에 (수업 자체가 영어가 아니라면 적어도 교재는 영어였어요.) 별도로 영어공부를 하지 않더라도 자연스럽게 영어실력을 키울 수 있었어요.

또한 다른 중학교에서는 찾아보기 어려운 다양한 과목들이 제공되었고, 선생님들께서 학생들이 제대로 수업내용을 이해할 수 있도록 많은 생각을 하고 주시는 독특한 수행평가들 중에서 지금까지도 기억나는 재미있는 것들이 많았어요. 이런 수업들을 통해 공부를 정말 즐길 수 있었고 중학교를 졸업할 때 즈음에는 훨씬 더 넓은 시야를 갖출 수 있었다고 생각해요. 기숙사생활 또한 다른 중학교들과 차별화되는 장점이지요. 어렸을 때부터 부모님과 떨어져서 생활하다보니 지금 유학을 가 있는 상황에서도 혼자 사는 생활에 적응하는 데에는 별 문제점이 없었어요. 또한 한국 그리고 세계 각지에서 온 동기, 선배, 후배들과 함께 생활하면서 강한 유대감도 형성하고, 서로에게서 많은 것을 배우고 느낄 수 있었던 것 같아요.

**류지연** 청심국제중학교만의 장점 중 첫째는 기숙사 생활을 통해 만들 수 있는 친구들, 선생님들과의 끈끈한 관계입니다. 친구들과 하루 종일 함께 지내다보니 고민이 있거나 힘든 일이 있어도 함께 공유하기도 쉽죠. 그만큼 주위 사람들과 더 깊고, 소중한 관계를 맺은 것 같습니다. 특히 저는 6년 동안 청심에서 지내왔기 때문에, '앞으로 이렇게 깊은 친구들을 사귈 수 있을까?'라는 생각이 들 정도로 청심에서 맺은 인연들이 너무나도 값진 것 같습니다.

또, 나중에 사회에 나가서도 '청심'이라는 연결고리 하에 좋은 인적 네트워크를 만들 수 있는 것 같네요. 처음 대학에 들어왔을 때도, 청심국제중고등학교를 다닐 때는 잘 모르는 사이었지만, 청심 선배들이 많이 챙겨주시기도 하고 특히 청심국제중학교만 잠깐 다녔던 사람들과도 쉽게 친해질 수 있었어요. 앞으로 사회에 나가서도 청심이라는 네트워크가 좋은 인적 자원이 될 것 같습니다.

청심에서 발표, 팀 프로젝트 위주의 수업과 수행평가에 대한 경험은 대학에 와서 그 중요성을 많이 깨달을 수 있었습니다. 단순히 수능만을 위주로 하는 활동이 아니라, 팀원들과 관심 있는 주제에 대해서 조사해보고, 실험해보고, 논문을 작성하고 PPT로 발표해보는 등 수없이 다양한 활동으로 생긴 내공 덕분에 대학 과제도 익숙하게, 무리 없이 할 수 있는 것 같아요.

**김한수** 청심만의 장점은 일단 중고등학교가 통합으로 운영된다는 것 같아요. 특정분야에서 앞서가는 중학생들은 고등학교 선배들과 함께 해당 분야를 공부하고 프로젝트 등을 진행하면서 더 성장할 수 있습니다. 저 같은 경우에도 중학교 3학년 때 고등학교 선배들과 스페인어 수업을 들었었는데, 이것이 도움이 많이 됐다고 생각합니다.

그리고 이렇게 학업뿐만이 아니라 중학생들은 같은 길을 몇 년이라도 더 걸어본 고등학교 선배들에게 다양한 조언을 들으며 자신의 진로를 계속 수정할 수 있다는 것도 정말 좋은 것 같아요. 그리고 또 이건 사소할 수도 있는데, 청심엔 천연 잔디 운동장이 있다는 거예요. 저는 축구를 정말 좋아하고 중학교 1학년 때부터 고등학교 2학년 때까지 축구부를 해서 그런지 천연 잔디 운동장의 존재는 제가 청심을 더 사랑하게 된 이유에요. 특목고 축구대회 때 타 학교에 원정 경기도 많이 가봤지만, 청심만큼 좋은 운동장을 갖춘 곳은 없었습니다. 산속에서 좋은 공기 마시며, 다치지 않는 천연 잔디 운동장에서 즐겁게 뛰어놀 수 있었다는 건 정말 큰 행운이었습니다.

**졸업 후에 알게 된 청심국제중학교와 다른 일반 학교들의 차이점이 있나요?**

**안선영** 우리 학교 학생들이 영어에 대한 노출도가 굉장히 높은 편이었다는 것을 알았어요. 아무래도 수업을 영어로 진행하다 보니 학생들이 영어를 크게 불편해 하지 않는데 영어에 대한 거부감이 강한 다른 학교 친구들이 생각보다 많더라고요.

**한유진** 청심의 제일 큰 특징은 졸업하고 나서도 지속되는 정말 끈끈한 정인 것 같아요. 지금 제 기수가 졸업한 지 몇 년이 지났는데도 중학교 동창회나 소규모 모임들도 활발하게 이루어지고 있는데, 고등학교면 모를까 중학교 한 기수가 이렇게 잘 뭉치고 꾸준히 만나는 경우는 드물다고 생각해요.

특히 많은 학생들이 유학 등의 이유로 모두 한국에 있는 것도 아닌데도 이렇게 계속 만나는 것을 보면 가끔은 정말 신기해요. 기숙사생활이나 기본적으로 크지 않은 학교규모 등 다양한 점들이 원인이 되었겠지만, 중학교를 졸업하고 한참 후인 지금까지도 연락을 지속해나가는 모습을 보면 확실히 유대감은 대단한 것 같아요. 또한 학업적인 면에서도 독특한 점이 많지요. 일반학교와 청심 두 학교를 직접 경험하지는 못했기에 정확한 비교는 못하겠지만, 특히 국제진학반의 커리큘럼의 경우 수업 내용이나 자기 주도적 학습 방법 등 일반 학교와는 차이가 많았어요. 훌륭한 선생님 아래서 배운 시간들이 지금도 저에게는 큰 바탕으로 자리 잡고 있습니다.

**류지연** 청심국제중학교가 다른 중학교와 가장 다르다고 느꼈던 점은 첫째로 전 과목을 영어로 수업한다는 것이고, 둘째로 다양한 경험의 기회를 제공해준다는 것입니다. 먼저 중학교 때부터 국어를 제외하고 수학, 과학, 사회 과목을 영어 원서로 배웠던 것은 다시 생각해도 독특한 청심만의 특징이 아닐까 싶네요. 또 중학교 때 체육 시간에 승마를 배워보고, 싱가포르, 몽골, 중국 등으로 친구들과 수학여행을 가고, 1인 1악기를 하면서 악기를 배워 볼 수 있도록 지원해준다는 점에서도 다른 중학교들과 큰 차이점을 가진 것 같습니다. 그리고 아무래도 가장 큰 차이점은 어떤 학교와 비교해도 정말 맛있는 급식메뉴! 학교를 다니는 데 있어서 빼놓을 수 없는 중요한 부분이죠. 지금은 매일 밥을 사먹거나 '학식'을 먹는데, 청심의 급식이 그리워질 때가 한두 번이 아닙니다.

선배님은 현재 어떤 꿈을 갖고 계신가요?

**안선영** 아직은 정확하게 진로를 확정하지 않았지만 국제 기술 무역 쪽에서 컨설턴트로 일하거나 최근에는 인간공학에도 관심을 가지게 되어 그 분야에 대해서 더 공부를 해볼까 해요. 그런데 제가 꿈이 굉장히 자주 바뀌는 편이라 아직은 잘 모르겠어요. 굳이 범위를 좁히자면 국제 계열의 일을 해보고 싶긴 해요. 아마 제가 공대생이니 세부 분야는 기술 쪽으로?

**한유진** 예전부터 제 큰 목표는 동아시아의 복잡한 국제정세와 이에 의한 문제점들을 해소하는 데에 기여하는 것이었어요. 다만 이 목표를 어떻게 이루어낼지에 대한 세부적인 계획은 지금까지도 바뀌고 있어요. 지금 생각하고 있는 건 동아시아학과 국제관계학을 전공해서 국제기구나 정책연구소 같은 곳에서 일하다가, 그 경험을 기반으로 학계에 들어가는 것이에요. 그렇지만 아직 대학교 1학년이라 이 목표가 얼마나 현실성이 있는지, 제 적성에 맞기는 한지 등 여러 가지 모르는 점들이 아직도 많아요. 앞으로 대학생활하면서 차근차근 알아갈 생각입니다. 예일대의 경우 2학년 말에 전공을 선택하기 때문에 앞으로 다양한 경험을 하면서 조금 더 고민해볼 계획이에요.

**류지연** 조금은 막연하지만, 제 꿈은 기술기반기업인으로서 컨설팅, 회계 등 기업 경영 관련 일을 하는 것입니다. 고등학교 때부터 이와 관련된 꿈을 갖고 준비했었고, 현재 경영학과에 재학하면서 관련 과목들을 배우는 중입니다. 연합전공이나 심화전공을 통해 벤처경영, 기술경영까지 배우고 CPA 준비도 하면서 경영 관련 공부를 지속한 후, 창업이나 취업으로 기술을 기반으로 한 회사 경영과 관련된 경험을 쌓고자 합니다. 그리고 향후에는 이를 바탕으로 컨설팅 일까지 이어가고 싶네요.

**김한수** 아직까지도 제 꿈을 특정지어서 정확하게 말하기는 어려울 것 같습니다. 세상을 알아갈수록, 공부를 계속 할수록, 진로는 계속 조금씩 변하더라고요. 초등학교 때 제 꿈은 의사였고, 중고등학교 때는 외교관이었지만, 지금에 저는 경영학을 주로 공부하고 있습니다. 일단 제가 지금 생각하고 있는 진로는 경영/경제 분야에 더 가까운 것 같아요. 단기적으로는 일단 제가 다니는 대학에서 금융학과 통계학을 공부하고 미국 금융업계에 도전해보고 싶습니다. 세계 경제를 쥐락펴락하는 곳에서 다양한 경험을 쌓아보고 거시경제의 흐름에 대해서 더 배워보고 싶기도 하고요. 그리고 대학원에 진학해 공부를 더 해볼지 아니면 계속 금융업계에서 경험을 더 쌓을지는 모르겠지만, 먼 미래에는 경제 관련 세계기구에서 일하고 싶습니다.

**자신이 꿈꾸는 미래 또는 자신의 삶에 청심국제중학교가 어떤 영향을 미쳤다고 생각하시나요?**

**안선영** 우선 어떤 힘든 일이라도 해쳐나갈 수 있다는 자신감을 얻었어요. 청심에서 3년 또는 6년 동안 똑똑한 아이들 사이에서 성적 때문에 스트레스 받고, 친구 관계로 고민하고, 중학생 때부터 부모님과 떨어져서 기숙사 생활하는 건 절대 쉬운 일이 아니에요. 물론 살아가면서 더 힘든 일이 있을 수도 있지만 저는 청심에서 6년을 보내고 졸업한 순간 '나는 이제 무슨 일이 있어도 해쳐나갈 수 있겠다.'는 느낌이 들었어요. 그리고 정말 정신력이 강해져요. 원래 저는 굉장히 예민하고 상처도 잘 받았는데 청심을 졸업한 후에는 인간관계에서 웬만한 일이 일어나도 흔들리지 않는 스스로를 발견하고 놀라요. 청심 6년이 정말 완벽하고, 행복한 추억만 가득한 것은 아니지만 제가 청심에서 얻은 것들은 평생을 살아가는데 도움을 줄 것 같아요.

**한유진** 우선 영어를 생활화할 수 있도록 도왔다는 점에서 제가 지금 유학을 갈 수 있는 기반을 마련해준 것 같아요. 우리 학교의 독특한 커리큘럼 또한 한국에 국한되지 않은 다양한 이슈들에 되해 생각할 수 있는 기회를 제공함으로써 사고의 유연성이나 넓은 시야를 갖출 수 있도록 해주었다고 생각해요. 기숙사 생활은 혼자 생활할 수 있는 능력을 키워주었고, 비슷한 관심사를 가지고 있는 친구들과 제 꿈을 응원해준 선생님들을 통해 좀 더 큰 꿈을 꿀 수 있었다고 봐요. 어떻게 보면 청심국제중학교에서 생활한 경험이 지금 제 유학생활과 꿈을 이루기 위한 기초가 되었다고 할 수 있겠네요.

**류지연** 중학교 1학년 때부터 고등학교 3학년 때까지 청심에서 보내면서, 아무래도 청소년기 제 가치관이나 장래희망, 삶의 방식에 있어서 대부분이 청심의 영향을 받았다고 해도 과언이 아닌 것 같아요. 특히 청심국제중학교에선 처음 가족과 떨어져 친구들과 하루 종일 지내면서 친구 관계에 대한 생각, 고민이 있을 때 대처법 등 인간관계에 대한 부분에서 시행착오도 겪으며 성장했던 것 같습니다. 그때 친구 사귀었던 경험, 친구와 갈등이 있을 때 해결했던 경험이 지금까지도 인간관계에 대한 가치관에 반영돼서 나타나는 것 같습니다. 공부 방식에 있어서도 기숙사 학교인 만큼 혼자서 공부하는 방법을 많이 깨닫고, 배웠었는데 그 습관이 계속 유지돼서 아직까지 남아 있습니다. 또 PPT로 발표하는 방식이나 토론식 수업에 대한 요령도 많이 생겨서 고등학교 땐 그와 관련된 대외활동에도 자주 참여하게 되었던 것 같아요. 이밖에도 친구들과 종일 붙어 지내면서 나눴던 이야기, 선생님들께서 해주신 조언 등은 제 삶의 가치관이나, 진로, 신념에 대부분 영향을 미쳤던 것 같습니다.

**김한수** 청심은 제 삶에 엄청난 영향을 끼쳤습니다. 생활 방식, 사소한 습관들, 공부법 등 정말 많은 것들을 청심에서 배우고 깨우쳤습니다. 모든 것들이 제게 자연스럽게 녹아져있기 때문에 정확히 어떤 것들을 배우고 어떤 영향을 받았는지는 설명하기 어려울 것 같아요. 하지만 청심의 ACG교육이 다 그 배경이 되었을 것이라고 개인적으로 판단하고 있습니다. 단순히 공부만 잘하는 학생이 아니라 이타적인 품성을 배양시키려고 노력하고 세계적인 안목을 키워주는 교육 방식이 훌륭한 청심인을 만든 원동력이라고 생각합니다. 똑똑한 초등학생들을 모아 중학교 때부터 좁은 경쟁사회에서 같이 생활한다는 것이 ACG교육이 아니었다면 절대 가능하지 않았을 것입니다.

처음에는 감정적으로 미성숙해 친구들을 경쟁상대로 여기며 이기적으로 행동하기도 하지만, 친구들하고 기숙사에서 같이 지내며 사소한 추억을 공유하면서 서로를 동반자처럼 이끌어주는 문화가 ACG교육 덕분이었다고 생각해요. 지금의 제가 있기까지는 친구들의 도움이 정말 컸습니다. 같이 공부하고 같이 놀면서 항상 기댈 수 있는 존재가 있었다는 게 제가 정신을 좀 차리게 된 계기였던 것 같아요. 경쟁보다는 상생과 협동이 우선시되는 청심이라는 환경에서 얻은 이런 친구들이 제게 큰 영향을 끼쳤다고 생각합니다. 청심 친구들은 정말 무게감부터가 다릅니다. 지금은 연락이 뜸하긴 해도 언제 봐도 어색하지 않고 다 같이 만나면 웃음이 끊이지가 않아요. 제가 청심에서 얻은 가장 소중한 자산이죠.

**중학교 3학년에 접어들어 문과와 이과 사이에서 많은 고민을 하고 있는 후배들에게 그 차이를 설명해주세요. 왜 문과/이과를 선택하셨나요?**

**안선영** 저는 문, 이과의 차이점은 공부하는 과목의 차이밖에 없다고 생각해요. 자신이 너 좋아하는 쪽을 선택하는 게 고민의 해법이라고 지는 생각해요. 우선 제가 가장 좋아하던 선생님의 담당 과목이 물리여서 자연스럽게 제가 가장 좋아하는 과목이 물리가 되었어요. 그렇게 자연스럽게 수학도 좋아지고 수학이 좋아지니 화학 같은 다른 과학 과목도 좋아하게 되었는데 계속해서 문과를 지망하게 되면 더 이상 수학이나 과학을 배우지 못하게 된다고 생각하게 되니 갑자기 문과에 가기가 싫어졌었어요. 영어나 중국어는 학교 수업이나 활동에서 어느 정도 유지할 수 있지만 문과생이 이과 수업을 들을 수는 없었거든요.

그래서 저는 이과로 전과해서 이렇게 공대에 오게 되었어요. 어느 쪽이든 각자의 장단점이 있고 개인의 특성에 맞는 쪽을 현명하게 고르되, 반드시 자신이 더 좋아하는 공부를 선택하는 게 중요하다고 생각해요. 더 배우고 싶은 과목을 선택했고 지금까지도 후회하지 않고 있어요.

**한유진** 저 같은 경우 운이 좋게도 굉장히 선택이 편했어요. 이과는 정말 저랑 안 맞았거든요. 시키면 할 수는 있었지만, 문과 공부에 비해서 제가 훨씬 덜 즐긴다는 것을 금방 느낄 수 있었어요. 특히 역사나 정치, 국제관계 등에 관련된 공부를 할 때 제가 느끼는 기쁨은 다른 과목들을 공부할 때 느끼는 것보다 훨씬 컸기 때문에 저는 문과가 적성에 맞다는 것을 금방 깨달을 수 있었어요. 하지만 이걸 알 수 있었던 것도 청심국제중학교에서 문이과를 가리지 않고 여러 수업을 들을 수 있었기 때문이에요. 제가 만약 이런 수업들을 듣지 않았다면 아무래도 제게 문과가 더 잘 맞는다는 것을 알기는 어려웠을 것이라고 생각해요. 본인이 뭘 좋아하고 싫어하는지는 직접 해보는 방법보다 좋은 것이 없으니까요. 만약 문이과 결정에 대해 고민하는 친구들이 있다면, 우선 청심국제중학교에서 제공하는 각종 수업들에 본인이 할 수 있는 최선을 다해서 임해보라고 얘기하고 싶어요. 자신이 할 수 있는 최대한의 노력으로 어떤 과목을 공부해보지 않는다면, 자신이 정말 그 과목과 잘 맞지 않는지, 아니면 그냥 그 과목을 제대로 이해하지 못한 것인지를 구분하기가 굉장히 힘들어요. 청심국제중학교의 다양한 과목들을 적극 활용해서, 본인이 어떤 과목들을 좋아하는지, 그 과목의 어떤 점이 특히 좋은지 알아나가는 것을 추천드려요. 예를 들어 경제학이 좋다면, 데이터분석을 통한 논리성 그 자체가 좋은 건지, 아니면 데이터 분석에 필요한 수학적인 계산이 즐거운 것인지에 따라 본인이 사회과학 혹은 순수과학 중 어느 쪽에 가까운지를 어느 정도 생각할 수 있어요. 이런 경험들과 본인의 의견들을 잘 생각해보면 문과와 이과 중 어느 쪽이 본인의 적성에 잘 맞는지에 대한 감을 잡을 수 있을 것이라 생각합니다.

**류지연** 문과/이과 진학 고민은 정말 어려운 문제죠. 흥미와 적성 중에 어느 부분에 더 비중을 둘지 이런 고민들은 사람마다 너무 상황도 달라서 하나의 답을 주긴 어려울 것 같습니다. 다만, 제가 해주고 싶은 조언이 있다면 자신의 흥미와 적성을 너무 문과/이과라는 틀에서 이분법적으로 보지 말고, 절대적으로 한 분야에 대한 흥미를 포기하는 것이라고 생각하지도 말라는 것입니다. 저는 수학, 과학을 좋아해서 중학교 3학년 때까지 이과 진학을 희망하고 있었고 실제로 이과 진학에 필요한 수학, 과학 공부를 꽤나 해둔 상태였습니다. 하지만 처음 고등학교를 들어가고 나서 대학의 어떤 과에 진학할지, 나중에 무슨 일을 할지 고민해보면서 경영학과에 가고 싶다고 생각했었고 고등학교 1학년 때 과감히 문과로 전향했었습니다. 실제로 대학에 지원할 때도 기술 쪽을 배우고 싶어서 자유전공학부 지원까지 고민 했었고요. 그런데 지금 경영학과에 재학하면서, 문과지만 수학 공부도 하고 있고 다전공, 심화전공 제도를 활용해서 기술경영 쪽을 공부할 수 있는 길도 열려 있을뿐더러 주변에는 아예 컴퓨터공학을 복수전공하는 사람들도 꽤 있더라구요. 그래서 이런 식으로 미래에 일하고 싶은 분야 또는 흥미 있는 분야가 내 적성과 다르다면 좀 더 잘 할 수 있는 쪽으로 선택하는 것이 좀 더 낫지 않을까하는 생각이 듭니다. 관심 있는 분야는 언제든 바뀔 수 있는 부분이니까요. 그리고 관심 있는 분야와 다른 쪽을 선택하더라도 그 분야와 관련된 활동을 꾸준히 하면 흥미와 적성의 교점을 찾을 수 있을 겁니다.

**김한수** 아마 문과와 이과 사이에서 고민하는 학생들은 두 분야에서 모두 우수하기 때문에 행복한 고민을 하는 것일 텐데요. 저는 과학을 정말 못했습니다. 친구들이 신비롭지 않냐고 할 때도 저는 전혀 신비롭지 않았고 흥미 자체가 없었어요. 수학은 괜찮았지만 솔직히 과학은 정말 저랑 안 맞았습니다. 그리고 제가 전반적으로 문과 쪽 과목을 선호하기도 했고요. 그래서 저는 문과를 선택했습니다. 자신이 좋아하는 것을 고르는 게 우선이라고 생각해요. 뻔하긴 하지만 무조건 자신이 공부할 때 더 흥미를 느끼고 재밌다고 생각하는 분야를 선택하는 것이 정답이라고 생각합니다. 꿈과 진로도 중요하겠지만 보이지 않는 먼 미래에 너무 얽매이지 마세요. 제가 외교관을 꿈꾸고 문과를 선택했지만 대학에서 경영학을 전공하면서 자연스럽게 통계학을 공부하는 것처럼, 대학에서 자신의 관심 분야에 대해서 다시 선택할 수 있는 기회가 주어집니다. 꿈은 항상 변하는 것이고 다른 분야에 진출할 기회도 많습니다. 청심인들처럼 우수한 인재들에게는 그러한 기회가 더 잦을 것이라고 생각하고요.

국내 대학교 입시와 국제 대학교 입시의 차이가 무엇이라고 생각하시나요? 왜 국내/국제 대학교를 선택하셨나요?

**안선영** 저는 해외에 연고도 없는데다가 중학교부터 부모님과 떨어져서 살았는데 대학교마저 외국으로 가서 가족이랑 떨어지는 게 싫었어요.

**한유진** 국내대학교나 해외대학교나 사실 궁극적으로 원하는 것은 적극적으로 본인의 관심사를 좇아온, 자신만의 '색깔'이 있는 학생이 아닐까 싶어요. 다만 이 '색깔' 중 어떤 부분을 더 중요시하는지, 그리고 이를 어떻게 나타내야 하는지의 차이점이 결국 국내, 국제대학 입시의 차이점이라고 생각합니다. 제 경우 한국, 미국, 영국 이렇게 세 국가의 대학교에 지원했는데요, 영국대학이 철저히 지원자의 학업적 능력 및 잠재력과 비판적 사고력을 평가한다면, 미국대학은 성적뿐만 아니라 성장배경, 경험, 관심사, 대인능력 등 요소들까지 평가기준에 추가하여 지원자를 학업 외 다방면으로 평가하는 것 같아요.

한국대학 수시의 경우 학업적 능력과 활동내용 등을 둘 다 비슷하게 감안한다는 점에서 이 두 가지 대학입시를 섞어놓은 것 같고요. 적어도 제가 대학에 지원하면서 개인적으로 느낀 건 이래요. 개인적인 생각인 만큼 객관적, 보편적인 사실이라고 하기에는 어렵겠지만요. 제 경우, 공부하고 싶은 학문이 동아시아학, 특히 국제관계나 역사 쪽이었기 때문에, 동아시아 그 어느 국가에서 공부하더라도 각 국가마다 정치적, 사회적 상황에 따라 자유롭게 질문하고 토론하기 어려운 주제들이 있을 것이라고 생각했어요.

아무래도 제가 관심 있는 분야가 정치적으로 민감한 내용들이 많다 보니, 아무래도 이런 문제들에 대해 직접적인 이해관계가 있는 동아시아 국가보다는 거리가 있는 미국 같은 국가들에서 학사 공부를 하는 것이 좀 더 균형 잡힌 견해를 갖는 데에 도움이 될 것이라고 예상했습니다. 아시아의 학계가 정치적인 요소들로 인해 왜곡되었다기보다는, 고등학문의 기초를 닦는 학사과정의 경우 혹시나 존재할 수 있는 사회적 기대들로부터 가급적 자유로운 환경에서 공부하는 것이 좋다고 생각했습니다. 또한 동아시아에 관심이 있지만 동아시아의 어떤 분야(정치, 역사, 국제관계 등) 혹은 국가에 더 많은 관심이 있는지 알기 어려운 상황에서 전공을 나중에 정할 수 있는 미국대학은 굉장히 매력적으로

와 닿았고요. 한참 고민하던 끝에 미국으로 유학을 결정했지만, 그 고민 자체가 어느 한 나라의 대학이 우수하다고 따질 수 없기 때문에 생기는 고민이라고 생각해요.

나라마다 독특한 대학과정이 있는 만큼, 하나의 잣대로 우열을 따지기보다는 본인이 원하는 학사과정에 제일 적합한 대학을 찾아가는 것이 맞는 방법이 아닌가 싶습니다.

**류지연** 제가 생각했을 때 국내 입시와 국제 입시의 가장 큰 세 가지 차이점은 영어의 사용 빈도와 상대평가의 유무, 그리고 비용입니다. 먼저 국내 입시는 수능, 수시 위주이기 때문에 중학교 때처럼 영어로 수업하는 경우는 영어 시간을 제외하고는 찾기 힘들죠. 하지만 국제 입시는 중학교 때와 비슷하게 거의 모든 수업이 영어로 진행되고, AP나 SAT 같은 시험도 당연히 영어로 준비할 수밖에 없습니다. 국내 입시에서는 뛰어난 영어 실력이 '스펙'이라면 국제 입시에서는 '기본'이 돼야 하는 부분이죠. 두 번째로 청심국제고등학교 국내반은 내신 등급 시스템 하에 상대평가가 이루어지고, 국제반은 GPA 시스템 하에 절대평가가 이루어진다고 알고 있습니다.

국내반이 좀 더 경쟁이 치열할 수밖에 없는 구조라고 볼 수 있죠. 물론 국제 입시를 준비하는 것도 치열한 경쟁이지만 국내 입시의 경우는 1점, 1등, 1등급이 보다 큰 중요성을 갖는다고 볼 수 있습니다. 세 번째로 비용의 측면에서 여러 대외활동이나 시험 준비과정, 그리고 대학 진학 후 드는 비용까지 고려한다면 국내 입시가 훨씬 더 적은 비용이 드는 경우가 대다수입니다. 국세입시에서도 장학금을 받아가는 제도가 있긴 하지만 그럼에도 그 차이는 무시할 수 없는 부분이죠. 제가 국내대학 진학을 선택하게 된 가장 큰 이유는 가족들과 친구들이 있는 한국에서 학교를 다니고, 한국에서 계속 일하고 싶다는 막연한 생각과 비용 문제 때문이었습니다. 전 거의 고민 없이 국내 대학 진학을 계속 생각하고 있었던 것 같네요.

**김한수** 제가 국제반을 선택한 이유는 제가 현재 다니고 있는 펜실베이니아 대학교(University of Pennsylvania)의 Huntsman Program(이하 헌츠맨 과정) 때문이었던 것 같아요. 중학교 3학년 때부터 이 프로그램에 대해서 알게 되었는데 너무 매력이 있는 과정이라고 생각했습니다. 헌츠맨 과정은 유펜에 있는 네 가지 대학(경영대학Wharton School, 인문/사회/과학 대학College of Arts and Sciences, 공대Engineering, 간호대Nursing) 중 경영대학인 Wharton School과 인문/사회/과학 종합 대학인 College of Arts and Sciences에서 복수전공을 하면서 해외 연수를 보장해주는 프로그램입니다.

세계에서 단 40명 정도를 뽑아 학교에서 좀 더 특별하게 관리해주기도 하고 여러모로 정말 좋아 보이는 프로그램이었어요. 이 과정에 대해서 중3때 듣고 나서부터는 저는 줄곧 이 프로그램에 가려고 했고 그래서 국제반을 선택했습니다.

**선배님이 중학교 3학년 때는 어떤 고민을 하셨나요? 그런 고민들에 대해 어**

떤 결정을 내리셨나요?

**안선영** 저는 중학교 3학년 때 친구 관계에 대한 고민을 가장 많이 했던 것 같아요. 친구랑 싸우고 속상해하고, 마음 상하는 일이 있어도 쌓아두기만 해서 많이 힘들어했던 기억이 나요. 저는 그래서 계속해서 인간관계에 초연해지고, 스트레스를 주는 사람은 피하고, 한 귀로 듣고 한 귀를 흘리는 연습을 했어요. 제 주변에 남을 사람은 계속해서 남고, 저에게 해를 끼치는 사람은 저를 떠나가게 되더라고요. 그랬더니 인간관계가 더 편해지고 삶이 윤택해졌어요.

**한유진** 제일 큰 고민은 진로선택과 고등학교 입시였던 것 같아요. 아무래도 어느 진로를 희망하느냐에 따라 그 진로를 효율적으로 준비할 수 있는 고등학교가 달라지다 보니, 중학교 때 어느 정도 본인의 진로에 대한 생각이 있어야 한다고 생각했어요. 물론 중3이라는 굉장히 어린 시점에서 인생 전체의 계획을 세운다는 것은 말이 안 되지만, 추후 유학 여부 및 문이과, 전공 선정 등 굵직한 방향에 대한 생각을 잡고 이에 맞춰 알맞은 고등학교에 진학하는 것이 맞다고 생각했기 때문에 그 당시에는 이런 고민들이 제일 중요했던 것 같아요. 비록 전공에 대한 세부적인 생각 등은 조금씩 바뀌었지만, 중3 때 생각했던 큰 틀에서는 다행히도 많이 벗어나지 않았고, 덕분에 원하는 길로 잘 나아갈 수 있었던 것 같습니다.

**류지연** 중학교 3학년 때 했던 고민이라면 아무래도 진로와 관련된 부분이겠죠. 청심국제고등학교에 진학할 것인지, 다른 학교로 진학할 것인지…. 또 문/이과에서 어떤 쪽을 택할 것인지, 내가 미래에 하고 싶은 일과 대학에서 전공하고 싶은 분야가 무엇인지 등에 대한 고민이 많았던 것 같습니다. 결국 청심국제고등학교에 진학해서, 문과 공부를 하고 경영학과에 재학 중인데, 이러한 결정의 과정과 결과에서 스스로 만족하면서 지내고 있습니다.

**김한수** 아마 중3 때 하는 고민 대부분이 고등학교 선택과 관련된 문제일 것 같아요. 사실 저도 무조건 저 프로그램에 뽑힐 것이라고 확신하고 청심국제고 국제반을 가겠다고 결심하지는 않았습니다. 저도 중3 때 인문계 고등학교로 빠지거나 국내반에 진학할지 고민을 어느 정도는 했습니다. 제 마음은 이미 헌츠맨 과정에 가 있었지만 부모님께서는 학비에 대한 걱정을 많이 하셨습니다. 그래도 부모님께서는 제가 좋아하는 분야를 지원해주시기로 결정하고 저를 믿어주셨고 결국 저는 국제반에 진학했습니다. 제가 말하고자 하는 바는 일단 지금 자신의 마음이 가 있는 곳을 선택하세요. 그리고 부모님도 설득해보고요. 그래야 나 자신이 선택했다는 것을 인지하고 그 선택에 따르는 책임도 본인이 지는 겁니다.

지금 저는 제가 원하던 대학을 다니고 있지만 아직도 학비에 대한 걱정은 남아있습니다. 지금은 부모님이 저를 조금 어렵게 지원해주시고 계시지만 저는 이 대학에서 공부해서 부모님께 더 크게 되갚을 수 있을 것이라고 믿습니다. 부모님이 저를 믿어주고 계시고 저도 그 믿음에 이바지하려고 노력할 것이고요. 사실 이 점이 제가 졸업 직후 미국의 금융업 쪽에 취업을 고려하고 있는 이유이기도 합니다. 좋아하는 것을 하세요. 그리고 그것에 대한 책임을 질 수 있는 수단을 찾으면 되는 겁니다. 그건 장학금이 될 수도 부모님과의 약속이 될 수도 또 그 무엇이든 될 수 있다고 생각해요.

**청심국제중학교에 재학 중인 후배들에게 대회와 같은 교외 활동이나 공부 방법에 대해 조언해주세요.**

**안선영** 각자에게 맞는 공부 방법은 모두 다른 법이지만 저 같은 경우는 복습만큼은 철저히 했어요. 수업 시간에 연필로 선생님께서 하는 말은 한 마디도 빼먹지 않고 빠르게 필기하고 바로 그날 다시 책에 옮겨 적었어요. 사실 바로 그날 옮겨 적는 이유는 그렇게 하지 않으면 바로 다음날에는 제가 제 글씨를 못 알아봐서였는데 그날 한 내용을 그날 바로 복습한 것이 나중에 시험기간에 많은 도움이 되더라고요.

**한유진** 아무래도 제일 중요한 건 본인이 관심 있고 잘하는 것이 무엇인지를 파악하고, 그것에 중점적으로 투자하는 것이라고 생각해요. 세상에 할 수 있는 활동은 토론부터 봉사활동, 학술부터 운동까지 정말 무궁무진해요. 이 중 본인이 즐기고 꾸준히 적극적으로 할 수 있는 것이 무엇인지 파악하고, 이를 끈기있게 발전시켜나가는 것이 본인의 색깔을 찾아내는 좋은 방법 중 한 가지라고 생각합니다. 여기서 포인트는 많은 활동들을 전부 하는 것이 아니라, 본인이 잘하고 좋아하는 몇 가지를 찾아내서 그것을 깊이 파는 것입니다. 이런 성향을 알기 위해서는 여러 가지 시도를 하고, 학교에서 배우는 과목들을 통해 본인의 적성이나 관심사를 찾아내는 등 다양한 노력들이 필요하겠지요. 대회 수상도 마찬가지라고 생각해요.

저는 '솔모네집'이라는 봉사 사이트를 오래 운영했는데 열정을 가지고 하다 보니까 아이디어를 찾아내게 되고, 자연스럽게 수상도 따라오고, 그게 쌓여서 또 다른 것들을 이루어낼 수 있었어요. 그렇기에 이것저것 도전해보고, 본인이 무엇에 집중하고 싶은지를 파악하고, 거기에 최대한 열정을 가지고 집중하는 것을 추천하고 싶어요. 공부방법의 경우, 보편적으로 어떻게 공부해야 한다는 왕도는 없다고 생각해요. 저 같은 경우 중학교 때 이것저것 공부 방법을 시도해보고 제일 잘 맞는다고 생각한 방법을 고등학교 때 사용했어요. 사실 공부든, 대외활동이든, 어떤 일이든 도전해보고 본인한테 맞는 것을 찾는 것이 제일 먼저 해야 하는 일이 아닐까요. 그리고 오히려 일찍 도전하고 실패할수록 나중에 정말 중요한 시기에 성공적으로 해낼 가능성이 높아지고요. 그런 의미에서 빨리 본인을 파악하고 집중할 부분에 투자하는 것을 추천하고 싶네요.

**류지연** 고등학교 1학년 또는 2학년까지는 다양한 경험을 많이 해보길 권유합니다. 자신이 정말 흥미 있는 분야가 정해져 있다면 그 분야에 대한 것을 위주로 하되, 다른 활동들도 무서워하거나 겁먹지 말고 도전하세요! 물론 결과가 늘 좋지 않을 수도 있고, 시간 낭비했다고 생각할 수도 있지만 어떤 활동을 하더라도 배울 수 있는 점이 있고 스스로 성장하는 기회로 삼을 수 있는 것 같습니다. 그러니 공모전이든, 대회든, 자격증 시험이든 스스로 찾아보고 친구들에게도 함께 해보자고 권유해서 다양한 활동 해볼 수 있길 바라요. 특히 대외활동의 경우에는 관련 정보를 공모전사이트 등에서 자주 찾을 수 있으니 수시로 확인해보세요!

**김한수** 이것도 친구들을 언급해야 될 것 같아요, 청심은 정말 다방면에서 우수한 학생들이 많은 곳이잖아요. 서로의 관심사가 다 조금씩 다른데 그런 친구들과 함께 한다면 교외활동과 공부 방법 모두 문제될 게 없다고 생각합니다. 그 친구가 좋아하고 잘하는 것들이 있고 내가 좋아하고 잘하는 것들이 있을 텐데 그런 것들을 공유하면 되요. 그 친구가 좋아하는 대회에 참가할 때 같은 팀으로 나가보고 내가 좋아하는 활동을 할 때 다른 친구들과 함께 하면 됩니다. 서로 한두 가지씩 공유하면서 나누세요. 간혹 교외활동을 너무 경쟁적으로 여기면서 폐쇄적으로 본인 또는 소수만 챙기는 사람들이 있는데, 오히려 본인에게 더 큰 손해로 돌아올 수 있어요.

### 지금 다시 중학교 3학년으로 돌아간다면 가장 먼저 무엇을 하실 건가요?

**안선영** 만약 중학교 3학년으로 돌아간다면 저는 스페인어를 배우고 싶어요. 중3 때 고등학교 입시가 끝나고 그때 잠깐 게임에 빠진 적이 있었는데 그때 언어를 하나 더 배워 둘 걸 하는 생각이 드네요.

**한유진** 입시가 끝나기 전에는 그냥 제가 중3시절을 보냈을 때처럼 열심히 공부하고 입시에 집중할 것 같아요. 입시가 끝난 후에는 졸업하기 전까지 친구들이랑 좀 더 많이 놀고, 운동도 좀 해놓을 것 같아요. 고등학교에 입학하고 나니 청심국제고등학교로 같이 진학하지 않은 친구들이랑 연락하기 어려워졌던 만큼 중3 때 각자 고등학교에 진학하기 전에 미리 많은 시간을 보냈으면 좋을 것 같아요. 그리고 고등학교에 진학하면 대입준비 등을 꾸준히 하는 데에 제일 중요한 것 중 하나가 체력인데, 저는 건강이 그렇게 좋은 편이 아니라서 고등학교 때 엄청 고생했거든요. 그래서 고입이 끝난 후에 운동을 열심히 해뒀으면 고등학교 생활이 조금 더 편하지 않았을까 하는 생각이 들어요.

**류지연** 지금 중학교 3학년 때로 돌아간다면, 다양한 친구들과 좀 더 많은 추억을 쌓고 선생님들께 좀 더 많이 감사함을 표하고 싶습니다. 절대 잊을 수 없는, 돌아갈 수 없는 기억들이 좀 더 풍성하게 오래 남아 있었으면 해요. 여러분들도 청심에서 보내는 1분 1초가 행복하고 유쾌했던 기억들로 가득 차길!

**김한수** 다시 중3으로 돌아가면 독서를 열심히 할 것 같아요. 제가 평소에 독서를 별로 즐기지 않았는데, 입대하고 어느 정도 계급이 오르면서 시간이 남으니까 책을 많이 찾게 되더라고요. 다양한 분야에 대해 간접적으로 경험할 수 있다는 것이 정말 도움이 많이 됩니다. 또 인문학적 교양과 사고력은 어디를 가도 자신을 빛날 수 있게 해주는 소양이고요. 우리 모두 독서합시다. – 정리 한윤서

# 후배들과의 대화

| 일시 : 2016년 3월 24일　　　| 장소 : 청심국제중학교 도서관

| 방식 : 김하은이 유현일을, 임세환이 정재홍을, 한윤서가 위지오를,
정민지가 이명현을 인터뷰하다

청심국제중학교에 들어오게 된 이유는 무엇인가요?

**유현일** 처음 알게 된 계기는 다니던 영어 학원이었어요. 그 후로 청심에 관심이 생겨 청심 방문의 날에 3번 정도 방문하게 되었는데, 방문에서 본 청심이 너무 멋있었고, 열람실 등의 여러 가지 시설 또한 매우 좋았기에 오고 싶다는 마음을 갖게 되었죠.

부모님의 권유 30%, 자신의 의지 70%. 초등학교 때부터 오고 싶다는 마음만은 절실했어요.

**정재홍** 사실 처음부터 청심 진학을 생각하지는 않았어요. 초등학교 6학년 때 담임선생님의 권유로 지원하게 된 거였죠. 저 같은 경우에는 초등학교 때부터 발표, 프레젠테이션 등 참여형 수업을 선호하는 편

유현일, 정재홍, 위지오, 이명현

이었고, 단순 암기를 통해 시험을 보는 것을 싫어했어요. 조금 더 자유로운 분위기 속에서 공부하는 것을 원했죠. 담임선생님께서 저의 이러한 특성을 반영해서 청심을 추천해주셨는데, 타 학교에 비해 비교적 자유로운 청심의 수업 분위기와 과제가 마음에 들어서 청심을 선택하게 되었어요.

**위지오** 아는 언니가 교복 재킷에 빨간색 리본을 메고 있는 모습을 보고 '헉!' 했어요. 나중에 어머니께 여쭤보니까 그게 청심국제중학교 교복이라고 하더라고요. 초등학교 저학년 때는 학교 시설이 너무 좋아서 오고 싶었어요. 고학년이 되면서 아나운서가 되고 싶은 꿈을 갖게 되었는데 그런 직업을 준비하기 위해서 이 학교가 적합한 것 같아서 선택했어요. 대외적으로 교류도 많이 하고, 학교 내에서도 학생들끼리 다양한 경험을 쌓을 수 있도록 도와준다는 점에서요. 또, 영어로 하는 활동과 수업이 많다 보니 다른 학교보다 미리 제가 가져야 할 능력을 다질 수 있을 것 같았죠.

**청심국제중학교에 입학한 후 알게 된 우리 학교만의 장점이 있다면?**

**유현일** 가장 큰 장점은 학생들끼리 동아리를 자유롭게 만들어 여러 활동들을 친구들과 함께 할 수 있다는 점인 것 같아요. 제 꿈은 확실하지는 않지만 현재로서는 법조계 나 회계 분야에요. 청심에 와서 여러 가지 활동을 하면서 제 꿈과 관련된 많은 정보와 경험을 얻을 수 있었어요. 저는 경제 토론 동아리를 하는데 부원 친구들과 자신만의 가치관을 나누면서 학습활동과 진로 방향을 설계하는 데에 큰 도움이 되었어요.

**정재홍** 학생들에게 공부와 시험만을 강요하지 않는 점이요. 제가 좋아하는 것들을 중심으로 동아리 활동을 꾸릴 수도 있고, 1인 1악기를 배우면서 교양과 실력을 동시에 쌓을 수도 있고, 목요음악회에도 참여하는 등 학업 스트레스에서 벗어나 즐거움까지 느낄 수 있는 활동이 많아요. 공부도 열심히 할 수 있도록 학습적인 분위기를 조성해주면서도, 학생들이 원하는 활동을 자율적으로 할 수 있도록 해주는 청심의 개방성이 최고의 장점이라고 생각해요.

**이명현** 가평 시골 산골짜기에 학교가 있다는 것도, 기숙사학교라는 것도 되게 특이했어요. 그리고 동아리가 정말 많고 다양하다는 걸 느꼈어요. 제가 베트남에서 3년, 인도네시아에서 3년을 살다 왔는데 외국에서 공부한 기간이 한국에 있었던 기간보다 더 길어서, 영어가 더 편해요. 그런데 우리 학교는 영어로 수업하고 영어로 시험을 보니까 그게 저에게는 우리 학교의 장점인 것 같아요.

오른쪽이 정재홍 후배

**위지오** 선생님들이 학생들에게 관심이 정말 많으시고 학생들도 자기 관리를 잘하는 것 같아요. 학생들끼리도 서로 잘 챙겨주고, 선생님들도 학생들을 잘 챙겨주시고… 그러면서도 경쟁하고 매사에 열정적 이에요. 우리 학교 분위기가 놀 때는 정말 미치도록 놀고 공부할 때는 정말 새벽 4시까지 열심히 하는데 이런 게 청심만이 갖고 있는 문화인 것 같아요. 또, 누군가가 시켜서가 아니라 스스로 공부를 하려고 하는 면이 좋아요. 학생들이 놀고 싶어하기 보다 공부하고 싶어하는 게 다른 학교랑 다른 점인 것 같아요.

**현재 자신이 하고 있는 특별한 교내, 교외 활동이 있나요?**

**정재홍** 동아리 같은 경우에는 제가 관심이 많은 과학 분야 동아리 활동을 가장 많이 하고 있어요. 거기에다 제가 조금 부족하다고 느끼는 영어 관련 학술 동아리에서도 활동하고 있는 중이에요. 과학 탐구 동아리에서 매년 특정 주제에 대한 연구를 진행하고, 과학전람회, 탐구대회 같은 각종 과학 관련 행사에도 적극적으로 참여하고 있어요. 무엇보다도 초등학교 때보다 더욱 다채로운 경험을 하게 된 것 같아요. 뭔가 성숙해지고 아는 것이 많아진 것 같아서 기분이 좋다고 해야 될까요? (웃음)

**이명현** 저는 제 꿈을 의사로 생각하고 있는데, 관련된 의료 봉사활동을 찾아보기도 하고, 2학년이 되면서 친구와 함께 관련 동아리를 만들기도 했어요. 작년에는 선배님들과 과학 잡지 동아리와 번역 동아리 활동에 참여했죠.

**위지오** 꾸준한 활동이 중요하니까 초등학교 때부터 해왔던 봉사활동이라거나 소속되어 있는 단체 활동은 꾸준히 하려고 해요. 그리고 저는 나중에 언론계통 일을 하고 싶어서 외국인들에게 영어로 우리나라에 대해 알려주는 교류 활동이나, 모의유엔(MUN)이나 모의법정(Mock Trial)처럼 다양한 활동도 하고 있고 'Quill'이라는 영어 신문 동아리와 학교 공식 부서인 학생소통부에도 참여하고 있어요.

**9기 학생들까지는 서류전형 후, 자필로 자기소개서를 작성하는 논술형 시험과 면접까지 3단계를 거쳐 이 학교에 들어왔는데, 10기 학생들부터 청심국제중학교 입학 제도가 많이 바뀌었습니다. 자신이 경험했던 새로운 입학 규정에 대해 자세히 설명해주세요.**

**유현일** 처음에 서류 전형을 진행한 뒤에 추첨을 통해 학생들을 추린

왼쪽이 이명현 후배

뒤 최종 면접을 했어요. 저희는 9기 때와 달리 자기소개서를 현장에서 쓰는 것이 아니라 첨부하는 형태였어요. 전체 1500자 정도의 자소서였는데, 질문지 형식이라기보다는 자신에 대한 소개, 인성에 대한 부분, 그리고 자신이 해왔던 자기주도학습에 대해 쓰는 딱딱한 자소서 스타일이었죠. 저는 학원에 다니지 않고 공부해왔기 때문에 스스로 공부한 방법과 바둑을 통해 배운 점에 대해 담아냈어요. 면접에서는 제가 쓴 자기소개서를 중심으로 물어보셨어요. 1학년 복도에 있는 4개의 반에서 이루어졌는데, 각 반에 한 명씩 들어가는 것이 아니라 한 사람이 4반을 모두 돌며 면접을 봤어요. 331호에서는 자기주도학습에 대한 질문이었고, 2반은 인성 면접, 3반은 설문 조사, 4반은 대기자실이었죠. 저는 오전반 1번, 맨 처음으로 면접을 보게 되어서 더욱 긴장되었던 것 같아요.

**정재홍** 저는 자기소개서를 쓸 때 무엇보다 제 자신이 왜 청심의 교육 철학인 ACG에 맞는지, 이 학교에 잘 적응하여 스스로 공부할 수 있다고 어필하는 데 집중했던 것 같아요. 면접은 사실 많이 당황스러웠어요. 집에서 엄마랑 정말 열심히 연습했거든요. 정말 면접에 나올 법한 문제들만 골라서 몇 번씩 연습했죠. 청심에 왜 지원하게 되었느냐, 당신의 꿈을 이루기 위해 왜 청심을 선택했느냐…, 이런 문제들이요. 그런데 실전은 완전히 달랐어요. 오히려 이렇게 딱딱한 문제들보다는 조금 더 개인적인 이야기를 털어놓을 수 있는 문제들이 많이 나왔던 것 같아요. 혼자 공부할 때 힘들었던 점, 친구들 간의 갈등을 직접 나서서 해결해주었던 경험 등 틀에 맞추어진 문제가 아닌, 제 본 모습 그 자체를 보여줄 수 있었던 것 같아요. 면접관 선생님들과 비교적 편하게 대화를 나눌 수 있어서 좋았어요.

**이명현** 자기소개서는 자기주도학습을 했던 경험, 인성 질문, 진로 계

왼쪽이 위지오 후배

획과 ACG 이념에 대한 질문들이 있었던 걸로 기억해요. 저는 미니스케치북에 정리하고 공부했던 저만의 자기주도학습법과 청심에서 어떤 활동(동아리)을 하고 싶은지를 중심으로 자기소개서를 작성했는데 면접에서 그 부분들에 대해 자세히 물어보셨어요. 어떤 동아리에 왜 참여하고 싶은지, 어떻게 공부했는지에 대해서요. 그리고 진로와 관련되어 자신이 가장 중요하게 생각하는 가치가 무엇인지에 대한 공통 질문이 있었어요.

**위지오** 일단 기본적인 원서(학적)와 지원서를 내면 순서대로 추첨번호를 부여받는데, 저 같은 경우는 692번이었어요. (웃음) 일주일 후에 추첨으로 2배수, 200명을 뽑고 뽑힌 학생들은 자기소개서를 내야해요. 질문은 3개였는데 자신의 자기주도학습 방법, 자신의 진로, 그밖의 활동(독서)에 대한 내용이었고, 그에 대한 답안의 형식은 없었어요. 한 문단에 전부를 써도 되고 질문별로 문단을 나누어서 써도 됐죠. 면접 질문은 감명 깊게 읽은 책과 이유, 그 책이 자신에게 미친 영향, 리더 활동을 하면서 힘들었던 점이나 실패했던 경험, 영어와 수학을 어떻게 공부했는지, 친구들이랑 트러블이 생기면 어떻게 할 것인지, 지원 동기였는데 비교적 어려움 없는 질문들이었어요.

### 청심은 나에게 ______이다!

**정재홍** 청심은 나에게 집이다! 이유는 정말 단순해요. 집보다 편하거든요. (웃음) 청심에서의 하루 일과는 매우 규칙적이에요. 매일 같은 시간에 일어나고, 같은 시간에 식사를 하고, 같은 시간에 야간 자율학습을 하고, 같은 시간에 잠이 들죠. 이처럼 규칙적인 일과에 저 자신을 맞추다 보니 청심에서의 생활이 더욱 익숙해진 것 같아요. 집에 가면 늦잠도 자게 되고, 놀게도 되는데, 오히려 집에서의 그런 모습이 더 어색한 것 같아요. 청심이 제 집 같은 느낌이라면, 집은 일주일 중 이틀 동안만 잠깐 머무는 별장이나 호텔 같은 느낌이랄까요? 청심은 앞으로 남은 중학교 생활 동안 저를 따뜻하게 품어줄, 이 세상에 단 하나밖에 없는 저의 집이에요. – 정리 한윤서

# 9.
# 우리아이 청심에 보내기까지

알을 깨뜨리고 지혜롭게 성장하기를 - 이현숙 / 한윤서 어머니

아이의 선택을 믿고 응원합니다 - 허련 / 김하은 어머니

뒤로 한 발 물러서서 스스로 공부하는 힘 길러주고파 - 김나영 / 임세환 어머니

하이얀 스케치북에 함께 그려나가는 그림 - 홍혜진 / 정민지 어머니

능력을 최대한 계발하고, 서로 존중하는 인성 기르기를 - 안수형 / 구재우 어머니

할 때 팍! 쉴 때 푹! - 김수진 / 정예담 어머니

스스로 정한 목표를 향해 정진하길 기대하며 - 조은경 / 김민솔 어머니

## 알을 깨뜨리고 지혜롭게 성장하기를

줄탁동시(啐啄同時)라는 말이 있습니다. 알속의 병아리가 껍질을 깨뜨리고 나오기 위하여 껍질 안에서 쪼는 것을 줄(啐)이라 하고, 어미 닭이 밖에서 쪼아 깨뜨리는 것을 탁(啄)이라합니다. 안에 있는 병아리와 밖에 있는 어미닭이 서로 협력하지 않으면 안 된다는 의미입니다.

윤서 안에 있는 잠재력에 놀라고 그럴수록 끊임없이 부모가 할 수 있는 역할에 대해 많은 생각을 했습니다. 아이가 원하는 것, 해야 할 것들에 대해 미리 생각하고 아이가 도움을 필요로 할 때는 그 타이밍을 놓치지 않으려고 했고, 대화하면서 서로 협력하면서 지내 왔던 것 같습니다. 실패나 좌절의 순간이 올 때도 있었는데 그때는 결과에 집착하지 않고 과정 중에 얻은 것들에 대해 다시 생각하며 도약할 수 있도록 했습니다.

청심중에서의 생활은 신뢰와 관심을 바탕으로 선생님들과 윤서 그리고 학부모의 합이 잘 맞아 '줄탁동시'가 잘 이루어졌다고 생각하며 감사한 마음입니다.

수많은 고민과 노력을 하며 알을 깨고 나오려는 윤서가 이런 경험들을 토대로 지혜롭게 성장할 수 있기를 바라고, 앞으로 더 넓은 세계로 나아갈 때 알 밖에서 깨뜨리는 것을 도와줄 좋은 선생님, 친구들, 선후배들을 만날 수 있기를 기도합니다. – 이현숙(한윤서 어머니)

## 아이의 선택을 믿고 응원합니다

세상의 모든 부모들이 그렇듯이 저도 하은이가 늘 행복한 사람이 되기를 바랐습니다. 외부로부터 주어지는 행복이 아니라 자신의 의지에 의해 행복을 만들 줄 아는 사람이 되었으면 했습니다. 사소한 것에서도 스스로 즐거움을 찾을 수 있고, '카르페 디엠'이란 말처럼 지금 살고 있는 이 순간에 충실한 삶을 사는 아이가 되기를 바랐습니다. 그리고 좀 더 바라는 것이 있다면 하은이가 누리는 그 행복을 그렇지 못한 주위의 누군가와 나눌 수 있는 사람이 되었으면 좋겠다고 생각했지요.

돌이켜보면 하은이 아빠가 하은이에게 가장 자주 하는 말이 "하은아, 하고 싶은 것 없니? 뭐 필요한 것 없어?" 이런 말이었던 것 같습니다.

맛있는 것이 먹고 싶다하면 바로 먹으러 나갔고, 놀러 가고 싶다하면 아무리 먼 곳이라도 바로 떠났었지요. 항상 딸아이에게 먼저 물어 보았고, 늘 딸아이의 의사를 존중하였습니다, 어려운 문제를 결정할 때도 옆에서 충분히 조언을 하고 도와는 주었지만 최종 선택은 본인이 하도록 했습니다. 물론 선택에 대한 책임도 본인이 몫이라는 것도 알려주면서요, 아이가 하는 선택이 늘 옳지만은 않겠지만 어떤 선택을 해도 우리는 딸아이의 편이라는 것을 아이는 알 것입니다. – 허련(김하은 어머니)

## 뒤로 한 발 물러서서 스스로 공부하는 힘 길러주고파

어린 아이는 유연한 존재라고 생각합니다. 유연한 존재이기 때문에 교육 환경을 어떻게 조성해주고, 학습 습관을 어릴 적부터 어떻게 잡아 주느냐에 따라 아이의 학습 능력이 좌우된다고 생각합니다. 따라서 이 시기(아주 어릴 때부터 초등학교 4~5학년까지)에는 부모가 적극적으로 아이의 학습에 개입해서 적절한 도움을 주어야 한다고 생각합니다.

하지만 아이가 어느 정도 바른 학습 습관을 가지게 되고, 스스로 공부할 수 있는 힘이 길러진 뒤에는 부모가 한 발짝 물러나 도움이 필요할 때 최소한으로 개입하는 것이 좋다고 믿습니다. 설령 아이가 공부하는 양, 방식 등이 마음에 100% 차지 않더라도 두고 보세요. 아이는 실패를 통해서도 배울 것이고, 이를 스스로 극복하는 과정을 통해서도 배울 것이기 때문입니다.

아들! 당장 눈앞의 것을 성취하려는 데 급급하기 보다는 더 멀리를 내다보며 긴 숨을 고르길 바란다! – 김나영(임세환 어머니)

## 하얀 스케치북에 함께 그려나가는 그림

아이들은 깨끗한 물과 같습니다. 어른들이 어떤 물감을 떨어뜨리느냐에 따라 물들어 간답니다. 아이들은 하얀 종이와 같습니다. 그곳에 어떤 그림을 그리는 것은 아이마음에 따르겠지만 그 마음에, 그 자그마한 머리에 심어주는 것은 어른들의 몫입니다.

민지는 하늘에서 내린 선물이었으며, 축복이었습니다. 그런 너무나도 소중한 나의 분신인 자그마한 아이에게 한국의 교육현실은 중국의 태산과 같이 높고도 험난해 보이기만 했습니다. 하지만 항상 흔들리지 않는 가장 기본적인 것은 '아이는 행복해야 한다!'입니다.

유치원을 보내기 시작하고 주위 엄마들의 사교육에 대한 유혹으로 너무나도 작은 아이들을 종일 학원으로 돌리는 것이 점점 당연하듯 이루어질 때, 대부분의 아이들은 학원으로만 뛰어다니기 시작했으며, 동네 놀이터에 또래 친구들은 차차 찾기 힘들었습니다. 아이가 충분히 행복해 할 수 있는 한계를 낮추어 그것에 즐거움을 느끼고 행복하게 즐길 수 있도록 하는 것이 최고의 효과이며, 아이 스스로 느끼고 생각할 수 있는 여유를 주어야 한다는 게 저의 생각이자 가치관으로 자라기 시작했습니다.

처음 학원을 경험했던 것은 행위미술학원이었고, 아이가 직접 물감으로 온몸에 그림도 그려보고, 토마토를 뭉개서 벽 그림도 그려보는 체험미술이었습니다. 너무나 좋아하는 아이를 보며 직접 체험해보는 것이 살아있는 교육이라는 생각에 주말마다 아이와 함께 온 가족은 도시락을 싸고 돗자리를 들고 산으로 바다로 사람 사는 세상 체험을 다녔습니다.

1월생이어서 유치원을 한 살 빨리 들어간 민지는 학교도 빨리 갈 수 있었지만, 저는 '그 일 년을 더 놀자!'라는 생각으로 가족과 주말마다 체험 시간을 더 많이 가졌습니다. 그렇게 일 년을 더 놀고 학교에 입학한 민지는 1학년 생활을 너무나도 즐겁고 행복에 가득한 모습으로 채워나갔습니다.

사립초등학교를 보냈던 이유는 단하나, 학교의 정책이 아이들 중심으로 이루어져 다양한 활동을 할 수 있었던 것이었습니다. 영어를 중요시했던 학교이기 때문에 상대적으로 영어를 많이 배우고 온 친구들에 기죽을 수 있었지만, 민지와 저는 영어동요와 영어동화책으로 즐겁게 적응하기 시작했으며, 민지는 놀랄만한 속도로 모든 것에 최고로 적응하였습니다. 사립초등학교에서의 교내 활동(오케스트라나 개척대-걸스카우트와 비슷한 단체-활동 등)을 경험하게 해주는 것은 지금까지도 아이의 인성과 사회생활의 바탕이 될 만큼 훌륭한 밑거름이 되었습니다.

청심중학교를 선택한 이유 또한, 선생님들의 아이들에 대한 관심과 학교의 정책 등이 아이들 중심으로 되어있기 때문이었으며, 그 도전은 4학년 때부터 조금씩 이루어 나가며, 6학년 2학기 때 민지와 함께 학원 등의 도움 없이 면접과 자기소개서 준비를 하였으며, 엄마로서 도운 것은 다만 민지가 그동안 해왔던 것을 정리했던 것이 전부였습니다.

이제 다시 고등학교를 가야 할 시점이 되었습니다. 청심을 보냈던 선택은 그야말로 민지의 사춘기 시절을 제대로 잡아주었습니다. 청심을 보낸 후 정말 많은 고민과 걱정을 했던 엄마의 입장과 달리 민지는 너무도 의연하게 홀로서기를 했습니다. 1학년 때는 친구들과 어울려 즐기기도 하고, 2학년 때는 스스로의 인생의 길에 눈뜨기 시작하더니, 3학년이 된 후로는 자신의 인생은 물론 시사 정치 경제까지도 관심을 두기 시작했습니다. 아이들은 고민과 생각들을 스스로 정리할 수 있는 시간과 여유를 충분히 가질 수 있어야 합니다. 어른들이 기다려주지 못하고 섣불리 그것을 어른들의 잣대로 기준을 잡고 흔들어버리면, 아이들은 주체할 수 없이 자신의 정체성을 잃어버립니다.

아직 민지의 앞날에도 많은 결정과 언덕이 자리하겠지만, 엄마인 나로서도 조급함에 아이를 밀어붙일 수도 있겠지만, 나는 믿습니다. 스스로 자라나는 힘을 가진 나의 아이를. 그 아이의 행복을 최고로 생각하는 나 자신을. – 홍혜진(정민지 어머니)

## 능력을 최대한 계발하고, 서로 존중하는 인성 기르기를

모든 사람들이 각자의 타고난 능력을 최대한 계발하고 서로 존중하고 도와서 발전한다면 이세상이 훨씬 아름답고 멋있어 지겠다는 생각을 항상 합니다. 개성 있고 다양한 재능과 자질을 가진 친구들이 모여 청심이라는 사회에서 함께 공부하고 성장해나가는 것을 보며 제가 꿈꾸던 사회가 이런 모습이지 않을까 생각합니다.

모두 다른 모습으로 멋있는 어른이 되어가는 청심 친구들에게 파이팅을 보냅니다. – 안수형(구재우 어머니)

예담이가 두 돌이 되기 전에 한글을 떼고부터는 스스로 책을 찾아 읽고, 집 근처 구립도서관에서 살다시피 했습니다. (한글을 떼기 전에는 새벽 한두 시까지 책을 읽어달라고 할 때가 많아서 제가 졸다가 먼저 잠이 들 때도 있었죠.;;) 어렸을 때 길러진 독서 습관으로 또래 아이들보다 확장된 사고를 하고 논리적으로 말하기와 글쓰기가 가능해질 즈음 평소 호기심이 많던 예담이가 놀이영어를 접하게 되었습니다. 영어동요를 들으며 몸으로 표현하고 같이 따라 부르다 보니 아이 스스로 흥미를 갖게 되었습니다. 그러다 보니 자연스럽게 영어동화책을 가까이 하게 되고, 결국 어린이도서관에 있는 모든 원서를 섭렵하게 되었습니다.

독서를 통해 내공을 쌓는 것이 엄마의 교육목표라면, 자연에서 마음껏 뛰놀고 직접 만져보고 느끼게 하는 것이 아빠의 교육철학이었습니다. 가족여행을 통해 많은 것을 경험하고, 푸르른 자연을 가까이 하다 보니 예담인 늘 긍정적이고 맑은 아이로 성장할 수밖에요.

예담이의 창의력도 아빠와의 체험학습을 통해 계발되었고, 초등학교 4학년부터 중학교 2학년까지 이어진 영재원 수업이 지적 호기심을 충족시켜 주고 나아가 예담이를 더욱 빛나게 해준 것 같습니다.

어느 날 태국에서 사온 '코끼리 똥으로 만든 수첩'을 들여다보던 예담이가 자기도 집에서 만들어 보고 싶다고 하기에 조금의 망설임도 없이 우리

가족은 어린이동물원을 찾았습니다. 초식동물의 똥을 채집해 와서 몇 시간 동안 끓이고 말리고를 반복하고 여러 작업을 거친 후 며칠 만에 두 손 위에 올려 진 똥(?)종이를 보며 너무 뿌듯해하던 아이의 얼굴이 아직도 생생합니다.

궁금한 건 못 참는 붕어빵 부녀의 합작품이 그렇게 완성되긴 했지만, 구토 나올 것 같은 동물원 냄새가 가시질 않아 한 달 가까이 코를 막고 살아야만 했습니다.(^^)

다양한 경험으로 아이의 영혼을 풍부하게 만드는 것이야말로 부모가 자식에게 해줄 수 있는 최고의 선물이 아닐까요?

제가 엄마로서 늘 강조하는 게 있다면, 그것은 바로 '할 때 팍! 쉴 때 푹!' 입니다. 집중해야 할 때는 끈기 있고 성실하게 노력하고, 그렇게 열심히 한 후에 주어지는 휴식시간이야말로 그 무엇보다 달콤하다는 것을 알려주고 싶었던 거죠.

청심이란 학교도 행복지수가 높은 예담이 스스로의 선택이었고, 지금도 청심 안에서 그 행복을 누리고 있음에 저 또한 행복하답니다.

– 김수진(정예담 어머니)

## 스스로 정한 목표를 향해 정진하길 기대하며

괴테가 말했습니다.

'인생은 속도가 아니라 방향이다.'

혹시 천천히 늦게 가더라도 옳게 가야하지 않겠느냐는 얘기겠지요. 그런데 현대는 속도전이고 매우 빠르게 변화하고 있습니다. 시대의 조류에 따라 아이들도 숨 가쁘게 내달리고 부모들은 또 그렇게 종용하고 있습니다. 남들보다 한걸음 더 빨리 유리한 고지를 점하기 위해 우리 아이들은 이곳저곳으로 내몰리고 있습니다.

저는 민솔이가 자라면서 스스로 방향성을 먼저 명확히 정립해주고, 그 방향성에 맞추어 공부와 다른 활동을 이루어나가기를 바랐습니다. 무엇을 위해 공부하는지에 대한 목표의식이 뚜렷하지 못하면 어느 순간 내가 지금 어디로 향하고 있는지 회의가 들 수 있고, 사춘기 등 감정의 기복이 심한 청소년기를 겪으면서 자칫 길을 잃고 헤맬 수도 있다고 생각했기 때문입니다.

방향을 잡기 위한 궁극의 목표는 아이 스스로 정하도록 기다렸습니다. 가능한 한 많은 책을 읽고 다양한 경험들을 할 수 있도록 도와주면서 민솔이가 추구하는 목표를 찾아나가길 기다렸습니다. 그 결과 고맙게도 민솔이는 '타인을 위한 배려가 앞서는 교양 있는 세계시민'이라는 목표를 찾아내고 한 발 한 발 그 방향성에 맞추어 나아가고 있습니다.

인디언들은 말을 타고 한참 달리다가 가끔은 멈추어 서서 뒤를 돌아다본다고 합니다. 영혼이 따라올 수 있도록 말입니다.

남들보다 더 빠르게가 아니라, 내가 스스로 정한 목표에 따라 방향성이 제대로 잡혀 있는지 매일매일 확인하고 생각해볼 수 있는 사람. 내가 지금 어느 방향으로 뛰고 있는지 마음속의 나침반을 따라 스스로를 점검하며 하루하루를 완성시켜 나가는 사람으로 민솔이가 성장하길 바랍니다.

– 조은경(김민솔 어머니)

# 에필로그

사실 《청심일기》는 재학생들 사이에서 전설에 가까운 책으로 불립니다. 청심에 입학하기 직전에 제일 먼저 읽은 책이었고, 지금도 틈틈이 펼쳐 보곤 하는 책입니다. 이런 《청심일기》가 출간된 지도 벌써 10년 가까이 되었는데, 1기 선배님들 때와는 많이 달라진 청심의 모습을 있는 그대로 생생하게 전달해줄 《청심일기 2》를 다른 친구들과 공동집필하게 되어 매우 영광스럽습니다. 책을 쓰는 과정에서 느낀 것이지만, 1기 선배님들의 《청심일기》가 워낙 완성도 높은 책이었기 때문에, 새로 출간될 저희의 책이 전작에 비해 수준이 많이 떨어지지는 않을까, 하는 생각에 부담도 컸지만, 제 이름이 들어간 책이 출판된다는 생각에 기대가 많이 되기도 했습니다.

저는 글쓰기 실력이 출중한 것도, 다른 학생들에 비해서 생각이 깊은 편도 아닌데, 이런 책을 감히 써도 될까 하는 생각이 들었고, 원고 마감일이 다가올수록 더 많은 내용들을 짜내야 한다는 생각에 스트레스를 받기도 했지만, 돌이켜보니 후회는 없는 것 같습니다. 무엇보다도 졸업하기 전에 책을 출간하는, 다른 사람들은 해볼 수 없는 뜻 깊은 경험을 했다는 면에서, 소중한 친구들과 함께 지난 3년간의 추억을 돌이키며 기억의 타임머신을 타고 여행을 떠날 수 있었다는 점에서 이번 출판 작업은 의미가 깊었던 것 같습니다.

이 책을 쓰는 데 여러 가지 조언도 해주시고, 인터뷰에도 응해주신 청심국제중고등학교 선생님들과, 바쁜 와중에도 만나 인터뷰에 참여해주신 선배님들과, 책 쓰는 동안 옆에서 응원해주신 우리 부모님, 모임 있을 때마다 아이들 데리고 다니느라 힘써주신 우리 친구들의 부모님, 그리고 지난 몇 달 동안 함께 한 친구들! 우리 윤서, 하은이, 민솔이, 민지, 근영이, 예담이, 성재, 재우 모두들 고맙고 사랑해! 졸업하기 전에 좋은 추억 만들게 해줘서 고마워.

우리 모두가 원하는바 이루고, 나중에 꿈의 저편에서 함께 만나는 날이 있었으면 좋겠다. WE SHALL BE THE ONES CHEONGSHIM! – 임세환

《청심일기》는 청심에 들어오고 싶다고 느꼈던, 초등학교 6학년 초반부터 몇 번씩 읽어보았던 책이었다. 책에서는 청심을 정말 완벽하고 멋진 학교라고 설명하였는데, 결론적으로 이는 내가 청심을 오고 싶게 만든 주원인 중 하나가 되었다. 청심에 와서는 정작 사소한 부분들에 대하여 실망을 하게 해준 책이기도 하지만, 이렇게 멋진 학교를 지원하는 동기부여를 해준 고마운 책이기도 하다.

《청심일기》는 청심을 잘 소개해주는 책으로서, 청심에 들어오고 싶은 나와 같은 학생들에게 훌륭한 책이라고 생각하지만, 교육과정이나 입시 과정 등 소소한 부분에서 차이점이 있기 때문에, 다소 개정이 있어야 한다고 생각을 하였다. 1학년 때부터 이 책이 가진 현실과의 괴리감이 불러일으킨 불

만족감은 시간의 흐름에 따라 잊히고 있었던 터에, 친구로 지내던 윤서가 나한테 와서 같이 쓰자고 하여 '청심일기2' 멤버들이 구성되었다.

초등학교 당시에 누나가 자신의 상상력을 바탕으로 소설을 쓰고, 그것을 출판하는 과정을 지켜본 적이 있었는데, 그때 언젠가 나도 책을 한번 출판해보고 싶다는 생각이 들었었다.《청심일기》개정판을 만들려다 실패했다는 사례를 많이 들었었기 때문에 출판까지 갈 것이라고 솔직히 기대를 하지도 못했는데 이런 순간이 오게 돼 정말 기쁘고 여태껏 함께한 친구들에게 고마운 마음이다. – 구재우

청심국제중학교에 들어온 지 벌써 3년이라는 시간이 지나고 어느덧 졸업이 가까워지고 있다. 울고, 웃던 시간들이 파노라마처럼 지나간다. 다시 그때로 돌아가자고 하면 손사래를 칠 만큼 어려운 시기도 있었고, 더 할 수 없을 만큼 촌음을 아껴가며 공부했던 시기도 있었는데, 그 모든 것들이 있었기에 지금의 내가 있다고 할 수 있다.

청심국제중학교는 내가 다닌 3년의 기간 동안 입시 제도부터 선생님들까지 많이 바뀌었고, 세미나실과 동아리 등 많은 것들이 더욱 체계적으로 바뀌기도 하였다. 그러나 그 속에서 생활한 나와 친구들은 굳게 청심이라는 학교에서 자리를 지켰고, 그 모든 과정을 직접 체험하면서 학교를 떠나

게 되었다.

존경하는 선생님들과 함께 수업을 하다 보면 나도 모르게 눈이 반짝여지고 의자를 바짝 끌어 앉아 귀를 쫑긋 세우는데, 이런 선생님들과 떨어질 생각을 하니 벌써부터 눈물이 난다. 후회를 하는 것은 아니지만, 2학년 때 공부에만 집중하느라 친구들과 우정을 많이 쌓지 못한 것 같아 아쉬움이 남기도 하고, 나 자신에게 여유를 좀 주고 놀아볼 걸이라는 생각이 들기도 한다.

그러나 내 꿈과 비전을 고민하고, 인간이라는 존재와 세계에 대해 생각하는 시간들은 내 인생에서 정말 값진 시간들이었다. 이러한 시간들이 없었더라면 나는 꿈과 현실을 타협해서 자기 위안을 하는 사람이 돼버리지 않았을까. 행복할지는 몰라도 너무나 평범하게 살지 않았을까. 청심국제중학교라는 특별한 곳에 있었기에, 무척 발랄하고 활동적인 나이지만 가끔은 고독을 즐기며 생각하고 꿈꾸는 내가 있을 수 있었다고 생각한다.

나는 다른 사람들이 가지 않았던 길들을 걷고 싶다. 인간이 갈 수 있는 한계를 넘어 갈 수 있는 데까지 가보고 싶다. 자유롭게 상상하고, 늘 호기심을 채우기 위해 배우는 사람이 되고 싶다. 더 넓은 세상을 향해, 세계의 무대에 서기 위해 청심국제중학교를 딛고 열정적으로 살아갈 것이다. _ 김민솔

안녕하세요? 청심국제중학교 9기 정민지입니다. 먼저 《청심일기 2》 책 작업에 참여하게 되어 정말 영광이라고 생각합니다. 《청심일기》를 읽고 청

심을 준비하던 것이 엊그제 같은데, 벌써 졸업을 앞두고, 청심에 대한 책을 직접 출판하게 되다니, 시간이 눈 코 뜰 새 없이 지나가네요. 최대한 청심의 모든 것을 담으려 노력해보았지만, 사람의 생각과 감정이라는 것이 글로는 표현할 수 없는 게 많은 것 같아 아쉬움이 많이 남습니다.

청심은 생각보다 정말 좋은 학교라는 점만 알아주셨으면 합니다. 제게 청심이란 더 많이 웃고, 즐기면서 동시에 '나'를 더 알아가고, 내 인생에 대해 깊은 고민을 할 수 있게 만들어준 소중한 학교입니다. 이러한 부분을 더욱 표현하고, 청심의 장점에 대해 얘기하자면 이 책으로는 한참 부족할 만큼 할 말이 많아 아쉽지만, 이제는 이 책을 통해 조금이라도 알아주셨으면, 하는 마음으로 후기를 씁니다. 아직 졸업을 몇 달 앞두었지만 졸업을 생각하면 벌써 눈물이 날 정도로 청심은 제게 많은 가르침과 정, 그리고 소중한 추억들을 선물한 학교였습니다. 졸업 이후에 학교와 친구들, 그리고 선생님들까지 정말 많이 그리울 것 같네요.

가끔 미친 듯이 놀기도 하고, 여러 스트레스에 울기도 하고, 옆의 친구들과 의지하며 다시 일어서고, 즐겁게 공부했던 3년. 눈 깜빡 하니 지나간 듯 짧은 시간이어도, 그간 쌓아온 추억을 돌이켜 보면 길기도 한 시간에 조금 후회하고, 아쉬웠지만 그 만큼 실패를 딛고 성장하게 되었습니다. 이제는 가족과도 같은 친구들과 쌓아온 추억들, 멋진 선생님들과 함께 했던 소중한 수업, 그리고 전국, 아니 세상 어느 중학교보다 멋진 청심에 3년간 다닐 수 있어서 정말 행복했습니다. 그러한 청심을 소개할 수 있어서 쓰면서 정말 즐거웠고, 제 인생에 있어 다신 할 수 없는 경험이었습니다. 저희가 청심의 모든 것을 담아내지 못했더라도, 청심인들을 대표하기엔 많이 부족하더라도 '청심을 알리자!'라는 생각으로 진심을 다해 쓴 책입니다. 부족하지만 즐겁게 읽어주신 모든 독자 분들에게 감사의 말을 전합니다. 또 청심을 꿈꾸는 우리 미래의 후배들이 이 책을 읽고 청심을 도전해볼 수 있는 용기가 생겨났으면 좋겠네요. 마지막으로 청심, 그리고 청심 9기 친구들 정말 사랑합니다!! – 정민지

안녕하세요? 청심국제중학교 9기이자 《청심일기 2》 작업에 참여하게 된 김하은입니다. 우선 저에 대해서 설명하자면 저는 남양주 심석초등학교를 졸업해서 청심에 들어왔고, 청심에서 3년의 시간을 보낸 어엿한 청심인이에요. 제 글에서도 많이 나타났듯이, 저는 제가 청심에 지원한 것이 아주 좋은 선택이었다고 생각하고 있어요. 이곳에 와 초반에는 많이 힘들기도 했고, 포기하고 싶은 마음도 컸었지만 지금에야 그 힘들었던 시간들이 나를 더 강하게 해주었다는 것을 알기에 그저 감사하게만 느껴지네요.

제가 이 책을 쓰게 된 계기는 간단한 마음 때문이었어요. 많은 학생들이 제 글을 읽고 '나도 한번 시도해볼까?'라는 마음을 가졌으면 좋겠다고 생각

했거든요. 청심은 정말 좋은 교육을 하는 학교고, 나는 청심에 다녔던 3년 동안 몸도 마음도 정말 많이 성장을 했으니 더 많은 학생들이 청심에 대해 알고 지원해서 더 큰 가능성을 열 수 있었으면 좋겠다, 이런 마음이었죠.

저는 운이 좋게도 청심에 합격한 친한 선배 덕분에 청심에 대해 알게 되고 많은 조언을 받을 수 있었지만 다른 학생들은 청심에 대해 알 수 있는 기회도 별로 없고, 알게 되어 가고 싶더라도 조언 받을 곳도 별로 없는 것이 조금 안타까웠어요. 그들에게 청심에 대해 알 기회를 주고 싶기도 했고, 또 제가 쓴 청심보고서를 읽고 도전해보고 싶은 마음을 가지게 된 학생들이 한 명이라도 있으면 정말 보람차겠구나, 해서 윤서의 권유를 받아 시작하게 된 것이 벌써 이렇게 마무리되었네요.

쓰면서 정말 많은 일들이 있었죠. 동아리 활동을 핑계로 인터뷰를 마친 후 놀러가기도 하고, 모여서 열심히 글을 쓰기도 하고, 가끔 의견이 갈리기도 하고…. 마음이랑 열정만 앞서서 엇갈릴 때도 많았지만 결국 이렇게 소감을 쓰는 단계까지 와버렸어요. 시원하기도 하고 섭섭하기도 하고…. 무엇보다 이제 이 글을 다 쓰고 학교를 졸업하게 되면, 다시는 내가 직접 썼던 내용들을 해보지 못한다는 것이 마음에 와 닿아서 슬펐던 것 같아요. 졸업 이후 또 하나의 아름다운 추억이 될 《청심일기 2》를 함께 만들어가자고 용기를 준 윤서와 아옹다옹하면서도 서로 좋은 글을 쓸 수 있도록 도와준 민솔, 예담, 민지, 근영, 세환, 성재, 재우에게도 감사한 마음뿐입니다.

중학교 3학년, 어리지는 않지만 성숙하지도 않은 이 애매한 나이에, 제가 쓴 글이 책으로 나온다고 합니다. 저의 입장에서 매우 설레는 일이지만, 많은 사람들이 볼 수 있다는 점을 감안하면 그만큼 책임이 따르는 일이기도 해요. 확실히 저의 경험은 많이 부족하고, 그렇다고 글 솜씨가 좋지도 않아 여러분이 보시기에 부족한 점도 많을 수 있어요. 이렇게 미흡한 실력으로 쓴 글이어도, 여러분이 청심에 대해 알고 싶을 때 이 책이 도움이 되었으면 좋겠다는 마음은 어쩔 수 없나 봅니다. – 김하은

이 책을 쓰면서 나는 굉장히 많은 것들을 느꼈다. 청심 1기 졸업생 '나인빈스' 선배들의《청심국제중학교 첫 졸업생들의 청심일기》가 출판된 후 9년째의 청심의 새로운 모습을 소개하는 책인 만큼, 그리고 선배들의 뒤를 이어 같은 책을 출판한다는 데에서 오는 책임감 때문에 책을 쓰기 전부터 굉장히 설레었다. 아마 과거의 청심과는 사뭇 달라진 지금 청심의 모습을 이미 알고 있는 사람들도, 아직 모르는 사람들도 있을 것이다. 나는 그 내용을 우리가 직접 책으로 출판한다는 데에 굉장한 의의가 있다고 생각하였다. 청심 9기의 9명의 졸업생으로서 앞으로 들어올 후배들을 위한 청심의 얼굴이 되는 것이나 마찬가지이기 때문이다.

청심에서의 3년을 지내온 사람이라면 누구나 느낄 수 있듯이, 우리 모두는 청심에 다닌다는 이유로, 그리고 인생의 3년을 이곳에서 지낸다는 데에서 학교에 굉장한 애착을 느끼게 된다. 그리고 3학년이 되고 나니까 100명

이라는 작은 인원이지만 가족만큼 가깝게 지내는 청심의 친구들, 그리고 선생님들이 더욱 더 소중하게 여겨지는 것 같다. 더 나아가 청심의 모든 것들이 졸업하고 나면 무엇보다도 그리워질 것 같다는 생각이 자꾸만 드는 요즘, 나는 이 책을 쓰면서 우리 모두가 마지막으로 청심에 남길, 9기의 기록을 담은 발자취가 되지 않을까, 하는 생각을 했다.

청심 9기 모두의 생활과 우리의 삶을 담은 이 책이 앞으로 청심에 입학하기를 꿈꾸는 많은 아이들에게 도움이 되기를 바란다. 그리고 딱 한 가지, 청심에 들어오는 순간, 이곳에서의 3년은 정말 평생 잊지 못할 추억으로 남을 것이라고 약속할 수 있다. – 정예담

안녕하세요! 저는 중학교 3학년 2반 25번, 그리고 3학년 2반 회장을(1학기 기준) 맡고 있는 홍성재입니다. 저는 서울 남산에 위치한 리라초등학교를 졸업하고 청심국제중학교에 입학하게 되었습니다. 공교롭게도 (그렇게 중요한 것은 아니지만) 제가 졸업한 리라초등학교와 현재 재학 중인 청심국제중학교 모두 산 중턱에 있습니다. 저는 청심에서의 생활을 정말 만족하고 있는 학생들 중 한 명입니다. (제 생각엔 아마 거의 모든 친구들이 청심 생활에 대한 만족도가 높다고 생각을 합니다.)

300명이 조금 넘는 청심이란 '작은 사회'에서 저는 정말 많은 것을 배웠

습니다. 중학교 전체 학생들이 기숙사 생활을 하고 있고, 그렇기에 서로의 관계가 긴밀히 연결되어 있는 것으로 보아 어른들이 말씀 하시는 사회, 아님 오히려 그 사회보다 더 복잡한 '작은 사회'에 있어 여러 면에서 제가 성장하는 계기를 마련해주었습니다.

저는 (잘난 척 하는 것은 아니지만) 제가 학교에서 열심히 생활하고 있다는 것을 알고 있습니다. 저 뿐만 아니라 제 주변 사람들도 제가 학교에서 열심히 생활하는 것을 알아주고, GLTC 모범생활상(생활관 우수생활자에게 수여) 또한 제 성실한 생활을 증명해주는 자료가 된다고 생각합니다.

하지만 제가 이렇다고 해서 제가 이 책을 쓸 자격이 된다고 생각하진 않습니다. 처음 같이 쓰자고 제안 받았을 때는 "내가, 이걸 쓴다고…?" 하고 의문을 가졌지만, 막상 책이 나온다고 하니 정말 영광입니다. 청심국제중학교를 대표하여 이런 기록물들을 남기고 그 기록물을 모아 출판하는 과정에서 제 이름이 남는다는 것은 추억으로 간직될 것이고, 앞으로 영원히 제 기억에 남을 것 같습니다. 저에게 함께 하자고 제안해준 친구들에게 감사합니다. 그동안 정말 즐거웠고 행복했습니다. – 홍성재

어느덧 청심에서의 생활도 벌써 삼 년째에 접어들었다. 이곳에 와서 어려운 일들도 있었고, 넘어야 할 산들도 있었고, 때로는 좌절을 겪기도 하였지만, 거의 삼 년이 다 되어 청심에서의 시절을 되돌아보니 청심에 온 것이 내 삶에 있어서 가장 잘한 선택들 중 하나가 아닌 듯싶다.

다른 학교에 갔으면 결코 겪지 못했을 값진 경험들을 얻고, 평생 서로 의지하고 응원할 수 있는 좋은 친구들을 만나고, 나날이 새로운 방면으로 발전해나가는 나의 모습을 볼 수 있었기 때문이다. 이번 기회에 쓴 이 책을 통해 나를 포함한 친구들이 청심이 우리에게 준 선물들을 추억하고, 이러한 청심의 값진 선물들이 책을 읽을 독자 분들께 조금이나마 전해진다면 나름대로 성공했다고 할 수 있을 것이다.

청심 학생들이 매일같이 듣는 교가의 마지막 구절은 'We shall be the ones Cheongshim'이다. 가사를 번역해보면 대략 '우리가 세상을 이끄는 자들이 되리라, 청심'이 되는데, 정말 이 가사처럼 청심국제중학교에서 지금까지 다녔던 학생들과 앞으로 다닐 학생들이 나중에 모두 서로를 도우며 청심에서 받은 교육과 쌓은 경험을 기반으로 새로운 세상을 이끌어 나갔으면 한다. 이 뜻에서 미리 미래에 만날 후배들과 선배들께 인사를 하는 것으로 후기를 대신한다.

"우리 나중에 모두 만날 날, 기대하고 있을게요!" – 배근영

친구들에게 "우리 책을 출판해보는 거 어때?"라고 물었을 때는 그저 사람들에게 청심을 소개하고 청심에서 3년간 쌓아온 추억을 평생 남을 글로 남기고 싶다는 가벼운 생각이었습니다. 하지만 제가 쓰는 이 글이 '나'의 생

활뿐만 아니라 '청심'의 생활, '특목중'의 생활을 의미한다는 것을 알게 되고 한 마디, 한 마디가 조심스러워졌습니다.

저는 청심인이라는 것에 자부심을 느낍니다. 하지만 그것은 남들의 부러움을 사서도 아니고 어느 부분에 유리해서도 아닙니다. 중학교 때부터 부모님과 떨어져 살면서 누군가에게 의지하는 것이 아닌 뭐든지 스스로 하는 법을 배우고, 내 꿈과 목표에 대해 남의 의견을 반영하지 않고 오로지 나 혼자 깊이 생각해보는 시간을 가졌다는 것이 자랑스럽습니다.

저는 청심인들의 능력 자체는 다른 학생들과 별반 다르지 않다고 생각합니다. 어떤 분야든 남들보다 능력 자체가 특별하게 뛰어난 사람은 없기 때문입니다. 아침 6시 반에 알람이 울리면 학교에 가고, 9시 반까지 야자를 한 후 기숙사에 들어와서 새벽까지 스스로 공부하는 3년간의 시간과 노력이 저희를 변화시켰다고 생각합니다.

저의 이런 자부심과 청심에 대한 사랑이 책을 출판하고 싶다는 생각에 이르러 겁 없이 뛰어들게 했고, 결국 친구들의 도움으로 이 순간이 오게 되었습니다. 친구들과 모여서 의견을 나누고, 준비해가는 과정은 정말 즐거운 일이었습니다. 그러나 변명 같지만, 학기 중에 많은 수행과 학업 일과와 병행하여 진행하다보니 시간이 많이 부족했습니다. 많이 미숙하고 부족해 보여 아쉽습니다. 시간을 되돌아보면 즐거운 경험도 많았고, 서로에게 힘과 위로가 되어 준 따뜻한 이야기도 많은데 그 모든 것을 담지 못한 것 같습

니다. 단순히 학교 자랑이 아닌 청심을 사랑하는 마음들이 모인 이야기로 너그럽게 읽어 주셨기를 바랍니다.

Special Thanks to…. 김효정 선생님, 앞으로 이처럼 완벽한 학급을 다시 만날 수 있을까, 생각이 들 정도로 2학년 2반의 생활은 정말 좋았습니다. 몸도 마음도 성장기에 있어 혼란스럽고 힘든 저희들에게 항상 따뜻하게 대해주셔서 감사합니다. 그리고 김민경 선생님, 바쁘신 와중에도 입시 관련 조언도 많이 해주시고 무심한 척 툭툭 도움 주셔서 고맙습니다. 뿐만 아니라 항상 애정을 갖고 학생들에게 관심 가져주시는 청심의 모든 선생님들, 정말 감사하고 존경합니다! :)

9기 친구들아, 나는 청심에서 선생님을 통해 배운 점도 많지만 너희들에게 배운 점이 정말 많아. 나 자신조차 몰랐던 실수에 대해 가르쳐주고, 평생 기억에 남을 소중한 추억을 선물해줘서 정말 고마워. 평소에 힘들고 짜증나는 일 때문에 청심을 원망한 적도 많았는데, 그런데 말이야. 청심에는 정말 말로 설명할 수 없는 매력이 있어서 고등학교 가서도 대학교 가서도, 아니 평생 잊지 못할 것 같아. 앞으로도 우리 지금의 열정으로 뭐든지 열심히 하는 사람이 되자. 사랑해! – 한윤서

# 부 록

## 청심에서의 학교생활과 입학 관련 Q&A

정리 이현숙(한윤서 어머니)

# 학교생활 관련 Q&A

**Q 전교생은 몇 명인가요?**

한 학급 25명 정원으로 학년 당 4개 학급으로 편성되어 있습니다. 중학교 전체 정원은 약 300명입니다.

**Q 청심국제중학교 학생들의 하루 시간표가 궁금해요.**

06:30 기상

06:40 ~ 07:00 Good Morning CheongShim

07:00 ~ 07:50 아침 식사 및 등교 / 교실 청소

08:00 ~ 08:50 출결 확인 및 아침 조례, 아침자습(0교시)

(태권도/동아리/독서/자율/스포츠클럽)

09:00 ~ 11:50 오전수업(1~3교시)

12:00 ~ 12:50 점심 식사

13:00 ~ 16:50 오후수업(4~7교시)

16:50 ~ 17:00 종례 및 청소

17:00 ~ 18:00 저녁 식사 / 동아리 활동

18:10 ~ 21:00 자율학습 / 방과 후 학교

21:00 ~ 21:20 야간 간식

21:30 ~ 22:30 Good Night CheongShim

24:00 소등 / 취침

### Q 영어 원서로 수업을 한다는데 어떤 교재를 사용하나요?

- 영어 : English Grammar, Literature grade 9, Cause & Effect Grammar in use intermediate, A Separate peace, Beneath the Wheel 등
- 수학 : Algebra 1, Algebra 2, Geometry
- 사회 : Civics in America 등
- 과학 : Science Explorer, Campbell Essential Biology with Physiology 등

### Q 청심국제중학교 방과후수업은 어떻게 진행되나요?

과목별, 수준별, 단계별, 심화보충을 위한 방과후수업이 교내외에서 초빙된 최고의 강사에 의해 개설되며 개강 첫 주는 공개강좌로 이루어져 본인의 필요에 의해 선택 수강합니다. 대개 1인당 1~3개를 선택하고 있으며, 학생과 학부모의 요청을 적극 반영하여 과목을 개설 운영하고 있습니다.

- 국어 : 현대소설의 이해, 논리적 사고와 글쓰기, 우리의 고전을 찾아서, 한국어인증, 국어문제 풀이반, 한자능력 향상반

■ 사회/역사 : 경제학의 기초, TESAT 경제반, 일반사회심화, 한국사 능력 검정시험 대비반

■ 과학 : 화학 심화, 화학보충, 생명과학 심화특강, 물리 심화반, 생명과학 보충반

■ 수학 : Geometry, Algebra Review, 함수의 극한 성질 탐구, 다항식과 방정식의 응용, 수학의 역사

■ 체육 : 남 · 여 중학생을 위한 헬스. 태권도 시범단

■ 영어 : Pro vs. Con Debate, General English and Debate

■ 외국어 : JLPT N5 대비반, HSK 초중급, 중국어 회화, DELE A1 · A2 · B1 시작반/계속반, 스페인어 Intro

■ 특기적성 : 뮤지컬 성악(보컬), TOEFL, TEPS & IBT Reading, 철학으로 토론하기, 펜싱

### Q 1인 1악기를 해야 한다는데 어떤 악기가 있으며 초보자도 가능한가요?

매주 외부에서 전문 강사분이 오셔서 각 학생이 선택한 악기를 2시간씩 수준별로 분반하여 레슨 받습니다. 연습은 기숙사의 악기 연습실과 학교 지하의 클럽 활동실에서 연습할 수 있으며 주요 악기는 바이올린, 기타, 피아노, 클라리넷, 첼로, 플룻, 사물놀이, 록밴드 등입니다. (참고로 1인 1체육 프로그램은 태권도를 운영하고 있고, 모든 학생이 유단자가 되는 것을 목표로 합니다.)

### Q 기숙사에서 언제 집에 가나요?

매주 귀가합니다. 지방학생이나 공부 등 본인이 원하는 경우 귀가하지 않고 기숙사에 남아도 됩니다. (매월 1회 실시하는 전원귀가 주에는 모든 학생이 귀가해야 합니다.) 매주 금요일 귀가버스가 학교에서 출발(15시 30분)하며, 기숙사 복귀는 원칙적으로 일요일 22시까지 귀교해야 합니다.

- 서울지역 차량운행 노선 : 용산역, 서울역, 목동 파리공원, 구리/태릉, 동서울터미널 강변역, 강남버스터미널, 잠실 종합운동장역
- 경기지역 차량운행 노선 : 일산 백석역, 부평역, 수원버스터미널, 분당/용인수지, 분당/산본

### Q 학교나 기숙사에서 아플 때 어떻게 하나요?

간단한 치료는 보건실을 이용하며, 다치거나 한밤중 기숙사에서 아플 때에는 학교에서 5분 거리에 있는 청심국제병원에 앰뷸런스로 이동, 치료를 받습니다.

### Q 그래도 어린애들인데 기숙사 생활은 잘 하나요?

집에서 엄마의 컨트롤을 받으며 세세하게 챙김을(?) 받아왔던 아이들이 갑자기 독립적인 환경에 놓이면서 아무리 스스로 잘하던 아이들도 처음에는 혼란을 겪게 됩니다. 24시간 교우관계로만 이루어진 생활을 하다보니 친구의 사소한 말 한마디에 상처를 받아 힘들게 지내는 날도 있고, 잠시라도 혼자만의 공간이 없는 것이 답답하고 스트레스를 받는 일이라고 얘기했던 기억도 납니다. 세탁물을 요일에 맞춰 내놓는 일부터 밥 먹

고, 씻고, 1주일 치 짐을 풀고, 챙겨오는 일 등이 사소해 보이긴 하지만 처음에는 그런 일도 힘들어 합니다. 그러나 시간이 조금씩 지나면서 금세 모든 것은 익숙해지고 자기들끼리 규율과 배려를 익혀 생활이 안정되고 오히려 그 생활이 익숙해진 아이들은 집에서 잠시 머무르는 주말 동안에도 친구들이 보고 싶다고 말할 정도로 기숙사 생활을 좋아하게 됩니다. 나름의 시행착오를 겪으면서 무리 없이 야무지게 해내는 사례들을 많이 보았습니다. 부모들의 걱정과 염려보다 훨씬 더 아이들이 잘 견뎌내고 즐겁게 지내는 모습에 놀라게 될 것입니다.

### Q 청심국제중학교에 다니려면 학비 등 1년에 얼마나 드나요?

2016학년도 기준 학비는 평균 약 1,500만 원입니다. 학비에 포함되는 항목은 입학금 약 70만원, 1분기 학비 약 150만원. 한 달 기준 생활관비 약 80만원입니다.(2인1실, 세탁청소 · 급식비 포함)

### Q 의류 세탁은 어떻게 하나요?

세탁은 주 2회 지정된 요일에 반출하면 세탁 후 각 학생 호실에 배달됩니다.

■ 세탁 가능 의류 : 교복, 와이셔츠, 체육복, 도복, 카디건, 조끼, 생활복, 내의류. 교복은 드라이 클리닝되어 각 호실에 배달되고, 그밖의 다른 세탁물은 개인별 세탁/건조시켜줍니다.

## Q 어떤 동아리들이 있나요? (※ 2015학년도 기준)

| 동아리명 | 분야 | 주요 활동 |
|---|---|---|
| 9기 Thunders | 농구 | 농구를 즐기는 친구들끼리 청심의 전통을 잇는 동아리 |
| Art Ludic | 미술 | 미술 작품 감상 및 토론과 미술 작품 포트폴리오를 작성하는 동아리 |
| BIOCHEMI (바이오 케미) | 과학 (생명, 화학공학) | 과학 학술동아리 |
| BUS | 댄스 | 청심제 등 교내 행사와 교외 활동을 위해 댄스 공연을 준비하고 연습하는 동아리 |
| Chi Alpha Mu | 수학 | 수학문제를 함께 공부하고 국제적인 청소년 수학대회에 참가하는 동아리 |
| CSIA 반크 | 국제외교, 봉사 | 한국 홍보 및 지구촌 평화를 위한 봉사활동 및 캠페인을 진행하는 동아리 |
| CSLED | 제2외국어, 봉사 | Cheongshim Language Education Department 제2외국어 교육 재능기부 봉사 동아리 |
| CSMSC (Cheong-shim math sceience club) | 수학, 과학, 토론 | 수학과 과학에 관심이 있는 친구들과 함께 토론하며 지식을 쌓는 동아리 |
| Debate Film 2.0 | 영화 토론 | 영화를 보고 토론하는 동아리 |
| EMB | 영어 시사 | 각 나라의 이슈에 대한 스피치 및 토론 동아리 |
| ERND (Economics Reading N Debate) | 경제 | 경제신문과 관련 도서를 읽고 토론하며 신문에 직접 투고하는 동아리 |
| Gif+ | 영어 및 한글 토론 | 사회에서 가장 중요하게 이슈가 되고 있는 문제 관련 토론 및 스피치 진행 동아리 |
| Giver | 사회, 봉사 | 사회문제 해결 방안에 대한 토론, 사회봉사 및 NIE 활동 등을 하는 동아리 |
| H.I.H. (Hands in Hands) | 봉사 | 수화를 독학하여 봉사활동을 주기적으로 다니며, 수화 자격증을 목표로 하는 동아리 |

| | | |
|---|---|---|
| Humagnize | 시사, 인권 | 시사 인권 문제에 대해 토론과 연구를 하며 정기적으로 잡지를 발간하는 동아리 |
| HUMAN WHALE | 문학 | 다양한 분야의 책을 읽고 여러 방면으로 조사하여 보고서를 작성하는 동아리 |
| Incrementum Mathematica | 수학 | 수학에 관심이 있는 학생들의 실력 향상과 더 깊은 탐구를 위한 동아리 |
| Incrementum Scientifia | 과학 | TED 과학 강연을 듣고 그 강연에 대한 생각을 공유하는 동아리 |
| JAM(Japanese Acadamic Meeeting) | 일본어 | 제2외국어(일본어) 학생간의 멘토링 활동을 통한 학업증진을 하는 동아리 |
| Khanacademy CSIA | 재능기부 | 재능기부의 일환으로 영어 번역 봉사에 참가함 |
| KMO | 수학 | 수학 심화 학습을 하고 수학대회에 참여하는 동아리 |
| Logos | 영어토론 | 영어토론 동아리 |
| Lucete(루케테) | 뮤지컬 | 창작 뮤지컬을 연습하여 공연하고, 음악 재능기부를 하는 뮤지컬 동아리 |
| LTE | 스터디 | Lesson of True Economics |
| M&M | 영어 | 영어 멘토링 동아리 |
| MESSENGER | 멘토링 | 멘토링을 통해 즐겁고 유익한 학교생활을 할 수 있도록 도와주는 동아리 |
| MSG (Math Science Generation) | 수학, 과학 | 수학동아/과학동아를 스크랩하여 자신의 소견을 정리하는 NIE 동아리 |
| Multi - player | 스터디 | 함께 공부하며 서로의 학업에 도움이 되고자하는 스터디 동아리 |
| MAD (Multimedia Ambassador's Debate) | 시사영어 토론 | 온라인 외교부와 국제 / 국내 문제의 잡지발간, 매월 영어 토론을 하는 동아리 |
| MyNuRi-T(minority) | 봉사, 사회 | 사회 소수자들을 위한 교육적 활동 및 선후배들 사이의 원활한 소통을 이끄는 동아리 |

| | | |
|---|---|---|
| ONE NINE | 문학 | 여러 가지 장르의 글쓰기를 통한 논술 능력 향상 동아리 |
| Origination | 발명, 창작 및 특허 | 다양한 아이디어의 발명을 시도함으로 창의성을 기르는 창의 계발 동아리 |
| OYH (Objection your honor) | 법, 사회, 영어 | 토론 동아리 |
| Page | 사회, 작문 | 동아리부원들의 글을 분야별로 모아 문집을 제작하는 동아리 |
| Play of Words (POW) | 언어 | 영어 작문 및 독서, 토론 동아리 |
| Psyche | 심리학 | 심리학 관련 지식 공유 및 활동 동아리 |
| R&E 연구 논문반 | 환경 | 해양생태 및 해양자원 연구 동아리 |
| Realityscope | 영어 | 영어에세이 작성 동아리 |
| RaNE | 수학, 과학 | 수학, 과학 주제 탐구 및 논문 작성 동아리 |
| S.O.S.A. | 과학, 탐구 | 과학 심화 탐구 동아리 |
| Science Fiction | 학습(수학, 과학) | 수학, 과학 학습 주제를 설정하여 장기간 연구를 통해 보고서를 작성하는 동아리 |
| Sciews | 과학 신문 제작 | 과학 신문 제작 및 과학 관련 글을 작성하여 모음집 제작하는 동아리 |
| Searching | 사회, 작문 | 우리 주변의 시사 문제를 탐구하는 동아리 |
| SMILE | 영어신문 | 사회문제에 대한 영어 신문을 제작하는 동아리 |
| SoluTion | 과학 | 사회에서 일어나는 과학 문제들의 해결 방안을 찾는 동아리 |
| Speak up CSIA | 영어 | 영어 기사를 작성하고 영어 연설 및 토론을 하는 동아리 |
| Spero Spera | 시사토론 | 선후배간 친목 도모를 주목적으로 하여 시사토론을 비롯한 다양한 활동을 통해 개개인 지식적 재량을 높이는 동아리 |

| | | |
|---|---|---|
| Telescope | 과학 | 과학 잡지를 만들어 유익한 과학 지식을 사람들에게 알리는 동아리 |
| The Cheongshim Times | 작문 | 두 번째 청심일기를 작성하고 교내 행사 및 세계 이슈들에 대한 기사 작성하는 동아리 |
| TV(Translating Voluntary) | 번역봉사 | 한국 관련 작품 및 문화를 영어로 번역하여 한국을 알리고, 제3빈민국가 아동들을 돕는 재능기부 동아리 |
| Two Thumb | 노래 및 예술 | 노래로 재능기부를 하는 동아리 |
| Unanimous | 모의국회 | 국회의 회의방식과 동일하게 법률 제정 및 개정활동을 하는 모의국회 동아리 |
| V.O.W | 교육, 봉사 | 각자의 비전과 세계의 비전을 향한 교육동아리 |
| Veritas | 교육봉사 | 학교 공부에 어려움을 느끼는 학생들을 위하여 강의를 제공하는 동아리 |
| WeCOOP | 경제 | 협동조합의 사회적 영향과 가치를 연구하고 알리는 동아리 |
| Wonders 여자농구부 | 농구 | 중학교 유일 여자 농구 동아리 |
| 건축학 개론 | 건축, 독서 | 건축 관련 공부와 독서활동, 건축박람회 등에 참여하는 동아리 |
| 국산토론 | 토론 | 시사이슈에 대하여 토론하는 동아리 |
| 나눔(유니원) | 번역봉사 | 국내외 봉사 관련 기사와 전래동화 번역 봉사동아리 |
| 누리바꿈이 | 과학 | 과학 독서 토론 동아리 |
| 늘 푸른 찻집 | 봉사 | 청심빌리지(실버타운)에서 어르신들을 도와드리는 동아리 |
| 도도새 | 환경, 봉사 | 환경정화 봉사활동 동아리 |
| 물음표 | 수학, 과학 | 수학, 과학 탐구 동아리 |
| 보람줄 | 언어 | 우리말 사랑 동아리 |

| | | |
|---|---|---|
| 비범한 수학 | 수학 심화 학습 | 우리가 배우는 수학을 좀 더 깊이 공부할 수 있는 동아리 |
| 산체스 | 체스 | 체스경기 및 전술 회의를 하고 체스 대회참가를 하는 동아리 |
| 스마일어게인 | 환경 | 폐기물을 재활용하는 환경학술동아리 |
| 시선 플러스(V+) | 시사 토론 및 글쓰기 | 시사 토론 및 글쓰기 동아리 (언론 동아리) |
| 아드레날린 | 체육 | 학생 체력 증진 동아리 |
| 영미문학동아리 TIME | 영어토론, 시사 | 문학지와 타임지를 읽고 토론 및 포트폴리오 작성을 하는 동아리 |
| 옥스토비 | 화학 | 일반화학 옥스토비 교재를 가지고 공부하고 토론하는 동아리 |
| 왓에버(WHATEVER) | 댄스, 봉사 | 교내외 다양한 행사 공연 참가 및 재능기부 동아리 |
| 제4의 인류 | 인문 사회 | 고등학교 사회와 영어의 예습을 통해 자신에게 맞는 영역을 미리 파악하고 각종 대회에 참가 목적을 둔 동아리 |
| 캘리애 | 예술 | 캘리그라피 동아리 |
| 풋볼인사이드 | 스포츠 | 축구에 대해 토론하고 영상 편집 및 해설 활동을 하는 동아리 |
| 하이콕(High-Cock) | 배드민턴 | 중학교 유일 남녀혼합 배드민턴 동아리 |
| 할리데이 | 학술연구 | 물리심화 통신교육과 학술연구 동아리 |
| 해바라기 | 캠페인, 봉사 | 위안부 문제 홍보 및 관련 캠페인 진행 동아리 |
| 청심일기 2 | 학술연구 | 청심일기 재출판 기획 |
| CSIA UNESCO TEENS | 국제외교, 봉사 | UNESCO 한국위원회와 함께 하는 봉사 및 국제기구참여 |
| 청소년 사회문제 연구소 | 시사토론 | 사회이슈와 관련해 취재 후 기사 작성 |

| | | |
|---|---|---|
| CSIA ENIGMA | 사회, 작문 | 사회문제 해결을 위한 어플리케이션 제작 및 사업계획서 작성 |
| alloc | 컴퓨터프로그램 | 컴퓨터 프로그램 학습 |
| CSIAW | 토론 | DEBATE 실력 양성 |
| M-ark | 대회 | 창의력 올림피아드 준비 |
| S.G | 대회 | 공인인증 영어시험 준비 |
| 독서토론 | 토론 | 영어 고전 읽기 및 토론 |
| RED (Read in English & Debate) | 토론 | 영자 신문 읽고 토론 및 글쓰기 |
| TAH (Talk About History) | 토론 | 근현대사와 관련한 토론 |
| CLW (CSIA Law World) | 토론 | 법에 대한 토론과 법 기관 탐방 |
| Python | 컴퓨터 프로그램 | 컴퓨터 프로그램 학습 |
| 락밴드 | 밴드 | 록밴드 연주 |
| Def밴드 | 밴드 | 록밴드 연주 |
| 사회탐구 | 사회탐구 | 지역문제 탐구 |
| Action for Peace | 인권 | 여성인권 |
| N.GOD (엔갓) | 댄스 | 댄스동아리 |
| 사리(思吏) | 역사탐구 | 역사탐구 동아리 |
| SALT | 사회탐구 | 사회현상 연구 토론 |
| Active Brush | 예술 | 미술을 통해 사회 문제 알리기 |

※ 중고 연계 동아리 미포함

**Q 재학생 부모들에게 물었습니다. 청심중 진학 후 좋은 점과 아쉬운 점은 무엇인가요?**

청심국제중학교는 영어수업, 발표수업, 토론수업 등 차별화된 교육으로 장차 융합교육에 최적화된 경쟁력을 갖출 수 있게 됨은 물론, 자기 주도 학습이 철저히 이루어지며, 진로고민 · 목표의식을 갖는 분위기를 자연스럽게 접하면서 자신의 미래를 설계하고 나아갈 방향을 스스로 찾습니다. 기숙사 생활과 다양한 친구들과의 관계를 통해 얻어지는 남을 이해하고 배려하는 마음으로 사회에서 더불어 사는 법을 배웁니다. 사제 간의 두터운 신뢰감을 바탕으로 즐거운 학교생활을 하고, 규칙적인 생활 습관을 갖게 됩니다.(해외에서 생활을 해본 경험이 있는 학생들이 많아 국어가 어렵고 한국 문화에 적응이 힘든 경우, 그 처지를 이해하는 친구들과 선생님, 영어를 기반으로 이뤄지는 교육환경으로 한국에서 쉽게 적응할 수 있는 기회를 마련해줍니다.)

아직 어리다고도 할 수 있는 나이에 가족과 떨어져 생활하는 것에 대한 아쉬움과 얼굴 맞대고 대화할 시간이 부족해서 서운합니다. 그러나 시간이 갈수록 가족의 소중함과 사랑을 느끼게 되고, 예민한 사춘기 시절을 매일 부딪치며 겪는 생활을 하지 않아 오히려 지혜롭게 극복할 수 있습니다.

# 입학 관련 Q&A

**Q 학교설명회는 언제 있나요? 참가 방법도 궁금합니다.**

4~5월에는 각각 한 번씩 교내 방문의 날 행사가 있습니다. 학교에 직접 방문하여 설명회를 듣고 교내 투어도 가능합니다. 6월 말이나 7월 초에 교외입학설명회가 있습니다. 장소는 강남, 분당, 일산 세 곳에서 합니다. 참가 방법은 학교 홈페이지 '입학안내→입학설명회→학교방문신청' 페이지에서 날짜별로 신청이 가능합니다. 조기 마감되므로 연간 일정을 미리 확인하시면 좋습니다.

**Q 청심국제중학교는 어떻게 들어가나요?**

2016년 현재 자기 주도 학습전형으로 선발하며 두 단계로 진행됩니다. 초등학교에서 추천을 받아 지원을 하면 1단계는 지원자 전체에 대해 무작위 추첨으로 정원의 2배수인 200명을 선발합니다. 1단계에 합격한 학생은 2단계에서 학교생활기록부, 자기소개서, 교사추천서를 제출한 뒤 본교에서 실시하는 면접을 보고 최종 100명이 선발됩니다.

### Q 추첨제에 대하여

2014년 교육부의 지침에 따라 1단계는 무작위 추첨으로 2배수를 선발합니다. 추첨은 청심국제중학교에서 대학에 의뢰하여 개발한 추첨프로그램을 사용하며 접수번호만을 기준으로 한 무작위 추첨입니다. 1단계에서는 제출 서류나 기타 참고자료를 전혀 활용하지 않습니다.

### Q 서류전형에는 무엇을 준비해야 하나요?

1단계 추첨에서 선발되면 학교생활기록부, 자기소개서, 담임교사추천서를 제출하고 이를 바탕으로 개별 면접을 봅니다. 기타 다른 자료는 제출하실 수 없습니다. 학교생활기록부에서는 초등학교의 전반적인 학교생활을 참고하며, 특히 행동특성 및 종합의견 란을 중시합니다. 자기소개서가 가장 중요하며 초등학교를 다니면서 자신이 자기 주도적으로 학습한 경험과 느낀 점을 사실대로 작성하면 됩니다. 교사추천서는 현재 6학년 담임선생님이 작성할 수 있으며 학생의 자기 주도 학습 능력과 인성을 위주로 작성합니다.

### Q 인증시험 및 경시대회(주의사항)

인증시험과 경시대회는 절대 언급하면 안 됩니다. 최근 자기 주도 학습 전형 매뉴얼에는 경시대회뿐 아니라 교내외 각종 대회에 대한 언급도 금지하고 있습니다. 언급 시 모두 영점 처리되어 자동으로 불합격됩니다. 다만 해당 이름들이 언급되면 안 될 뿐 그것을 준비하는 과정에서 자기 주도적으로 학습한 내용은 충분히 적을 수 있습니다. 무슨 대회 준비를 위해 어떻게 공부했다는 식으로 작성하지 말고 대회나 인증시험은 모두 생략하고 어떤 동기에 의해 어떻게 공부를 했다는 방식으로 작성하면 됩니다.

### Q 초등학교에서 가져가야 하며 준비할 서류는 무엇인가요?

청심에 지원하기 위해서는 재학 중인 초등학교에서 추천서를 받아야 하는데 학교별로 정원의 5%까지만 지원이 가능합니다. 따라서 청심국제중학교 지원을 희망하는 학생은 6학년 초에 미리 학교에 알려 준비를 하는 것이 좋습니다. 한 학교에서 지원자가 정원의 5%가 넘으면 해당 학교에서 자체 기준에 의해 선발할 것입니다. 1단계에서는 초등학교의 추천공문을 받아오시면 됩니다. 2단계에서는 학교생활기록부 II(출력 시 수상경력, 자격증 및 인증 취득사항, 교과학습발달상황은 제외)와 담임교사 추천서를 받아오시면 됩니다.

### Q 영어만 잘하면 들어가나요?

자기 주도 학습전형에서 영어에 관한 어떠한 서류나 면접을 할 수 없도록 규정하고 있습니다. 따라서 입학전형에서는 영어 능력을 전혀 고려하지 않습니다. 하지만 대부분의 과목이 미국에서 실제로 사용하고 있는 원서를 부교재로 사용하기 때문에 영어로 의사소통을 하고 원서를 빠르게 읽을 수 있는 능력은 많은 도움이 됩니다.

### Q 그밖에 특별히 준비할 것이 있나요?

자기 주도 학습전형은 크게 자기 주도 학습능력과 인성으로 이루어져 있습니다. 본교에 입학을 희망하는 학생들은 평소에 자기 주도적으로 학습한 경험들을 잘 정리해두었다가 자기소개서에 잘 드러나도록 작성하는 것이 가장 중요합니다. 학생들의 학업에 대한 관심은 주로 자신의 진로가 정해졌을 때 뚜렷하게 나타납니다. 부모님들과 함께 진로에 대한 얘기를 많이 나누고 다양한 체험학습이나 경험을 통해 학생이 관심 있어 하는 진로나 과목을 인지하는 것이 좋습니다. 자신의 진로나 흥미를 알고 나면 자연스럽게 그와 관련된 책을 읽거나 탐구활동을 통해 자기 주도적으로 학습하는 경험들이 생기게 되며 그 경험을 자기소개서에 작성하면 됩니다. 인성은 생활기록부나 담임교사추천서에 드러나기 때문에 평소 학교생활을 충실히 하는 것도 중요합니다.

### Q 왜 청심국제중학교에 들어가야 하나요?

청심국제중학교는 전국에서 유일한 전국단위 모집 선발 중학교이며 졸업한 학생들 대부분이 특목고나 자사고로 진학하고 있습니다. 하지만 좋은 학교에 진학하는 것보다 더 값진 것은 학생들의 인생에서 가장 소중한 중학교 3년을 최고의 선생님과 친구들과 함께 보내는 것입니다. 해당 지역과 학교에서 가장 우수하다고 인정받던 학생들 100명이 한자리에 모이는 경우는 매우 드물 것입니다. 전국에서 우수한 학생들이 모여 서로가 서로에게 어디서도 만날 수 없는 최고의 친구가 되고 있습니다. 다양한 능력을 가지고 다양한 환경에서 자란 학생들이 한 교실에 모여 토론 수업을 한다면 그 시너지 효과는 무궁무진합니다. 이러한 훌륭한 친구는 나중에 학생들이 사회에 진출했을 때 가장 큰 자산이 될 것입니다.

**Q 청심국제중학교 졸업 후 어떤 학교로 진학하나요?**

2014학년도 이전에는 90% 이상이 모두 청심국제고에 진학했습니다. 2016학년도부터 특성화중학교를 위한 내신 성적 산출평가가 폐지되어 청심국제고로의 진학이 어려워져 현재는 여러 특목고와 자사고에 진학하고 있습니다. 최근 3년간 진학 결과입니다.

| 학교 | 2014학년도 | 2015학년도 | 2016학년도 |
|---|---|---|---|
| **청심국제고** | **75%** | **49%** | **29%** |
| 특목고 | 6% | 4% | 1% |
| 자사고 | 13% | 26% | 43% |
| 과학영재고 | 2% | 4% | 4% |
| 유학 | - | 4% | 2% |
| 기타 | 4% | 13% | 21% |

**Q 수학과 과학을 외국 원서로 하면 국내고등학교 진학 시 문제가 없나요?**

중학교는 의무교육으로 국내의 교육과정을 따라야 하므로 내용은 국내 교과서와 같습니다. 수업은 미국에서 실제로 사용하고 있는 영어 교재를 사용하기 때문에 한국 용어에 대한 이해가 부족하다고 걱정할 수 있습니다. 하지만 수학은 실제로 국내 수학 문제집을 참고자료로 활용하여 학생들은 자연스럽게 한 개념에 대해 영어와 한국어 용어를 동시에 학습합니다. 과학도 수업 시간에 중요한 용어들은 한국어로 알려주기 때문에 학생들이 기존에 알고 있던 지식과 연관하여 이해하므로 문제는 없습니다.

- 자료출처 : 청심국제중학교 입학홍보부

- 정리 이현숙(한윤서 어머니)

※ 이 자료는 2016년 6월말을 시점으로 수집, 정리되었습니다.
더 자세한 사항은 학교 홈페이지 www.csia.hs.kr 또는 학교 전화 031-589-8900으로 문의 바랍니다.